JN000514

赤の女王の殺人

目次

装丁　杉田優美
（G×complex）

第一章　密室での襲撃

一

平穏な日常が続くためには、努力がいる。

六原《ろくはら》あずさは、ふと頭に浮かんだフレーズを反芻《はんすう》しながら、一歩ずつ階段を上っていた。滑《すべ》り止《ど》めのついたステップを踏みしめる度に、右脚から痛みを伝える信号が脳へと達し、思わず顔をしかめる。

この時期には珍しく数日降り続いた雨がようやく止《や》み、窓からは明るい日差しが建物内へと差し込んでいる。松本《まつもと》市役所の本庁舎に出勤してきた職員たちの顔も、心なしか晴れやかに見える。

その中でただ一人仏頂面のまま自席へとたどり着いたあずさは、痛む右の向《む》こう脛《ずね》をさすりながら椅子《いす》に腰かけた。パソコンを立ち上げ、デスクの抽斗《ひきだし》から筆記用具を取り出す。

長野県の中部にある松本市は、ゴールデンウィークが明けてから日に日に暑さを増していた。市役所の中も日中はもう暑いくらいであるが、流石《さすが》にこの時間帯はまだ涼しさが残っている。

やはり何でもいいから一枚羽織《はお》ってきたかった。あずさはまた少し苛々《いらいら》としながら、普段着慣れないノースリーブのブラウスから露出した二の腕を少し擦《さす》った。それから床に置いたハンドバッグの中を漁《あさ》り始めたところで、横から係長の西條《さいじょう》が声をかけてきた。

「あずさちゃん、ちょっとちょっと」

「はい、なんでしょう」

あずさは内心うんざりしながらもそちらを振り返った。

西條は松本警察署との交流人事により、署の生活安全課から出向する形で、あずさの所属する市民相談室に在籍している。四十代の半《なか》ばだろうからあずさよりも一回り以上年上で、世間一般ではおじさんと呼ばれる年代である。しかし本人は若作りしているのか、それともナイスミドルを目指しているのか、茶色く染めた短髪をヘアワックスで立たせ、眉毛《まゆげ》を綺麗《きれい》に整えている。そしてあずさが既婚者であることを知っていてもなお、あずさちゃん、と親しげに呼び掛けてくるのが常だった。

市民相談室には室長と西條の他《ほか》に、あずさとあと二人ヒラの職員がいるが、そのうちあずさよりも若い加藤千夏《かとうちか》に対しても当然のように「ちかちゃん」と呼んでいる。一方でもう一人の男の職員のことは呼び捨てである。西條がやってきた直後の飲み会の席では、この原田《はらだ》という同僚に延々と愚痴《ぐち》を聞かされたものだった。

実際、他の部署の独身の女性職員の中には、西條に熱を上げている者もいるらしい。そういう意味では彼のこのスタイルも奏功していると言えるだろう。顔だけ見ればどちらかというと二枚目と言えなくもないし、何より彼もまた独身である。しかし毎日この男と接しているあずさからしてみれば、他人との距離感がおかしい西條は、たとえ独身であっても遠慮したい相手だった。

「今日は珍しくスカートなんだね。残業代で乾燥機付きの洗濯機に替えたらどう？　それかスラックスを買い足すか」

西條の言葉に、あずさの心臓は一瞬飛び出しそうなほど大きく打った。

「……なんでですか」

努《つと》めて平静を装ってはみたものの、自分でも声の端が震えたのがわかる。どうしてこの男が自分の家庭事情を知っているのだろう？　あずさの問いに、隣に座る西條がわざとらしく肩を竦《すく》めた。

「いやいや、そんなに睨《にら》まなくても。ちょっと考えればわかることさ。あずさちゃん、天気がいい日は駅から自転車通勤でしょう。だけど今日はロングスカートだ。あずさちゃんがスカートはくなんてこの一年、ほぼ無かったことだよね。で、その痛めたらしい右脚と、スカートの裾《すそ》の真っ黒な汚れやほつれを見れば、出勤途中でちょっとした災難に巻き込まれたのもわかる。スカートの裾が車輪に巻き込まれて、大《おお》方《かた》足が外れてペダルにでもぶつけた」

西條は舐《な》めるようにあずさの脚を見ながら言葉を続けた。

「じゃあどうしてわざわざ自転車通勤の日に、滅多《めった》にはかないスカートを選んだか。お化粧やアクセサリーはあんまり変わらないから、誰かとデートというわけじゃなさそうだ。だとすれば、このところの雨続きで洗濯物が干せないでいるうちに、うっかりスラックスの替えが無くなっちゃったんだろう、と。そういうわけだよ」

「見てきたように言いますね」

あずさは言い当てられた動揺を悟られないようにしながら、睨むように西條を見返した。大体この男は、私の下半身の衣類をそこまでまじまじと観察していたというのか。女性に対して失礼にも程がある。

ただ、頭の切れる男であることは間違いない。

あずさはなおも得意げな表情をしている西條を無視して、ハンドバッグから絆創膏《ばんそうこう》を取り出しながら、先ほどの係長の推論を思い返した。

夫も自分も、この数日の雨模様にかこつけて洗濯をサボっていたのは事実だ。部屋干しは臭《にお》いが気になるから、と口にしてはみたが、実際のところは今時の洗剤ならば大して問題にはならないだろう。ただ単に残業続きで疲れていた、ということの口実にしていただけだ。そのツケがここにきて、ロングスカートが車輪に巻き込まれるという事故となって、自分に跳ね返ってきたのだ。

肌寒い朝に、羽織るべき上着が見つからなかったのも同様の理由である。

平穏な日常が続くためには、努力がいる。

言い換えれば、努力を怠れば平穏な日常は非日常へと変貌《へんぼう》するのだ。

あずさは聞こえないようにそっと溜息《ためいき》をつくと、西條にスカートの下の足を見られないように充分気を付けながら、取り出した絆創膏を先ほどペダルにぶつけた脛《すね》の傷口に貼《は》り付《つ》けた。


「それでは、過去にその二回ということですね、襲われたというのは」

あずさは狭い相談ブースの中で、向かいに座った男に尋《たず》ねた。

「その通りです。ただ、その二回とも実際には犯人の姿を見てはいませんので……」

高槻《たかつき》、と名乗ったその男は、目にかかるくらいに伸ばした前髪を掻《か》き上《あ》げながら答えた。

あずさはメモを取る手を止めて少し考え込んだ。

朝の涼しさはすっかり鳴りを潜め、太陽が紫外線と熱量をたっぷりと運んでいる。建て替えを目前に控《ひか》えた市役所の建物は風通しも悪く、額や胸元にうっすらと汗が浮かんでくるのが自分でもわかる。つい先日、これからの季節に向けて思い切ってばっさりと髪を切ったところだったが、それでもまだ首筋に触れる毛先が少し不快だった。

高槻が松本市役所の市民相談室を訪れたのはその日の昼前のことだった。

「すみません、ちょっとどこに相談していいのかわからないんですが」

市民相談室の窓口に訪れた高槻はそう言って困った顔をした。あずさより僅かに背が高いくらいの、幾分顔色の悪い痩《や》せた男だった。カーキ色のジャケットを着て少し暑そうにしていたが、肌には脂も汗も浮いていない。長めの前髪を何度も掻き上げており、首には大きな痣《あざ》かシミのようなものが覗《のぞ》いていた。

何か健康に問題があるのかもしれないな、などとあずさが思いながらも用件を聞くと、妻が何者かに襲われたんです、という。驚いて相談室に案内して話を聞くと、ここ数ヵ月で二回、高槻の妻の睦子《むつこ》が突然大声を上げた、その内容はいずれも『誰か助けて、襲われる』というようなものであった、ということだった。

「それで、警察には行かないんでしょうか」

あずさがハンカチを取り出して額を押さえながら質問を投げかけると、高槻は最初に窓口を訪れたときのような困り顔で答えた。

「勿論《もちろん》行きました。ただ、誰かが実際に襲ってきたという事実が無いということがひとつと、それから妻の精神状態の問題もあって、あまり真剣に取り合ってもらえなかったんです」

「精神状態？　具合がよくないんですか」

「なんと言いますか、もう数年になるんですが、妻は塞《ふさ》ぎ込《こ》むのとヒステリックに怒鳴《どな》り散《ち》らすということを交互に繰り返すようになりまして。そのことを話したら、警察の方は『それでは襲われたというのも奥さんの勘違いなんじゃないですか』という具合で」

「精神科などは受診されてますか」

あずさが聞くと、高槻は首を横に振った。

「それが、本人は精神科など行きたくないと言うんです。自分は病気じゃない、ちょっと疲れているだけだと。精神科に対する偏見もあるんでしょうかね、あんなところは自分が行くべきところじゃない、なんて言うことも——いや失礼、これはよくない表現でしたね」

「ともかく奥さんはそういう風に捉《とら》えているということですね。それで病院に行きたがらないと。すると薬も処方されていない」

「ええ。行ったとしてもせいぜい今飲んでいる薬に追加して、いくつか錠剤が増えるだけだろうから、とも言ってみたんですがね」

「他の薬を飲んでいるんですか。それでは実際にお身体《からだ》を壊されてはいるんですね」

あずさはこの話をどういう方向に持っていくべきかを考えながら会話を続けた。実際に襲われていないのだとすれば、警察としても確かに動きにくいだろう。それは刑事の夫を持つ自分としてもよくわかる。しかし市役所に相談されても捜査や警護ができるわけではない。何か防犯グッズを紹介するのがいいだろうか。

「まあそう大したことはありません。不整脈の薬を何種類かと女性ホルモン剤、あとは市販のビタミンやなんかのサプリメントくらいのものですよ。本人が適当な性格だもんで、飲み忘れを防ぐために私が管理してるんです」

高槻もあまり気の無いような返事をし、また前髪を掻き上げた。

松本市役所地域づくり部に設置されている市民相談室には、連日様々な依頼が持ち込まれる。当然専門部署が他に存在する場合にはそちらに案内するし、法律に関《かか》わることであれば弁護士や司法書士を紹介することになる。とはいえ、今回のように担当部署が決まっていないような相談はあずさたちが対応せざるを得なかった。

「何か襲われたという証拠が残っていたりということも無かったんですね」

あずさが必死に考えを巡らせながら確認すると、高槻は「いや……」と少し口ごもってから答えた。

「実は二回目にそんな騒ぎがあったとき、窓の外に足跡があったんです」

「どういうことですか」

「そのとき妻は一階のリビングにいたんですが、助けて、という叫び声を聞いて私が駆けつけると、出窓の外の土の柔らかい所に、いくつか足跡がついていました」

「では実際に誰かがいたということですか」

「それがそうとも言えないんです。うちは我々夫婦と、妻の両親が同居しているんですが、その両親のどちらかが以前につけた足跡の可能性もあるもんですから。二人とも違うと思うけど、とは言っていましたが確実なところはわからないですからね」

あずさは話を聞きながらふうん、と唸《うな》った。

もし実際に襲われたのだとすればやはり警察に対応してもらうか、あるいは防犯グッズで自衛するという方法がよいだろう。しかし睦子は精神的に不安定だと言っていた。ならば警察が指摘したように、何かを勘違いしているか、うたた寝でもしていて白昼夢を見たのではないかということも考えられた。だとすればむしろ保健師にでも同行してもらい、本人を病院にかかるよう説得すべきである。

「わかりました。とりあえず一度、私が奥さんと話をしてみましょう。それですぐ解決するとは思えませんが、対応を考える助けにはなると思いますので。その上でやはり警察にということになれば、私から松本署に話をしましょう。署にはちょっと知り合いもいますし」

あずさが言うと、高槻も少しほっとした顔を見せた。

「そうですか。いやそれは助かります。ただちょっとこの後予定があるので、来ていただくのは後日でもいいですか」

「構いませんよ。いつがいいですか」

それからあずさは高槻宅を訪問する日程を調整し、詳しい場所を聞くことにした。高槻の下の名前は賢《けん》一郎《いちろう》といい、市内の神林《かんばやし》という地区に住んでいるとのことであった。神林というと松本の市街地を南西の方向に少し外れたあたりで、畑が広がっている地域である。高槻の家もそんな畑に囲まれた二階建ての一軒家で、同居しているという睦子の父親が主に畑仕事をしているらしい。

訪問日を五月十八日の午後一時と決め、最後に念のため賢一郎の電話番号を控えると、その不健康そうな訪問者は礼を述べて帰って行った。あずさも自分の席に戻ると、庁内ポータルサイトの予定表に今しがた決まった訪問予定を記入し、それから広報記事の作成に取り掛かった。


賢一郎との約束の日、あずさは原田と二人で公用車に乗り、一路神林地区を目指した。

俳句の季語に山笑う、という表現があるが、まさしく山が笑っているような天気だった。車の助手席からぼんやりと北アルプスを眺《なが》めながら、僅かに見える筈《はず》の槍《やり》ヶ岳《たけ》の穂先を探す。既に水が張られて鏡になった水田は冠雪を残す山々を映しながら、時折吹く気持ちのよい風に波を立てていた。

「いい天気だねえ」

ハンドルを握る原田ものんびりとした調子で呟《つぶや》く。長期連休の名残《なごり》か、まだ観光客と思われる県外ナンバーの車と時々すれ違った。松本や隣の安曇野《あづみの》はこのくらいの時期が一番美しい。特にこういう田舎《いなか》の風景を好む都会の高齢層の中には、連休が終わって少し観光スポットの混雑がおさまる平日を狙《ねら》って来る者もいるようだった。

「こういう日には本当は遊びにでも行きたいところだね。あの係長と顔を合わせてるのも嫌になるよ」

原田は独り言《ひとごと》のようにぽつりぽつりと話した。

あずさもそうですねえ、と返すでもなく呟くと、助手席の窓を十五センチほど開けた。吹き込んでくる風が短くした髪を乱す。この歳《とし》になると日焼けを恐れる気持ちが少しずつ増してきていたが、たとえ一年で一番紫外線が強い時期だと言われても気持ちがいいのには違いない。

住宅街を抜けて西へと田圃《たんぼ》の中の道を走ると、左手にはアルウィンが見えてくる。松本市民が愛してやまないプロサッカーチーム、松本山雅《やまが》のホームスタジアムである。あずさも夫の具樹《ともき》も当然のようにファンで、日程が合えばよくホームでの試合を観戦する。今シーズンは開幕からだいぶ出遅れたものの、五月に入って少しずつ新戦力が嚙《か》み合《あ》いはじめ、ここ数試合は連勝して少しずつ順位を上げていた。

そういえば明後日《あさって》の日曜にまたホームゲームがある。具樹も確か休みだと言っていた筈だ。勿論刑事という職業柄《がら》、突発的に仕事が入ることも多い。しかし今週は今のところ何も入っていないらしかった。帰りにチケットを買おうかな、と考えているうちに、前方に畑に囲まれた二階建ての家が見えてきた。

「あ、あれですね」

あずさが言うと、原田も頷《うなず》いて速度を少し緩《ゆる》める。やがて賢一郎の家に到着すると、青いルノーが停《と》めてある隣のスペースに公用車を滑り込《すべこ》ませた。どうやら普段はもう一台停まっているらしいが、空いているということは誰かしら出かけているのだろう。

原田がエンジンを切る。しかしエンジン音はまだ外から聞こえていた。

どうしたのだろうか、と思ってあずさが右を見ると、キーを引き抜いている原田の向こう、ルノーの運転席に賢一郎がおさまっているのが見えた。

「こんにちは」

車を降りて賢一郎の方へ向かうと、ルノーのエンジンも止まり運転手がドアを開けた。

「やあ、すみません。私も丁度今帰ってきたところで。約束の時間に間に合ってよかった」

「お忙しいところすみませんね」

原田が社交辞令を述べる。賢一郎は少し疲れた顔で笑った。

「いえいえ、そういうわけでは。ちょっと休みを取ったついでに病院へ行ってきたんですよ。思ったより待たされました。今時は精神科はどこも混《こ》んでいてダメですね」

「精神科というと奥さんの関係で?」

「いやあ、恥ずかしながら、自分のことです。以前からあまりよく眠れないもんですから、定期的に通っているんですよ。きっと仕事のストレスでしょうね。うちに相談に来る客というと大体がドロドロした話ばかりですから」

「というと、弁護士さんか何かなんですか」

あずさが尋ねると賢一郎はいやいや、と否定した。聞けば駅の方に司法書士事務所を構えているという。口には出さなかったが、なるほど、イメージ通りだな、とあずさは一人で納得した。司法書士や弁護士といった士業というのは、こういう真面目で抜け目なさそうな外見がいかにも似合う気がする。

「それではこちらにどうぞ。妻と、妻の母がいる筈ですので」

賢一郎に促《うなが》されてあずさたちも玄関へと向かった。賢一郎は歩きながらしきりに髪を掻き上げている。癖《くせ》なのだろう。神経質そうなその仕草《しぐさ》も、法律に携わる人物を演出するのに一役買っているように見えた。

「やめて！　こっちへ来ないで！」

突然、のんびりとした空気を切り裂くように女の悲鳴にも似た声が耳に届いた。

驚いて顔を上げる。隣の原田も、どうしたのかとあたりをきょろきょろと見回していた。

「お願い、ナツミ！　やめてよ！　誰か！」

再び女が金切声《かなきりごえ》を上げる。賢一郎はハッとした様子で右手の方に目を向けていた。あずさもそれに倣《なら》って賢一郎の視線の先をたどる。どうやら声が聞こえてくるのは玄関の右側、二階の開け放たれている窓のようだった。

何が起きているのだろう。あずさが固まっていると、室内に窓の方へ向かってくる女の姿が見えた。ただしその頭部には顔が無い。全体が髪の毛で覆《おお》われている。女が後ずさりしているのだ、ということに気付くまでに数秒を要した。

「おい、睦子」

賢一郎が声を発したのと、睦子が何かを振り払いながら開け放たれた窓に寄りかかるのが同時だった。なおも何事かを喚《わめ》きながら、睦子は更に退《さ》がろうとし、窓から海老反《えびぞ》りに上半身を出した。

危ない、と誰かが叫んだかもしれない。

スローモーションのような視界の中で、あずさは一歩も動けないまま、睦子が後ろ向きに落下するのをただ見送った。できたことと言えば、睦子の身体が地面に叩《たた》きつけられる直前、辛《かろ》うじて目を瞑《つぶ》ることだけだった。

どん、という鈍《にぶ》い音がして、目を開けると、そこには睦子が仰向けに倒れていた。

「睦子！　おい！　大丈夫か！」

賢一郎が慌てて駆け寄る。原田とあずさも急いで後を追った。

首がおかしな方向に曲がっている。女の顔には恐怖や驚愕《きょうがく》といった類《たぐい》の表情が張りつけられたまま、その目は虚空を見つめていた。

「ナツミ……」

女の唇《くちびる》がそう呟き、開かれたまま動きを止めた。

賢一郎が叫びながら睦子の身体を抱《かか》えている。よく見るとその右腕が赤くなっていた。頭部から出血しているらしい。その横では原田がスマートフォンを取り出して救急車を要請しているところだった。

「なんてこと……原田さん、警察も！」

あずさはそう叫ぶと、高槻家の玄関に急いだ。当初の動揺やショックといった感情がほんの少し落ち着き、今自分が目撃したものの意味がようやく理解できるようになっていた。

睦子は襲われたのだ。何者かに襲われ、突き落とされたか、あるいは襲撃から身を守ろうとして誤って転落した。そうなると今、この瞬間にも犯人はこの家の中にいる筈だ。睦子は「ナツミ」と叫んでいた。相手が女なら自分でも取り押さえられるかもしれない。恐怖を感じている暇は無かった。

玄関を開けて靴を脱ぐと、中へと飛び込んだ。二階に通じる階段を探す。玄関から続く廊下の左手にそれはあった。早足で階段を駆け上がりながら自分の向いている方向を確かめる。睦子が落ちたのは玄関の側《がわ》、一番右の窓だった。二階に上がると廊下があり、いくつかの部屋が並んでいる。こちらから見ると一番奥の右側になる筈だ、と考えながら最も奥にあるドアに手をかけた。

緊張しながらもゆっくりとノブを押し下げようとしたところで、あずさは鍵《かぎ》がかかっていることに気が付いた。ノブが動かない。ということは、つまり犯人はまだこの中にいるということか——？

どうするべきか少し迷ったが、あずさはその場に留《とど》まることを選んだ。下には賢一郎と原田がいる。睦子の容態は心配だが、そちらにいてもできることはない。それよりも犯人がこの中にいるとすれば、自分がここにいることで逃げられなくなる筈だった。

「あの、どなたですか。何があったんです」

突然後ろから声を掛けられて、あずさは飛び上がりそうになった。振り返ると階段に女が立っていた。

一瞬、綺麗な人だな、と事件と関係のないことを考える。よく見れば五十代くらいなのだろうが、全体的な印象はそうは思えない。美人、というよりは、まるで貴族のような、他人を寄せ付けない気品のある女だった。

「あ、すみません、この家の方ですよね」

「勿論そうですが……」

困惑した表情の女に対し、あずさはしどろもどろになりながらも、今目撃したことを話した。睦子さんが落ちた、と言及すると、女は驚いた様子で階段を駆け下りていった。今のが睦子の母親なのだろうか。それにしてはあまりに若いのではないか。睦子の父はかなり年下の妻を娶《めと》ったということだろうか。

あずさは浮かんでくる様々な疑問をとりあえず脇《わき》に置いておいて、睦子が落下した部屋のドアに意識を集中した。恐怖と不安が半々に混ざり合って頭の中でぐるぐると渦を巻いている。

今にもドアノブが動き、犯人が顔を出すかもしれない。緊張しながら一分、二分と待ったが、ドアが開く気配は一向に無かった。そこでふと、犯人が合鍵《あいかぎ》を使った可能性に思い至った。もしそうだとすれば二階の他の部屋に隠れていることもあり得る。

あずさは問題のドアを気にしながら後ろに下がり、背後にあった二階の各部屋を順に見て回った。どの部屋も空室であり、人の気配は全く無かった。しかし賢一郎か誰かの書斎らしき部屋にはデスクやソファが置いてあり、隠れられる場所はいくつか考えられる。いつ犯人が顔を出すとも限らなかったので、結局内部の詳しい探索は一旦《いったん》保留し、応援が来るのを待つことにした。

そのまま階段の所まで戻ってじっとしていると、やがて遠くからサイレンの音が聞こえてきた。庭が騒がしくなる。そしてそのうちに玄関のドアが開き、何人かが階段を上ってくる音がした。あずさが振り返ると、スーツや警察の制服を着た男たちがあずさを見て警戒するような顔をしているのが見える。

「落ちた部屋の鍵がかかっているんです。犯人はまだ中にいる筈です」

安堵《あんど》の溜息と共に吐《は》き出《だ》されたあずさの言葉に、男たちは顔を見合わせた。

二

六原具樹はあろうことか自分の妻から事情聴取をする破目になり、困惑しながらもあずさの見た出来事を手帳に書き留めていた。高槻家のダイニングには家の者は誰もおらず、何人かの刑事が顔を突き合わせて話をしている。睦子が落ちた部屋では鑑識による捜査が進められている筈だった。

「被害者は本当に誰かに襲われたのか？　見間違いということはないよな」

眼鏡《めがね》をずり上げながら尋ねた具樹の言葉に、あずさは強く首を振った。

「私だけじゃない、賢一郎さんも原田さんも見てる。あれは間違いなく誰かに追い詰められている感じだった」

「姿は見ていないんだろ」

「それは確かに見てないけど。でも振り払うようにしながら後ずさってたし、それに部屋の中までは庭からじゃ見えないから」

具樹は左手の人差し指と中指を揃《そろ》えて、自分のこめかみをとんとんとリズミカルに叩いた。考え事をするときにやってしまう癖である。しばらく頭の中で情報を整理して、具樹は口を開いた。

「しかしそれだと辻褄《つじつま》が合わないんだよ。あずさも確認した通り、あの部屋には鍵がかかってた。あずさは部屋の前でずっと見張っていた。そして二階のどの部屋にも誰もいなかったんだ。被害者が落ちてすぐに家に入ったんだろ？　だとすれば犯人はどこへ消えたんだ」

具樹は半分自分に問いかけるように吐き出した。向かいに座っているあずさが不満げに肩を竦める。それはあなたたちが考えることでしょ、とでも言いたげだった。

「まあいい、わかった。次は被害者の母親から聞くことにしよう。丸岡麗美《まるおかれみ》といったかな。そっちの和室にいるから呼んできてくれないか」

「わかった。ごめんね、役に立たなくて」

「いや、そんなことはない。あずさや原田さんのような第三者がいなければ、事態はもっと複雑になってたかもしれん」

あずさは椅子を引いて和室の方へと向かいかけたが、再び振り返って尋ねた。

「これだと週末は山雅の試合は無理だね」

「そうなるだろうな。今日中に犯人が捕まるとは思えん。悪い」

具樹の言葉にあずさは整った顔を少ししかめながらダイニングを出ていった。

真っ先に現場に駆け付けた刑事の話では、被害者の自室のドアには確かに鍵がかかっていたという。外で救急車に乗せられる睦子に縋《すが》るようにして取り乱していた麗美に対し、刑事の一人が鍵は無いか、と尋ねた。しかし麗美はほとんどまともに答えられるような状態ではなく、仕方なしにドアを工具で壊して入った。そしてそのとき、間違いなく中には誰もいなかったということだった。

一方で目撃者たちは口を揃えて睦子は誰かに襲われた、と言っている。それも以前から何度か襲われたと本人が言っていたらしく、家族が警察に相談していたという。場合によっては未然に防ぐことができなかった警察の怠慢だ、と批判を浴びることになりかねなかった。それを避けるには一刻も早い犯人逮捕しかない。にもかかわらずこの状況である。

具樹は頭の中で先ほどあずさに問いかけた台詞《せりふ》をもう一度反芻していた。犯人はどこへ消えたんだ？

具樹が現場に到着したときには被害者は既に救急車の中におり、夫の賢一郎に付き添われて病院へ運ばれていくところだった。そのため賢一郎からの事情聴取は後回しということになる。

こめかみを二本の指で叩きながら考えを巡らせていると、丸岡麗美がダイニングへと入ってきた。改めて見ると、取り乱しているとはいえ随分上品な印象がある。睦子の母親なら六十は過ぎている筈だがとてもそうは見えない。どんなに高く見積もっても五十代前半というところだろう。細身の赤いワンピースを纏《まと》っているが、床に触れるほど長い裾が動く度にふわりと揺れて、ドレスのようだった。事件の現場にはあまり相応《ふさわ》しくはない。

「すみません、私、ショックで……」

椅子に座るなり、麗美はそれだけ言うと、ハンカチを顔に押し当てて嗚咽《おえつ》を漏らした。

「大変なときにすみませんね。詳しいことは後日、落ち着いてから警察署で伺いますので、今はとにかく何があったのかだけ」

具樹が宥《なだ》めるようにできるだけ優しい声を出す。こういうとき、他の目つきの鋭いベテラン刑事よりは、まだギリギリで爽《さわ》やかさを纏っている具樹の方が話を聞き出しやすい。筋肉質で百八十センチ近くあり、どちらかといえば悪人顔であることは自覚しているところである。それでもスポーツマンに見えなくもない、というのが妻による評価だった。最近はもう少し爽やかなイメージを手に入れるべく、眼鏡を黒縁の若者風のものに替えてみたところである。

それが功を奏したのかどうかは定かではないが、麗美はなんとか動揺を抑えるのに成功したようだった。

「私、あの、少しお恥ずかしい話ですが、朝からお腹《なか》を壊しておりまして。なので睦子の叫び声が聞こえてきたとき、トイレに籠《こも》っていました。最初は何を言っているかわからなかったですし、まさか襲われているとも思いませんでしたから、あまり慌てていなかったんです。もしかしたら賢一郎さんが帰ってきて夫婦喧嘩《げんか》でもしているのかな、と。それで身支度を整えていると、突然誰かが玄関から入ってきました。それで階段を上っていく音が聞こえて、でも賢一郎さんとも、夫とも少し違うような気がしたんです」

「夫というのはあなたの旦那《だんな》さんですね。お名前は？」

「丸岡光由《みつよし》といいます。ひかり、という字に理由の由です。それで誰が家に入ってきたのかと恐る恐る階段を上って行ったら、あの女の方がいたんです」

「六原あずさですね。市の市民相談室の職員です」

「ええ、先ほど聞きました。それで何かを探しているようだったし、私の顔を見ても逃げないで『この家の方ですか』と聞かれたので、そうだと答えました。そうしたら……睦子が落ちたと……」

麗美は再び目頭を押さえた。具樹は半分同情し、半分は疑いの目で、その様子を観察していた。演技のような様子は見て取れない。印象としては本当のことを話していると思う。しかし俺の勘は結構外れるからなあ、と内心で自嘲《じちょう》しながらも、麗美の話の続きを待った。

「すみません。それで急いで外に出ると睦子が倒れていて、賢一郎さんが身体を抱きかかえながら何度も呼び掛けていました。もう一人男の人がいて、その方が救急車を電話で呼んでいました。覚えているのはそれくらいです。あとは正直に言ってふらふらとしてしまって、あまり記憶にないんです」

「なるほど、わかりました。トイレから出て家の外に行くまでの間、その三人以外の人は見ていないということでよろしいですね。誰か他にいる気配なんかもありませんでしたか」

具樹の問いかけを、麗美は無言で首を振って否定した。

「それでは睦子さんの部屋ですが、あの部屋の鍵は誰が持っていましたか。やはり睦子さんご本人が？」

「そうです。元々自分の部屋に誰も入れたくないから付けた鍵ですので」

「まあそれはそうでしょうね」

具樹はメモを取り終わると、麗美を解放することにした。どのみち後日警察署へおいで願うことになる。流石《さすが》に今日これ以上は気の毒だと感じたのだ。

原田というあずさの同僚の職員も、概《おおむ》ねあずさと似たような証言だった。ただ、こちらは事件が起きてからずっと家の外にいたという。賢一郎もずっと一緒だった、少なくとも家の正面からは麗美が出てくるまでは誰も出てきていない、出てくれれば気付いた筈だ、と原田は断言した。

やがて鑑識の捜査が終わった頃になって、近所に聞き込みに行っていた捜査員が丸岡光由を連れて戻ってきた。家から五百メートルほど離れた畑にいたらしい。聞き込みの最中に光由から「騒がしいが何があったのか」と問われて被害者の父であることが判明したという。いかにも朴訥《ぼくとつ》な老人といった風情で手や服は泥に塗れていたが、その顔から読み取れるショックの度合いは麗美と同じようなものだった。

これからこの老人にも詳細を説明せねばなるまい。

残酷な事実を宣告する役割をつくづく重たく感じながら、具樹は光由に椅子を勧めた。


翌日は土曜日だったが、立ち上げられた捜査本部に集まった刑事たちは当然のように捜査へと散っていった。具樹も勿論その中の一人で、被害者の自宅周辺での聞き込みを実施することとなっている。県警から派遣されたベテランの藤田優大《ふじたゆうだい》という刑事とチームを組まされていた。

もっともこの藤田という男は具樹も顔なじみである。むしろ年齢差がある割には仲がいいと言ってもいいかもしれない。元々は何年か前に市内で起きた連続強盗事件の捜査のときに、やはりペアになったのが最初だった。

「ほう、あんたも長野市の出身かい。それじゃ同郷だな」

初めて会ったときに具樹が挨拶《あいさつ》をすると、藤田はタヌキを思わせるような丸顔をほころばせて言ったものである。

「藤田さんは長野のどちらですか」

「んん？　俺か。俺は川中島《かわなかじま》のあたりだ」

「じゃあ近いですね。俺は篠《しの》ノ井《い》ですので」

「そうかい、そりゃ近いな。ひとつよろしく頼むわ」

人の好《よ》さそうな顔に皺《しわ》を沢山作りながら笑う藤田は、あまり刑事らしくはなく、どちらかといえば不動産業者などにいそうな顔つきだな、と具樹は思ったものである。

しかしこの老刑事は初対面の印象からは想像もつかないほど精力的で、また優秀だった。決して論理的な思考力や知識量が優れているというわけではない。どちらかといえば昔ながらの経験と勘に物を言わせて犯人を追い詰めていくタイプである。

その事件のときは結局犯人が捕まらないまま捜査本部は解散となってしまったが、藤田と具樹のチームのはたらきによってあと一歩のところまで追い詰めたのも事実だった。他の捜査員のミスにより、犯人の自宅へ突入する寸前で高飛びされてしまったのだ。そういえばあの犯人は東南アジア国籍の男だった。今頃は自分の国で国際指名手配から逃れながらひっそりと暮らしているのかもしれない。

そんな苦い経験もあってか、あるいは捜査本部が解散された夜に二人で夜中までやけ酒を飲んだことで生まれた妙な連帯感のためか、それ以降何かあるごとに具樹は藤田に電話を掛けて相談することが多くなった。

「ようロク。また一緒だな」

具樹にそう声を掛けてきた藤田は、元気そうに少し太めの身体を揺らして笑った。心なしか額の面積が増えたように見える他は以前と変わりがない。

「藤田さん、よろしくお願いします」

具樹も片手を挙げて応えた。

「なんでもお前の嫁さんが第一発見者だっていうじゃないか。市役所職員だって？」

「ええ、どうも相談を受けていたのが被害者の夫だったそうで。一度妻に会って様子を見てほしい、と頼まれて自宅に行ったら丁度窓から落ちるのを見ちまったらしいです」

藤田と具樹は車で現場に向かいながら、改めて事件の情報を整理していった。被害者は何者かに襲われて後ずさり、そのまま窓から落下したこと、首の骨が折れたのと、後頭部を強く庭の敷石《しきいし》にぶつけたことでほぼ即死だったこと、あずさがすぐに二階に向かったが麗美が後から来たほかは誰とも会わず、落ちた部屋は鍵がかかっていたにもかかわらず中に誰もいなかったこと、という具合だった。

「被害者は救急車の中ではもう死んでたらしいな。確か会議の中では後頭部の打撲による脳挫傷《のうざしょう》が直接の死因だと言ってたか。血液検査は正常で薬物の反応は目立つものはなく、常用してた不整脈の薬が検出された程度。他は特に解剖はしてないが、遺体そのものには不審な点はなし、と。あとは……睦子が死ぬ直前に言ってた、『ナツミ』ちゅう名前だな、やっぱり」

藤田は捜査会議の資料を手に、助手席で唸り声を上げている。

「事故ではなくやはり誰かに実際に襲われたと考えた方がよさそうですね。家の周りには目立った足跡は見つかってませんが、これは地面が固くて乾いていたのでなんとも言えない。ナツミという人物が睦子を襲ったのなら、どうにかして外に逃げたとすれば近所で目撃されている可能性もある」

具樹が車を走らせながら応じた。

このナツミという人物の確保が現在の最優先事項であった。以前に睦子が襲われたことがある、と言っていたのと同一人物なのは間違いない。素直に考えれば、何度か高槻家の敷地《しきち》に侵入して睦子に発見され逃走したが、今回は部屋にまでうまく入り込み、そして襲ったというストーリーが一番無理のない流れであろう。名前からすると女だと思われるが、苗字《みょうじ》である可能性も捨てきれない。仮に男の苗字だったとすれば、ストーカー犯罪のようなケースも想定しておいた方がいいかもしれないな、と具樹は考えを巡らせた。

「そういえば、部屋の鍵は被害者が身に着けてたみたいですね。どうも合鍵はなさそうですので、密室殺人みたいな状況ですが……」

「密室殺人ってのはどうも好かんな。ああいうのは頭の切れる名探偵や名刑事とセットで登場するもんだろう。こんな半分ボケたじじいが相手できるような話じゃねえわ」

「まあ小説ならともかく、現実にはナツミさえ確保できればあとは吐かせればいい、っていうのが基本ですからね、警察では」

具樹が笑うと藤田も苦笑した。

実際のところ、捜査本部でもこの密室についてはそれほど重要視されていない。犯人さえ確保できればあとは具樹の言った通り、どうやって実行したのかを自白させればよいのだ、と考えているようだった。何か偶然が重なって密室になってしまったということもあり得るし、もしそうなら名推理によって見事解決、というわけにもなかなかいかない。そうなると小説じみた謎解《なぞと》きをするより、足で稼いで容疑者を挙げる方が手っ取り早いというわけだ。

アルウィンの近くに差し掛かると、道沿いには松本山雅の幟《のぼり》があちこちにはためいていた。それを見ながら具樹は少し憂鬱《ゆううつ》になった。

今頃あずさは半ば不貞腐《ふてくさ》れて昼寝でもしていることだろう。あるいは職場の同僚と遊びにでも行っただろうか。仕事柄仕方がないとはいえ、土日の出勤が少ない市役所と自分のいる刑事課ではどうしてもあずさが一人で過ごす週末が増えてしまう。思えば結婚してから十年ほどになるが、一緒に旅行に行ったことなど数えるほどだった。具樹としてもきちんとデートに連れていってやりたいのは山々だが、この週末のサッカー観戦ですらこうしていとも簡単に潰《つぶ》れてしまう。

今はなかなか子供ができないのでそれでもなんとかなっているが、この先もし子供ができたらいよいよ身の振り方を考えなきゃならんな、と具樹は内心で溜息をついた。もっとも最近はお互いに忙しいのもあって、作る方さえ時間と体力の確保がままならないのが現状である。

高槻の家の近くまで来ると、近い方から聞き込みを開始することにした。手近な一軒で車を停めて敷地へと入る。チャイムを押すと、不機嫌そうな顔の女が玄関に顔を出した。

「すみません。警察の者ですが、ちょっとお話を聞かせてもらえませんか」

具樹が警察手帳を取り出しながらそう尋ねると、女は睨むように二人の刑事を眺めまわした。そして、酷《ひど》くぶっきらぼうな調子で、

「私、何もしてませんけど」

と口を尖《とが》らせた。

「いえ、そうではなくてね。実は昨日の午後一時頃のことなんですが、あちらの高槻さんのお宅の周辺で、不審な人を見かけなかったかということなんですが」

「昨日？　そんな時間に家にいられるほど暇じゃないですよ」

女は益々《ますます》不機嫌そうに答えた。見たところ四十前後だろうか。確かに一般的な勤め人ならば家にはいない時間である。

「ああ、お留守にしてましたか。わかりました。その時間帯に他に家にいた方はいませんか」

「うちは夫も私も働いてますから。息子もまだ小学生ですし、学校です」

「そうですか。わかりました」

具樹はそう言うと、早々に質問を切り上げることにした。女は何か聞きたそうにしていたが、こう邪険にされるとこちらも教えてやる気も起きない。もっともそうでなくても滅多なことは口にできるものでもなかった。

具樹たちはその近所の家を順に訪ねて歩いた。とはいえ高槻の家は畑に囲まれているので、一番近くの家でも数十メートルは離れている。その上事件が起きた時間帯が平日の昼過ぎということもあって、多くの家では当時不在だったのでわからない、という回答ばかりだった。

五軒ほど回ったところで、ようやくその時間に家にいたという人物に行き当たった。今年の三月に定年退職したばかりだというその男は、事件のあった頃、丁度趣味のガーデニングをしており、家の庭に出ていたという。

「特に変な人がいたということはなかったですよ。うちからはほら、高槻さんの家との間に畑しかないのでよく見えますけどね。まあパトカーや救急車が来て初めて何かあったみたいだ、って注目したので、それより前はしっかり見ていたというわけでもないですけど」

「叫び声がしたのはわかりましたか」

藤田がのんびりした声色で尋ねると、男は少し考えてから頷いた。

「ああ、してましたね。奥さんの声だったのかな。でも何を言っていたかはわかりませんでしたけど。喧嘩でもしてるかな、なんて思ったのを覚えています」

「こちらのお宅の庭からだと高槻さんの家の裏側が見えるんですね。しかし誰も見ていない、と。二階の窓から飛び降りたような人なんかもありませんでしたかね」

「流石にそんな人がいればわかったと思いますけどね」

男は苦笑した。

「救急車のサイレンが近くへ来たので、初めて顔を上げたのは間違いないですから、まあ見逃した可能性はあります。ただこう見通しがいい場所ですから。誰かが畑の中をうろついていれば気付いたと思いますよ」

「なるほど、わかりました。ご協力ありがとうございました」

藤田はメモを取っていた手帳を仕舞うと、丁寧に礼を言った。男の言うことはもっともである。ガーデニングに集中していても、通常農作業をしている人間しかいない筈の畑を逃げ回る影があれば気付くであろう。

「あ、それからもうひとつ。念のためですが、ナツミという名前に心当たりはないですか」

具樹が去り際に尋ねたが、男は少し考えて否定した。

それから何軒か話を聞くにつれ、証言は増えていったが、どれも似たような話ばかりであった。高槻家で何かがあったらしい、ということは知っているが誰も不審な人物は見ていない。唯一、役立ちそうな証言は、現場から随分と離れた家で得られた。被害者の父である丸岡光由と知り合いだというその老婆は、事件と関係がないとは思うが、と前置きした上で、

「光由さんとはそのくらいの時間に少し話したがね」

と教えてくれたのだった。

「どういう話ですか」

「いや、天気のことと、畑のことくらいだわ。おらが散歩から戻ったときにそこの畑で光由さんが草刈りしてたもんでせ。ご苦労さんって声を掛けただいね」

「ああ、当日光由さんはここにいたんですか。ここは光由さんの畑なんですか」

「いんや、持ち主は他にいるだけど。もう歳で畑に出られんもんでせ、光由さんが借りて作ってるだ」

「なるほど。それで光由さんと話したのは何時頃ですか」

「どうずら。十二時半かそんなもんだったと思うが」

具樹は頷きながらメモを取った。事件が起きたのが一時頃である。それからずっと光由はここの畑にいたとすれば、アリバイは成立することになる。光由が犯人とはとても思えないが、少なくともアリバイの確認はしておいて損はないだろう。

「光由さんはそれからもずっと畑にいたんですか」

「多分いたと思うじ。ビーバーの音が小一時間ずっとしてたで。おら話した後は家に入っちまったで、姿を見てたわけじゃねえが」

ビーバーというのは原動機付きの草刈り機のことである。それを聞いて具樹も納得した。かなり大きな音のする機械だ。救急車やパトカーが自宅の方へ来たのに気付かなかったとしても不思議はない。その機械音を老婆がずっと聞いていたとなれば、光由がここの畑で作業していたのは間違いなさそうであった。

日が傾いてきた頃になって、具樹と藤田はその日の仕事を切り上げて署に戻ることにした。収穫と言えるほどの情報は無い。誰も「ナツミ」という人物を目撃していない、というだけのことである。具樹は悪魔の証明、という言葉を思い出していた。存在していないということを証明することは限りなく難しい。まさしく今の状況にぴったりである。目撃証言は無い。しかしナツミなる人物が事件に関わっていないという証拠にはならないのだ。

一方の藤田はこんな一日の後でも飄々《ひょうひょう》としていた。

「ロク、嫁さんとはうまくやってるかい」

帰りの車の助手席で、頭の後ろで手を組んだ藤田はのんびりとした調子で話しかけた。

「やっぱり仕事柄、すれ違いは増えますすね。今のところ致命的なやつは無いですけど」

「今時は熱血で仕事ばかりの刑事ってのも考えもんだぜ。うまくやらんと俺みたいに愛想《あいそ》尽かされちまうからな。聞けば嫁さん随分美人だっていうじゃねえか。見捨てられたんじゃ勿体《もったい》ないぞ」

藤田がそう言って笑うので具樹もつられて苦笑した。

俺みたいに、などと言ってるが、藤田は恐妻家で有名であった。それは裏を返せば、なんだかんだと文句を言いながらも、長年刑事として仕事に邁進《まいしん》する夫を妻が支え続けているということになるのかもしれない。本当に愛想を尽かされて離婚する破目になった先輩刑事の姿を何人も見ているだけに、藤田の言葉は自慢と取れないこともなかった。

「まあこういう日はケーキのひとつでも買って帰ってやるってもんさ。それと記念日を忘れないことと。それさえ守っときゃまあせいぜい頭が上がらない程度で済むからな」

「よく覚えておきますよ」

具樹はオールバックにした髪の毛を撫《な》でつけながら答えた。この時間ならまだケーキ屋は開いているだろう。少し奮発してやろう、と思いながら、ハンドルを左に切った。

三

松本署の狭い部屋の中で、藤田と具樹は高槻賢一郎と向かいあって座っていた。日曜の朝のことである。引き続きの休日出勤となった具樹だったが、あずさは二度寝している布団の中からではあるものの、「いってらっしゃい、気を付けてね」と穏《おだ》やかな声で送り出してくれた。昨晩のチーズケーキが多少は功を奏したということかもしれない。

賢一郎は神経質そうに時折貧乏ゆすりをしていた。妻が殺されたのだ、落ち着かないのも当然だろう、と具樹は少し同情した。

「お忙しいところお越しいただいてすみませんね」

「いいえ、妻の無念を晴らすためですから。いくらでも協力しますよ」

藤田の言葉に答えた賢一郎は、思い詰めたような顔で深呼吸をした。

「今回の事件はよくわからないことも多いんですがね、一番はなんと言ってもナツミという人物です。睦子さんは落下する直前、『ナツミ、やめて』というようなことを叫んでいたということでしたね」

「そうです。落下した後も、一言、ナツミ、と呟いてから動かなくなりました」

賢一郎は目頭を押さえた。事件のときのことを思い出しているのだろう。この仕事をしていると、大の男がこうして涙を流す場面を往々にして目撃することになる。自分の身に起きたことだと仮定してみれば当たり前の反応ではあったが、それでも未《いま》だにこのシーンには慣れないでいた。

「死因は後頭部を強く打ったことによる脳挫傷、ということでしたか。解剖の必要がなかっただけまだましではありましたな」

藤田がぼそりと呟くように言った。

「死亡診断書の死因の欄には、他殺、と書かれるんですね。昨日の夜、妻は家に戻ってきました。これから葬儀の段取りもしなければ。落ち込んでいる暇は無いんです。犯人を逮捕してください」

賢一郎の発する言葉は脈絡も抑揚《よくよう》もなく続いた。聞けば彼は司法書士だという。理論的な話をするプロである筈の男が普段からこういう喋《しゃべ》り方《かた》をするとも思えない。それだけ混乱しているのだろうな、と具樹は考えた。

「確認させてください。賢一郎さんはナツミ、という人物に心当たりはありませんか」

「一昨日《おととい》の事件の前にも妻が襲われたときに口にしていた名前です。そのときから考えているんですが、思い出せないです。私と交際する前、例えば学生時代の友人とかだとそもそも知らないということもありますが」

「その、以前に襲われたことがあるという話ですが、具体的にいつのことですか」

「先日もお話ししたような気がしますが……一回目は四ヵ月ほど前です。今年の初め頃でした。そのときは家族の者も何も見ていません。二回目が先月の中頃ですので、ひと月前くらいになりますか。そのときはリビングの外の花壇に足跡がいくつか残っていました」

「二回とも、睦子さんはナツミという名前を叫んでいたんですね」

「その通りです」

「聞いていた感じとしてはどうですか。やはり女の名前という印象でしたか」

具樹の問いに、賢一郎は少し考えながら答えた。

「そうですね、女のような感じがしました。例えばすごく仲の悪いクラスメイトがいたとしたら、ああいう感じになるのかなと思いますが……本当のところはわかりませんね」

「部屋の鍵は事件当時も睦子さんが持っていたとのことですが」

「事件当時もなにも、ずっと肌身離さずですよ。鍵を取り付けたのは一回目に襲われた後のことで、一月末頃だったと思います。勝手に業者を頼んで特注してもらい、鍵は細いチェーンにつけて自分で首に下げていました」

「つまり亡くなったときもその状態だったと？」

藤田が横から尋ねると、賢一郎は頷いた。

「落ちた直後に駆け寄ったときに首元にかかっているのが見えました。病院へはつけたまま搬送されましたよ」

「時々どこかへ置いておくとか、仕舞っておくようなことは？」

「全くないとは言い切れませんが、おそらくなかったでしょうね。風呂《ふろ》のときも寝るときもずっと下げたままでしたから。結婚指輪みたいなもんです」

つまり、誰かがこっそり合鍵を作るというのも難しいということになる。これについては麗美も同じ証言だった。部屋の鍵を複製するのは非常にハードルが高い。しかしそうなると、いよいよわからなくなる。犯人は睦子を突き落とした後、一体どこから消えたのか。

「これであの鍵も用が無くなってしまった。まあどのみちドアの方が壊されてしまいましたからね。一緒に火葬にしてしまおうかとも思いますが」

「いや、申し訳ないがこちらで預からせてください。事件に関係する品だ」

藤田が頼むと、賢一郎はどちらでもいい、とでもいうように無愛想《ぶあいそう》に頷いた。

「後日、お届けしましょうか」

「いえ、こちらで取りに伺います。現場ももう一度見させていただきたいですし」

「それは構いませんが……散々見たでしょうに」

「刑事というのはそういうものなんですよ。ご理解ください。明日はご在宅ですか」

「明日は葬儀のことでバタバタとしているでしょうが、家にいると思います。さあ、もういいですか。これから市役所へ死亡届を出しに行かなければならない」

賢一郎はそう言いながら腰を浮かせたので、具樹たちもわかりました、と席を立った。

今日は日曜だが、確か死亡や婚姻の届けなら当直の委託業者が受け取ってくれるとあずさから聞いた覚えがある。

人が亡くなるというのは、本人はともかく残された者は大変だといつも思う。火葬ひとつとってみても、死亡診断書を書いてもらい、死亡届を市に提出し、火葬許可証を発行してもらい、火葬場の予約をし、それでやっと火葬にできる。更に葬儀の手配からそれまでの間の遺体の安置、親類や知人への連絡、場合によっては墓の心配までしなくてはならない。通常でさえそうなのだから警察が介入するような事件になれば遺族の心労はもっと大きくなる。賢一郎も心なしか、この三日で随分やつれたように見えた。

麗美や光由の話も聞きに行かなければならないが、せめて明日にしてやろう、と具樹は決めた。今日はどのみち聞き込みの続きが必要だ。ナツミを捜さねばならない。

「睦子の友人関係はどうなってましたっけ」

具樹が尋ねると、藤田は手帳をおもむろに開き、指でなぞった。

「あまり頻繁に会ってる奴《やつ》は多くないようだな。最近連絡を取っていた友人は二、三人いるようだがそっちは別の班が鑑取《かんど》りに行ってる。俺らは近所の方を当たろう。ここ何年かは主婦をやっていたようだし、おばさんたちの井戸端《いどばた》会議の情報力に期待しようじゃないか」

具樹たちは再び事件現場の周辺を歩いて回ることにした。五月にしては珍しく肌寒いくらいの天気になっている。どんよりと重たげに垂れこめた雲は、今にも雨を落とし始めそうで、藤田は見上げる度に舌打ちをしていた。

こう寒暖の差が激しいとなかなか身体がついてこない。俺もいい加減歳をとったということだろうな、と具樹は重い身体を叱咤《しった》しながら車から降りた。まだ若いつもりでいても、気付けば三十代も半ばに差し掛かっている。もう少し自分の身をいたわってやらないといけないということは頭ではわかっていたが、昼になればついつい食べ過ぎてしまうし人間ドックも受診する気にならない。

一方の藤田はといえば、五十代半《なか》ばとは思えないほど元気よく具樹の前を歩いていく。長年現場一筋に働いてきた賜物《たまもの》だろうか。体力があるようには見えない体型にもかかわらず、疲れを見せることがほとんど無かった。

目的の家にたどり着くまでに、付近を二度ほど往復する破目になった。睦子の主婦仲間である近藤《こんどう》の自宅は、表通りにある大きな家の裏側に隠れるようにして建っていた。高槻家からは三百メートルほどの距離にあるが、昨日手あたり次第に聞き込みをしていったときにも気付かなかった家である。

「ああ、ここか、やっと見つけた。こりゃわかりづらいわ」

藤田が文句を言いながらもチャイムを鳴らすと、少しして中からバタバタと走る音が聞こえてきた。

「はいはい、どなたでしょう」

元気よく玄関を開けたのは、丸顔に小太りの体型の中年の女だった。どうやらこれが目的の人物であるらしい。

「失礼ですが、近藤佳苗《かなえ》さんですか」

「ええ、そうですけど」

突然の訪問であるにもかかわらず、近藤はにこやかに応じた。元気のいい、昔ながらのお母さんといった雰囲気がある。その笑顔は具樹たちが刑事だと名乗ってからも変わらなかったが、睦子の訃報《ふほう》を伝えると流石に表情が凍《こお》り付《つ》いた。

「高槻さんが……本当ですか。だってついこの前まで元気にしてたのに……」

「高槻賢一郎さんから、あなたが割とよく睦子さんと話をされていたと聞きましてね。二、三お聞かせいただけませんか」

「そりゃ構いませんけど……まあどうぞ、お入りください」

近藤はうろたえた様子のまま、刑事たちを中に促した。具樹はどうしますか、と藤田を振り返って目で尋ねる。藤田が頷いたのを見て、近藤に続いて玄関に入った。

近藤家のリビングは、決して広くはないが、綺麗に整頓《せいとん》されていて居心地がよかった。一瞬、そういえばここしばらく家の掃除をサボっているな、と考えながら、具樹は勧められた椅子に腰かけた。

「高槻さん、どうして亡くなられたんですか。警察の方が来るということは病気とかじゃないんですよね」

近藤は二人の前に手早く淹《い》れた紅茶を置きながら尋ねた。動揺を抑えようとしているらしい。ソーサーを持つ手が僅かに震えていて、カップの中に細かな波が立っていた。

「そうですね、事件に巻き込まれた可能性が非常に高いです。詳しいことは捜査中のため言えませんが」

「ああそれは……そうでしょうね。でも事件ってことは誰かに殺されたってことですよね。なんて酷いことを……」

「近藤さん、ナツミという名前に心当たりはありませんか」

藤田が紅茶を持ち上げながら尋ねた。

「ナツミさん？　女性ですよね。ナツミ、ナツミ……誰かいたかしら」

「女性とも限りません。もしかすると苗字かもしれない。睦子さんの知り合いでそんな方がいませんか」

「苗字だったら聞いたことは無いですね。名前だと……どうでしょうか。宮入《みやいり》さんの奥さんは夏子《なつこ》だったし。滝沢《たきざわ》さんは……ちょっとわからないです」

「実は睦子さんは、このナツミという人物に何度か襲われていたようなんですよ。名前じゃなくても、何かそんなような話を聞いた覚えはないですか」

するとと近藤はしばしの間黙って考え込んでいたが、やがて首を振った。

「ごめんなさい。やっぱり思い当たりません。そのナツミという人が犯人ということなんですよね」

「今のところなんとも言えませんがね。ただ被害者がその名前を口にしていた以上、何らかの関わりがあるのだとは思います」

「怖いことですね、こんな田舎町なのに」

近藤は自分の前にあるカップを取り、一口啜《すす》ると大きな溜息をついた。

思えば松本署の管内では殺人事件など年に一度あるかどうかである。そういう意味では近藤の思いもわからないではない。人間というのはいざ自分の身近なところで被害が発生しない限り、その恐ろしさをどこか他人事《ひとごと》だと捉えてしまうものだ。地震や火事もそうだし、今回のような殺人事件であってもそれは同じである。ニュースや新聞、あるいはドラマの世界ではいくらでも起きているが、それが自分の身に降りかかってくるなどとはおよそ想像もしていないのだ。

こういう心理を正常性バイアスというんだったな、と具樹は思いながら席を立った。近藤は、とにかく早く犯人を捕まえてください、と頭を下げて二人の刑事を見送ってくれた。その言葉には勿論自分の近くに殺人犯が潜んでいるという恐怖もあったろうが、同時に睦子に対する哀悼も含まれていたのだろう。少し病んでいたとはいえ、普段から近所付き合いの中で仲よくしていた相手である。それが自然な感情というものだ。

「そう簡単には出てこないですかね」

次の目的地を目指して歩きながら具樹が言うと、藤田はひとつ唸り声を上げて同意した。ゴールの見えない捜査というのはなかなか辛《つら》いものである。それはベテランの藤田であってもきっと同様だろう。

それから何軒か、二人はナツミの正体を探るべく睦子と親しかった者を訪ね歩いたが、唯一得られた候補者は八十をとうに超えた高齢の男だけだった。久保田那津実《くぼたなつみ》という名のその老人は、昨年から波田《はた》にある特別養護老人ホームに入所しているという。流石にその男が犯人でもなかろう、と思いながらも、具樹は一応施設の連絡先を控えたものである。

ほとんど徒労のような土日が終わり、また月曜日がやってきた。

具樹は足元に何匹もの蛇が絡みつく夢を見てうなされながら目が覚めた。起き上がろうとするとどうにも足が重い。いや、足だけではなく全身が重く怠《だる》かった。

「おはよう。随分唸ってたね」

隣で既に目覚めてスマートフォンをいじっていたあずさが声を掛けた。無言で少しそちらへ這《は》いより、うつ伏せになっている妻の細い背中に顔を埋《うず》める。しばらくそうしていると再び睡魔が襲ってきて、慌てて身体を起こした。

「お疲れのようで。シャワーでも浴びてきなさい。ご飯は私が用意してあげよう」

あずさはスマートフォンを置くと、自分も布団から起き上がりキッチンへと向かって行った。普段から朝食は早く目が覚めた方が用意するのがなんとはなしに習慣となっている。とはいえ互いに勤め人の身なので、それほど凝《こ》ったものはできない。せいぜいトーストに目玉焼き、ハム、それから野菜のスープ、といった具合である。具樹の方が早く起きることが多いため、担当する割合は七対三といったところだ。二人とも朝食は栄養が取れれば何でもいい、と考えている部分があり、連日同じメニューでもどちらも文句を言わなかった。

風呂場へ直行して熱いシャワーを頭からかぶる。それでようやく少し目が覚めてきた。昨晩はすっかりくたびれて十時には寝てしまったから、実に九時間も寝た計算である。それでも疲れが抜けないというのは、いよいよ中年に差し掛かったからだろうか。そのうち妻からも加齢臭を指摘されるようになるのかもしれない。そんなことを考えながら髪の毛を後ろに撫でつけていると、キッチンの方からパンの焼ける匂《にお》いが漂ってきた。

「捜査は順調かい」

テーブルについてコーンスープを一口飲むと、あずさが箸《はし》を手渡しながら尋ねてきた。

「いいや、全然。ナツミとやら、一体どこの誰なんだか、て感じだよ。まあそんなにとんとん拍子にはいかないね。でも今日行けばひょっとすると他の班で何か摑《つか》んでるかも」

「だといいね。私ゆうべも事件の場面の夢見ちゃったよ。怖くて飛び起きたもん」

あずさは眉根《まゆね》を寄せて口を尖らせた。三十を超えたが今のところ目立つ小皺《こじわ》などは見られない。特に顔で結婚相手を選んだつもりはなかったが、街を並んで歩いているとすれ違う男が視線を向けるのが具樹にもわかる程度には目立つ顔立ちである。言い寄ってくる男も多かっただろうに、決して顔がいい方ではない自分のどこに惹《ひ》かれたのか、未だによくわからない。

「えらい場面を見ちゃったもんだな。俺だってそんなシーンは見たことないぞ」

「やめやめ、また思い出しちゃう。化粧してくる。ハム食べていいよ」

あずさは最後のパンの欠片《かけら》を口に放り込むと、ハムが残った自分の皿を具樹の方へ押しやってから席を立った。

「今日は残業は？」

具樹が尋ねると、あずさが寝間着のまま消えていった先の部屋から、「定時で上がれますよ、庁舎の屋上から人が落ちない限りはね」という声が聞こえてきた。

署へ向かう道すがら、具樹は今回の事件の構造を改めて頭の中で整理しようとした。はっきりわかっている事実は、睦子が自室で何者かに襲われたらしく、後ずさって窓から転落したことである。その直後にあずさが家の中に飛び込んで階段を上り、睦子の部屋にたどり着くと鍵がかかっていた。部屋の鍵は睦子が首から下げていた。そして部屋の前ではあずさがずっと見張っており、刑事たちが錠を壊して開けると中には誰もいなかった。

一方でいくつか確認しなければならないこともある。まず合鍵の存在。これは事件直後に刑事が麗美に尋ねたが、明確な答えが得られたわけではない。もしかすると誰かがこっそり作っていた可能性もある。またそもそも事件当時、睦子が首から下げていた鍵が本物かどうか、という問題もある。賢一郎は「落ちたときに駆け寄った際、首にかけてあるのが見えた」と証言しているが、見間違いや、そもそも賢一郎が嘘《うそ》をついている可能性はないだろうか。

更にあずさが部屋の前に着いた後、階段を上ってきたという麗美の行動も少しばかり謎《なぞ》が残る。腹を壊していたと言っていたが本当なのかどうか。襲われている悲鳴が聞こえたら多少腹が痛くてもすぐに外に出てくるのが当然な気もする。

光由にしても、現場から多少離れた畑で草刈りをしていたということだが、アリバイは確実ではない。畑の近くの家の女性が草刈り機の音は聞いているが、光由自身の姿をずっと捉えていたわけではないのだ。

そして何より、ナツミという人物の存在がある。家族以外の人間が果たしてあの二階の密室に侵入し、あるいは部屋から消え失《う》せることが可能なのだろうか。そもそも睦子とどういう関係にある人物なのか。犯人になり得る動機を持っているのか。

わからないことだらけだな、と具樹は自嘲しながら車を走らせた。左手の指はまた無意識のうちにこめかみを叩いている。今ある情報だけでは推測に推測を重ねるだけだ。いずれにしても重要な鍵を握っているらしいナツミを探し当てることが必要だった。

「鍵を握っている、か」

具樹は一人で呟き、思わず苦笑した。ナツミとやらが実際に部屋の鍵を持っていてくれればほとんど説明がつくんだがな、と思う。

国道一九号は朝のラッシュで酷く混雑していた。早く拡幅してくれればいいのだが、と具樹は微《かす》かな苛《いら》立《だ》ちを抑えながら溜息をひとつついた。今度あずさに相談してやろうか。国道の拡幅工事が進まないせいで毎朝渋滞が辛いんですが、早く工事を進めてくれませんか、とかなんとか言って――。

「違うか、国道なんだから市じゃないわな」

また独《ひと》り言《ごと》を言うと、具樹は大きく伸びをした。道の向こうに、ようやく松本署の建物の頭が見え始めていた。

藤田と共に再び高槻家を訪れた具樹は、安置された睦子の遺体に手を合わせて冥福《めいふく》を祈った後、賢一郎に頼んで問題の鍵を遺体の首元から外してもらった。

「これがそうです。遺体と一緒に帰ってきました。警察でも写真は撮っていたみたいですから、私が何か入れ替えたり細工をしたんではないことはわかると思いますが。一応睦子と私以外には触った者はいないと思います。病院のスタッフを除いては」

「ありがとうございます。まあそういう疑いはあまり持ってはいませんよ」

苦笑いしながら鍵を受け取った具樹はそれをしげしげと眺めまわした。一般的な鍵のタイプとは少し違うように見受けられる。睦子が最初に襲われた後、自分で付けたと言っていた。何か特注品のようなものだろうか。いずれにしてもそのような事情で後付けした鍵ならば合鍵は無くても不思議ではない。

「ちなみに、これの合鍵はありますか」

「さあ、どうかな……あったとしても本人がどこかへ仕舞っているでしょうしね。部屋の中を捜してみないことにはわかりませんが」

「誰かが後から作るなんてことは？」

「それは難しいでしょうね。何しろずっと肌身離さず持っていたんです。それこそ風呂のときも寝るときでさえ身に着けていましたから。それほど部屋に誰かが入るのを嫌がっていたんでしょうが……」

「見たところ一般的に流通している鍵と少し違うように見えますが、確か特注と言っていましたか」

藤田が横から口を挟むと、賢一郎は少し考え込むようにしながら答えた。

「ええ、市内の鍵の業者を呼んで取り付けてもらっていたんですが、そのときに特別に作ってもらったようなことを聞いたと思います。ああでもわからないな、私がそう捉えただけなのかも」

「その業者というのは？」

「店の名前ですか？　いやあ覚えてないですね。まさかこんなことになるとは思いませんでしたから」

最後の言葉を吐き捨てるように言うと、賢一郎は頭をがしがしと掻いた後、乱れた髪を神経質そうに撫でつけた。

市内の鍵関係の業者を端から当たる必要があるだろうか。しかし考えてみれば、賢一郎が鍵の業者と言っているだけで、場合によっては建具屋や建築業者の可能性もある。そうなるとたとえ市内の会社だという情報が正しかったとしても、とても確認しきれる量ではないのではないか。合鍵の有無やピッキングされた可能性を考慮する上では確かに重要な情報だが、一方でナツミを逮捕できればそれで済むような気もする。

刑事たちの質問が終わると、賢一郎は「色々と立て込んでいますので」と告げてどこかへ出かけて行った。具樹は礼を言って見送ると、麗美の話を聞くためにキッチンへと向かった。

丸岡麗美はどこかぼんやりとした表情で、シンクの前に立って皿を洗っているところだった。具樹たちが近づいていっても最初は気付かないかのように視線を彷徨《さまよ》わせていたが、やがて目が合うと、あら、と言って水を止めキッチンから出てきた。

「だいぶお疲れのようですね」

藤田が言うと、麗美は力なく笑った。

「そうですね。正直言ってかなり。賢一郎さんとのお話は済みましたか。コーヒーでも淹れますね」

「いやお構いなく」

藤田が断ったが、麗美はゆっくりとした足取りで再びキッチンへと入っていった。

流石に今日は、事件当日のような赤いワンピースではなく、黒一色の服装である。喪服ではないにしろ、喪に服しているということの表れなのだろう。それでも全体的に優雅な印象は変わらない。

「失礼ですが、おいくつなんですか」

具樹はふと気になって聞いてみた。不躾《ぶしつけ》ではあっただろうが、いずれにしても調書を作成するには必要な情報だったし、佇《たたず》まいからは予想ができないということもあった。

「私ですか。今年五十一歳になります」

「ほう。全く見えませんね。四十、いや三十代でも通りそうですな」

藤田は素直に驚きの声を上げていたが、具樹は違うところで引っかかった。

「睦子さんは確か四十でしたよね。そうすると——」

「ええ、私は光由の後妻です。睦子は先妻との間の子でした。私が結婚したのはあの子が十二歳のときです。歳が近かったので最初は不安もありました。でも本当の母親のように慕《した》ってくれていたんです」

「そうでしたか。それは失礼しました」

具樹はなんとはなしに謝った。事情聴取なのだからそういう個人情報も当然必要になってくるわけで、謝る必要はないのだが、どうしても麗美の雰囲気がそうさせるのだ。

やがてコーヒーを持って再びキッチンを出てきた麗美は、ダイニングテーブルを挟んで刑事たちの向かいに座った。つい先日も同じ場所で事情聴取をした覚えがある。

「この前も聞いた話の確認になって申し訳ないんですが、もう一度事件のときのことをお聞かせください」

具樹が丁寧に頼むと、麗美は頷いて語りだした。自分は事件があったときに腹を壊してトイレに籠っていた。叫び声は聞こえたが、何を言ったかまではわからなかったし、賢一郎が帰ってきて夫婦喧嘩でも始めたのだろう、とあまり意に介さなかった。ところが誰かが玄関から慌てたように入ってきて、階段を上っていく音がする。それでどうしたのかと恐る恐る二階へ行くとあずさがおり、睦子が落ちたと聞かされた。驚いて外に出ると、賢一郎が睦子を抱きかかえており、もう一人の見知らぬ男が救急へ通報しているところだった。それからあとはショックで地面に座り込んでおり、あまり細かくは覚えていない。概ねそんな内容であった。先日聞いた話と食い違うところはない。

「睦子さんの部屋の鍵ですが、どこか市内の業者に特注したもののようだと聞きました。どこの店か覚えていないですか」

具樹が聞くと、麗美は少し考えてから首を横に振った。

「わかりません。あの子が誰にも相談せずに話を決めてきたので」

「合鍵なんかはありませんかね」

「それは……無いと思います。はっきりとはわかりませんが。あの、合鍵が大事なんでしょうか」

「まあ大事といえば大事ですね。事件があったとき、睦子さんを襲った犯人はどこへ消えたのかがわからないんです。何しろ事件の日に、あず……いや、市の職員が偶然こちらを訪問していた。そしてその職員が睦子さんの部屋に鍵がかかっているのを事件直後に確認しています。にもかかわらず、犯人は部屋の中にいなかった」

「ナツミという人のことですよね」

「おそらくは」

するとすると麗美は、またしばらく考え込む様子を見せてから顔を上げた。

「もしかするとナツミさんって、ハナオカ電業の方じゃないかしら」

「えっ。ご存じなんですか」

「知っているというわけではないですけど。睦子が以前に勤めていた会社がハナオカ電業という塩尻《しおじり》にある会社なんですが、その同僚にそんな名前の人がいたと思うんです。先日からずっと考えていたんですが、先ほどふと思い出しまして」

「ちょっと、詳しく教えてもらえませんか」

身を乗り出した具樹に麗美はだいぶ気圧《けお》されたようで、萎縮《いしゅく》したように下を向いたので具樹はしまった、と思った。元々目つきが悪いところに、オールバックにした髪型と上背が相まって、殺し屋のようだな、などとよく同僚にからかわれるくらいである。その上刑事と話すのに慣れていない市民からしてみれば、どちらかと言えば逃亡している筈の殺人犯よりも恐怖を感じたかもしれない。

それでも麗美は、なんとか話を続けてくれた。

「あの、睦子が親しくしていた同僚が何人かいるんですが、その中にナツミさんという方がいたかもしれないんです。いい歳ですからあまり友人付き合いについて詳しく話してくれたわけではないですけど」

「その方、フルネームはわかりますか」

「いえ……覚えてないです。三文字の苗字だった気がしますけど……」

「勤めていたというとどのくらい前になりますか」

「退職したのが三十を過ぎたくらいでしたので、十年近く前というところでしょうか」

「どうして退職されたんですか。覚えていますか」

「直接のきっかけは、賢一郎さんの事務所の経営が少し安定してきたことでした。ただ、元々、退職する前からその仲のよかった同僚たちとトラブルになっていたということでした。詳しくは教えてもらえませんでしたけど。それで嫌気がさしていたところに、それまで芳しくなかった賢一郎さんの仕事が上向いてきたようだ、となったものですから」

「いい機会だから、と辞めたわけですね。それからは専業主婦と」

「そうです」

具樹は不謹慎ながら心が躍るように感じているのに気が付いた。気持ちを落ち着けながら眼鏡を外し、ワイシャツの袖《そで》でレンズを拭《ふ》く。手掛かりらしきものが手に入った。まずはここから追いかけていくのがよさそうである。

「その会社、ハナオカ電業といいましたか、場所はわかりますか」

「ええ。ちょっとお待ちください。どこかに住所があったと思います」

藤田の問いにようやく顔を上げて答えると、麗美は席を立って壁際《かべぎわ》の棚を探し始めた。しばらくその姿を眺めていると、やがて発見したらしく、小さな紙片を持ってテーブルへと戻ってきた。

「これです。差し上げたくはないですが、ご覧になるだけなら」

そう言って差し出されたのは名刺だった。ハナオカ電業、総務課、高槻睦子、と書かれており、その下に塩尻市内の住所と電話番号が記されている。睦子が勤めていた当時のものらしい。渡したくないというのは睦子の思い出の品の一部ということだろう。具樹はそこに書かれている情報を手帳に写し取った。

「松本寄りのあたりですね。国道沿いのどこかかな」

「そうです。確か広丘《ひろおか》の駅の近くの、企業が色々集まっているあたりだったと思います」

「わかりました。ありがとうございました」

二人は礼を言い部屋を出た。

光由は自室にいるらしい。二階に上がってすぐの部屋をノックすると、光由が顔を出して招き入れてくれた。

そこで行われた事情聴取は、あまり意味のあるものではなかった。既に知っている情報を再確認しただけである。しかし具樹にとってはどうでもいいことだった。意識は早くもハナオカ電業に向いている。

「このまますぐ向かいますか」

車に乗り込んで具樹が尋ねると、藤田はそうだな、と答えた。

「いや、まて、先に昼飯を食って行こう。ロク、どっか旨《うま》い店ないか」

「何がお好みですか」

具樹は言いながら車を発進させた。

「ラーメンじゃなきゃなんでもいいぞ」

「ラーメン嫌いでしたっけ」

「好きだよ。好きすぎてここ三日、毎晩食ってるんだ。たまには米を食わせてくれ」

藤田はそう言うと、だいぶ大きく突き出した腹をぐるぐると撫でまわした。

四

市民相談室の狭いブースの中は険悪な雰囲気だった。あずさは内心でひとつ溜息をつくと、努めて冷静を保《たも》ちながらもう一度説明した。

「ですから、市としてはどちらの肩を持つというわけにもいかないんです。法的に定められた規制が無いので、あとはお互いの言い分の妥協点を見つけながら折り合いをつけるしかないんですよ」

「だっておかしいじゃないの！　あなたも一度聞いてごらんなさいよ！　どれだけ異常かわかるから！　市役所は困っている人に味方しないわけ!?」

向かいに座った女は今にも机を叩きそうな勢いで怒鳴っている。これは話にならないな、とあずさは思いながらも説明を続けた。

「何度も言っているように、あなたの言い分を相手に伝えることはできます。しかし匿名というわけにはいかないんです。基本的に民事の案件ですから、最後はお互いが納得する形になるように話し合いをしてもらうしかないんですよ。市が命令はできません」

「悪いのは相手でしょう！　どうしてこっちが名前出さなきゃいけないのよ！」

「言ってきたのがどこの誰かもわからなければ、相手としても対策の取りようがないからです。全《すべ》ての交渉を市が仲介するわけにもいきません」

三澤《みさわ》というこの女が市民相談室を訪れたのは五月二十一日の午後のことだった。隣の家の住人が昼間にピアノを演奏しているのがうるさいから指導してくれ、というのである。しかし角が立つので自分の名前は出さないでほしい、というのが三澤の要望だった。

月曜からついてないな、とあずさは舌打ちをしそうになり、慌てて堪《こら》えた。

工場などの企業の騒音ならば市の公害防止条例や騒音規制法による規制があるが、一般の騒音については明確な規制は存在しない。ましてや楽器の演奏となれば、それが余程の大音量であるとか、夜中に弾《ひ》いているということでなければ、市が注意しようにも基準が無いのである。

当然相手方に対してお願いに行くことはするが、ではどこまで音量を下げればいいのか、となるとこれはもう個人の感じ方の問題となる。当然市としてもこのくらいの音量で、と指導することはできない。そうなると苦情も匿名で、というわけにはいかず、最終的には話し合ってお互いの意見の妥協点を見つけるしかないのだ。なのでいくら相談されたからといって、市が相談者の味方をすることはなく、せいぜいできるのは仲介役程度のことである。

三澤はこれ見よがしに大きな溜息をついた。溜息をつきたいのはこっちだ、と思いながらもあずさは辛抱強く三澤が納得するのを待った。

「……あなたでは話になりません。誰か上の人と替わってください」

どうやら三澤の中では、あずさの言っていることがおかしいという結論に落ち着いたようだった。こうなれば仕方がない。このくらいの話であれば西條を呼んでも構わないだろう。そう思って席を立とうとすると、話を聞いていたらしい西條がのそりと現れた。

「すみませんね、係長の西條です。お話はなんとなく聞こえてきましたが、ピアノの音ですか。耳障《みみざわ》りだと」

「ええ……そうです。昼間からずっと聞こえてくるんですよ。おかしいと思いませんか、山の中の一軒家ならともかく、住宅の密集地ですよ」

すんなりと自分の要望が通ったことに驚いたのか、三澤は少しトーンを落として答えた。

「お気持ちはわかりますがね、先ほどこの六原が申し上げた通り、市が指導はできないんですよ。何度も言ったように、法的な根拠が無いんでね。ただ、お願いをお伝えすることはできますから、とにかく一度お話をしてみましょう。案外相手もすんなりとやめてくれるかもしれない」

「そうですか？　それなら……でも匿名ではダメなんでしょう」

「それは仕方がありません。相手がどの場所に住んでいるかわからなければ、音を下げるにしても方法がはっきりしませんから。例えば窓に防音シートを貼るとして、三澤さんのお宅の側に貼ってもらう方が効果的でしょう」

「それはそうですけど」

西條が話すにつれて、三澤は段々と大人しくなっていった。あずさはその様子を観察しながら、さては少しいい男が出てきたと思って猫をかぶってるな、と思い、心の中で苦笑した。こういう反応自体は自分も心当たりが無いではない。もう少し若い頃はいい男の前ではできるだけいい女を演じようと頑張ったものである。しかし西條の性格を知れば果たしてどういう反応をするだろうか。知らぬが仏というものである。

結局三澤の隣人を後日訪ね、兎《と》にも角《かく》にも一度お願いしてみましょう、という話で落ち着き、三澤は帰って行った。気付けば相談を始めてからかれこれ一時間は経《た》っている。

「ありがとうございました」

あずさが礼を言うと、西條は、

「なに、大したことじゃないさ」

と恰好《かっこう》をつけて言い、デスクへと戻って行った。

だいぶくたびれてしまった。少し仕切りなおそう、とトイレに向かうと、丁度入れ替わりに加藤千夏が出てくるところだった。

「わ、あずささん、今までさっきの人にやられてたんですか」

千夏は疲れた様子のあずさを見て、ハムスターのような目をさらに丸くした。

「もうぐったり。ああいうときはもう少し早めに助けてほしいよ」

「西條係長、あんまり面倒そうなところに出てこないですもんね。お疲れさまでした」

「千夏ちゃん、近いうちに飲みに行こうよ。私もう愚痴が溜《た》まりに溜まってるんだよ」

半分冗談であずさが言うと、千夏は途端に目を輝かせた。

「行きます行きます。いつでもいいですよ、あたし家で待ってる人なんていませんから」

思った以上の食いつきに、あずさは苦笑いして「旦那の許可が出たら改めて誘うね」と答えて個室に入った。

どういうわけか千夏は随分とあずさに懐《なつ》いている。同じ部署にこういう可愛《かわい》い後輩がいるというのは活力になってありがたいことではあったが、どちらかというと気分屋の自分に臆《おく》することなく近づいてくる相手というのはこれまでにあまりいなかったので、少し不思議な感覚だった。あるいは西條という共通の悪役がいることが効いているのかもしれない。

どうやら今は彼氏がいないらしいので、誰か具樹の後輩の真面目《まじめ》そうな警察官でも紹介させようかな、と考えながらスマートフォンを取り出し、あずさは夫に宛《あ》てて、「近いうちに職場で飲みに行きたいんだけど、いい日ある?」とメールを送信した。

用を済ませて個室を出る。手洗い場の鏡を見ると、少し疲れた顔がこちらを見返していた。化粧の具合をチェックし、額に浮いた微かな汗をティッシュで軽く押さえて拭《ふ》き取《と》る。もう何年かすれば小皺も目立つようになるだろうし、肌の艶《つや》も悪くなってくるのだろう。ただ、それが不快だとも思わない。年齢を重ねることが怖くなくなったのはいつからだろう、と少しぼんやりと考えた。

外から足音がし、すぐにトイレのドアが開くと、二人の若い職員が談笑しながら入ってきた。一人は顔に見覚えがある程度だが、もう一人はあずさが市民相談室に異動になる前の部署の後輩で、寺島志穂《てらしましほ》という元気のいい女の子だった。

お疲れさまです、という朗《ほが》らかな挨拶に続いて、寺島があずさに声を掛けてきた。

「六原さん、係長、どうですか」

「なに、急に。どうってどういうこと?」

あずさが怪訝《けげん》な顔をすると、寺島は隣の女の子と顔を見合わせてクスクスと笑った。

「いや、今丁度話してたんですよ。西條係長、ちょっと歳はいってるけどかっこいいよねって。まだ独身ですよね?」

「ああそういう……あのね、志穂ちゃん、悪いこと言わないから係長はやめときな」

「えっどうしてです? なんか頭もよくて仕事できるって評判ですよ」

少し驚いた顔の寺島に、あずさはどこまで話をしたものかと一瞬躊躇《ちゅうちょ》した。が、すぐに先日の西條とのやり取りが脳裏に浮かぶ。やはり被害者が出る前に暴露しておくべきだろう。

「なんていうか……セクハラというか、ね。なかなか酷くて」

あずさは未だに記憶に新しい、西條の赴任直後の出来事を語って聞かせることにした。

それは一年ほど前、昼休みに、係員の家族構成の話になったときのことだった。千夏の、「私は一人暮らしですよ」という発言に対する西條の言葉が、「彼氏いないの？　勿体ない。じゃあ今度二人で飲みに行こうか、なんてね」だったのだ。この時点でかなり引いていたあずさだったが、その後はもっと酷かった。

「うちは夫と二人です。夫が刑事で」

「ああ、そうか刑事課のね。そうかそうか」

あずさの言葉にしばらく頷いていた西條だったが、やがてにやにやとした笑みを浮かべながら、こう言い放ったのである。

「子供は作らないの？　あずさちゃんくらい美人でスタイルいい奥さんだったら、旦那も毎晩寝かせてくれないでしょ」

それからというもの、あずさはとにかく西條を警戒してここまでやってきたのだが、どうやら他の部署にはまだ伝わっていないらしい。

「それマジですか？　それはちょっとヤバいですね」

寺島たちは案の定、あずさたち相談室職員と同様に引いている様子である。

「とにかく志穂ちゃんみたいに可愛くて若い子は近づかないことだね」

あずさはそう言ってトイレを後にする。本人のいないところでの悪口という背徳感に、少しだけ鬱憤《うっぷん》が晴れた気がする。褒められた行為ではないだろうが、それは西條の方も同じだ。

ポケットの中でスマートフォンが振動し、メールの着信を伝えてくる。画面を点《つ》けるとそこには、「今日まさに遅くなりそう。飲んできてもいいよ、男がいないなら」という夫からの返信が表示されていた。

デスクに戻ると、西條がまた例の猫なで声で、あずさちゃん、と呼び掛けてきた。

「なんでしょうか」

「さっきはご苦労さんだったね。市役所ってのはああいう人も多いねえ」

「まあここはそういう部署ですからね」

あずさは答えながら、作りかけの伺書《うかがいしょ》の続きに取り掛かった。途中で一時間以上も放置する破目になったので、すっかりどこまで書いたかわからなくなっている。仕方なく最初から自分で書いた文章をたどっていくと、隣から西條がなおも話しかけてきた。

「そういえば話は変わるんだけどさ、この報告書、これ大変だったね」

あずさが振り向くと、西條は午前中にあずさが回した報告書を手にしていた。高槻賢一郎の件である。内容はあずさと原田が現場を訪れた経緯についてかいつまんで触れており、最後は『相談内容に関わる当事者が死亡したため、以降の対応は警察に引き継ぐこととする』とまとめられていた。

「俺も刑事課に何人か知り合いいるからさ、捜査の進み具合を聞いたんだよ。現場が密室だったたって？　しかも犯人は誰も見てないらしいじゃん」

西條は流石に少し声をひそめて言った。しかし小声になることで、却《かえ》ってあずさの方に距離を詰めてくる。いや、詰めているどころではなく、ほんの十数センチのところまで顔を近づけてきていた。一歩間違えればキスでもされそうな距離感である。勘弁してくれ、と思いながらもあずさも小さめの声で答えた。

「そうです。被害者が落ちた部屋には鍵がかかってました。私が自分で確認したので」

「しかも奥さん、睦子さんだっけ、落ちたときにナツミ、ナツミって言ってたんでしょ。このナツミが犯人だと思うよね」

「そうじゃないんですか」

「まあ警察もナツミという人物を捜してるだろうけどね。でもたとえその人を発見しても、どうやって犯行に及んだのかがわからないと最悪逮捕すらできないかもね」

西條は言葉とは裏腹ににやにやと笑いながら言った。

「何か考えがあるんですか」

あずさは嫌々ながらも尋ねた。要するに何か思いついたから聞いてほしいのだろう。安楽椅子《あんらくいす》探偵を決め込もうというわけである。

「例えばさ、誰かがこっそり合鍵を作っていたとすればどうだろう」

「合鍵ですか」

「そう。睦子さんを襲った後、当然落ちた先に旦那やあずさちゃんたちがいるのは犯人にも見えただろう。しかもあずさちゃんが家に飛び込んでくる様子だ。犯人は当然慌てる。用意してあった合鍵で素早くドアに鍵をかけ、落ちたのとは反対側の部屋に逃げ込むんだ。そしてその窓から飛び降りて逃走する。家の反対側だから誰も見ていないし、あずさちゃんは最初睦子さんの部屋の方に気を取られてるから気付かないだろう」

「なんで鍵を閉めたんでしょう。閉める必要はないですよね」

「勿論必要はない。でも密室にする必要がないのは目撃者がいたからだ。犯人の最初の予定では、目撃者はいる筈じゃなかった。だから睦子さんを突き落とした後、部屋を密室にすれば、事故で落ちたとしか思われないだろう、という計画だったわけだ。ところが首尾よく睦子さんを落下させたところで目撃者の存在に気付いてしまう。慌てた犯人は、一刻も早く立ち去らないと、という焦りから、よく考えずに当初の計画通りに鍵をかけてしまったんだ。そのことが不可能犯罪を作り上げるとは思わずにね」

「つまり、犯人が計画の狂いに慌てたせいで密室が出来上がったと？」

「そういうストーリーもあり得るという話さ」

あずさは西條が近くにいる不快感も忘れて考え込んだ。確かに筋が通っているように聞こえる。いや、むしろそれしか説明がつかないのではないかという気さえしてくる。認めるのは癪《しゃく》に障《さわ》るが、やはり西條という男、頭は切れるらしい。

「ただ、もし合鍵を作ったとして、どうやって作ったんでしょうか。鍵は睦子さんが肌身離さず持っていたと聞いてますよ」

「おお、流石に旦那が担当してる事件だけあってこっそり聞いてるね」

西條は妙な褒め方をした。

「そう、確かに睦子さんは鍵を首から下げていたらしい。それも二十四時間ずっとだ。だから合鍵を作るチャンスがあるとすれば家族だろうね」

「家族でも鍵を借りるなんてできないんじゃないですか」

「だから合鍵を作ってる間、別の鍵とすり替えたんだよ。似たような見た目のを用意しておいてね。いくら二十四時間首から下げてるといってもすり替えるだけならチャンスが無いわけじゃない。寝てる間は無防備だし、旦那さんなら……そう、夜の営みのときにでも、盛り上がった隙《すき》に、とか。あずさちゃんだって覚えがあるでしょ、旦那さんとのそういうとき。目を閉じちゃったりしてれば、隙はあるんじゃない」

「それだと家族が犯人ってことですか。ナツミという名前はどうなるんです」

あずさは敢《あ》えて西條のセクハラめいた発言を無視して言った。千夏ならともかく、三十二にもなってこの程度の台詞に顔を赤らめているわけにもいかない。もっともいざというときには人事課に訴えてやろう、とは思っていた。

「別に直接の犯人が家族である必要はないさ。鍵の件に関しては共犯だったという可能性もある。共犯者が家族にいれば、ナツミとやらが家に侵入する際にも容易だ。あるいは何かの細工によって、睦子さんが相手を家族でなくナツミという人物だと思い込んだ、ということもあり得るかな。それこそ目だし帽みたいなもので顔を完全に隠してしまえば、日頃から恐れていた相手がついに襲ってきたと思わせることもできるだろう」

「でもその意味はあまりないですよね。だって犯人の計画では目撃者がいない筈だったんでしょう。それなら睦子さんがナツミ、と呼んだところで、誰も聞いてはいないことになる」

「流石に鋭いね、あずさちゃん。その辺はちょっと俺も整理しきれてないんだ。でも、お母さん、麗美さんだっけ、この人は普段から家にいるわけでしょ。なら麗美さんが目撃しないにしてもどこかで聞いているかもしれないから、念のために、っていう考えだったかもしれないね。まあここまでくると推理というより憶測だな」

西條は得意げに語り終えると自分のデスクへと戻った。

確かに西條の考えは、推理というよりは憶測といった方がいい。合鍵の件にしても、何かそれを裏付けるような証拠は残っていないのだ。とはいえ、辻褄が合っているのも確かだった。

一応、本当に念のため、具樹にメールして今のストーリーを知らせた方がいいだろうか。あずさがスマートフォンを取り出したところで、窓口の方から、すみません、という声が聞こえ、慌ててまた鞄《かばん》へと仕舞うことになった。業務中の携帯端末の利用も、決して禁止というわけではないが、市民の目の届くところでは極力避けるように、というのが人事課からのお達しである。

「お待たせしました」

窓口へ出ていくあずさの視界の隅《すみ》で、西條がまだ得意げな顔で椅子にもたれかかっているのが見えた。メールはいいや、また家に帰ったら話そう。あずさはそう心に決めてできる限りの笑顔を作った。

「うちの猫が迷子になってしまって。捜すのにいい方法ってないですか」

やってきた女はそう切り出しながら椅子に腰かけた。話を聞いてみると、窓を開けた隙に飛び出したまま もう一週間も帰らないのだという。密室殺人と猫の迷子という落差に軽い眩暈《めまい》を覚えながら、あずさは地元紙の情報掲載コーナーの説明を始めた。


駅前のスペイン料理店は週の最初だというのに思いのほか混んでいた。それでもある程度は賑《にぎ》やかな方が職場の人間と飲むのには都合がいい。酔った勢いで思わずこぼれた言葉を聞き咎《とが》められる心配が少ないからだ。

「あずささんは結婚して何年になるんですか？」

早くもカクテルで少し赤くなっている千夏が尋ねた。

「うちは、ええと……もう十年になるかな」

あずさもつまみを口に放り込みながら答える。思えばもうそんなになるのか、と自分でも口にして驚いた。子供も作らないまま気付けば節目の年である。

「すごいですね、じゃあかなり早く結婚したんですね」

「私が卒業してすぐだったからね。だから最初のうちはお金もなくて苦労したよ」

「いいなあ。あたしなんか全然ですよ。そろそろ焦り始めました」

「千夏ちゃん今年で三年目だっけ。そうすると二十五歳？」

「そうです、もうクリスマスケーキなら売れ残りってやつですよ」

若い割に妙に古臭い例えをもってくるな、と苦笑しながらあずさはワインを傾けた。可愛らしい顔立ちだし、人懐《ひとなつ》こい性格も男にはうけそうなものだが、と考える。あるいは理想が高くてなかなかお眼鏡に適《かな》う相手が出てこないということかもしれない。

「西條係長とかどう。独身だよ」

「やめてくださいよ。どっちかっていうとお父さんの世代ですよ」

千夏は口を尖らせた。

「それにかなりセクハラっぽくないですか、あの人」

「今時ちゃん付けはないよねえ。言葉の端々《はしばし》に嫌味とかセクハラ発言とか織り交ぜてくるし」

「あたしもこないだ言われましたよ。彼氏はまだ出来ないのかって。余計なお世話だっての」

「ただ、頭はいいんだよね。仕事も早いし、腹立つけど優秀なのには違いないと思う」

あずさは千夏に事件についての西條の推理をかいつまんで話した。

「へえ、そんな話してたんですか。なんかぼそぼそと喋ってるなとは思いましたけど」

「確かに辻褄は合う気がするんだよね。そもそも私なんか推理小説とか読まないから、丸め込まれてるだけなのかもしれないけど」

「でも今の話聞いてるとそうなのかもしれないって思いますよね。あずささん、旦那さんに教えてあげたんですか？　刑事さんでしたよね」

「そう。しかも丁度この事件の捜査に回されてるんだよね。旦那が係長に負けると腹立たしいからさっきメールで教えといた」

「なんか言ってましたか」

千夏は少し身を乗り出した。

「そんな大したことは何も。ふーん、まあそういう可能性もあり得るな、って感じ。うちの旦那、ちょっと理屈っぽいっていうか、そういうところがあるからさ。こういうときあんまり反応してくれないんだよ。でもともかく立証するには少しハードルが高いかもね。そもそも合鍵が存在してたところでそれが使われたという証拠も無いだろうし」

「うーんそんなもんですか。やっぱりドラマみたいにはいかないんですね」

「そりゃあね。現実的なところではやっぱりそのナツミって人を捜し出して自白させるのが一番の近道ってことになるんじゃないかな」

「見つかりそうなんですか」

「日本の警察は推理小説ほど間抜けじゃないよ」

あずさはそう言って少し笑うと、手を挙げて店員を呼んだ。

「すみません、次は白ワインを」

「あずささん、お酒強いですね」

気付けば千夏の目は少し潤《うる》んだように間接照明の下で光っていた。やっぱり私が男ならほっとかないけどな、と思いながらオリーヴオイルをつけたパンを手に取ると、あずさはそれを千夏の口に運んでみた。

第二章　増殖する焼骨

一

以前に参加した地元自治会の健康教室で、若い女の講師が、

「男性は特に、奥さんを亡くされたりしたときに、どうしても引きこもりがちになる傾向があるようです。認知症などのリスクが高まりますから、できるだけこうやって他人と会って楽しむ時間を作ることが重要です」

などと話していたのを今更ながらに痛感していた。

なるほど、その通りだ、と思う。妻が亡くなって丁度一年になるが、この一年でどれだけ他人と話をしただろうか。

亡くなった直後はそれでもあれこれと手続きが必要だったから、事務的な会話は否応《いやおう》なくしていた。市への手続きや火葬も、通夜や葬儀も滞りなく済ませたし、一段落してからはもう一度市役所で膨大な書類を書かされた。

しかしそれはどれもこれも決められた手続きを決められた通りにやっただけだ。まるで自分はロボットのようだった。

二人の息子は結局母親の最期には間に合わなかった。最初からわかっていたことではある。一人は東京に、一人は甲府《こうふ》に、それぞれ家庭を持っている。ましてや妻が亡くなったのも突然のことだったから、間に合う筈もなかった。

風呂場で倒れている妻を見つけたのは、買い物から帰ってきた夕方のことだった。あの日も今日のように気温が高く、きっと家事で汗ばんだ身体を洗おうとしたのだろう。風呂に入ろうとして亡くなる高齢者は冬場に圧倒的に多いと聞いたことがあった。気温の差が影響しているそうだが、ではどうして妻がこんな暖かい時期に、と医者に聞いても明確な回答は得られなかった。

もっとも元々血圧が高い妻のことである。もしかすると風呂とは関係がなく、たとえリビングで休んでいたとしても脳卒中は起こったのかもしれない。しかし、それでも、せめて一緒に買い物に連れて行っていれば、と悔《く》やまない日は無かった。

それからというもの、見事なまでにあの講師が言っていた通りに引きこもるようになってしまった。外に出かける機会はそれなりにあった。古い馴染《なじ》みからの誘いもあったし、自治会の会合もあった。それでも、私は自らの意思でそれらをほとんど断った。

何か強い思いがあったわけではない。ただ気力が湧《わ》かなかっただけである。

地元の民生委員も心配してくれたのだろう、妻が亡くなる前は年に数回だった訪問が月に一回と一気に増加した。私にとってはそれがほとんど唯一他人と会話をする機会だった。

あるとき、訪問に来てくれた民生委員と話をしているうちに、趣味の話になったことがある。

「曽根原《そねはら》さんは何か趣味とか無いんですか」

民生委員の女性はそう尋ねた。

「いやあ、将棋やなんかは好きだがね。けどもここ最近はあんまりやらんなあ。相手がおらんで」

「将棋ですか。うちの旦那とおんなじ。そいじゃあ旦那に打ちに来るように言っておきますよ」

彼女は朗らかにけらけらと笑いながらそう言ってくれた。考えてみれば彼女も私とそれほど歳は変わらない。せいぜい三つか四つ下というところだろう。だとすればもう七十にも近い筈だが、気が付けばすっかり自分と彼女の間には境遇の隔《へだ》たりができてしまっている。

見守る側と見守られる側。

妻を失ったというだけで、私自身は何ひとつ変化していないのに、私は一瞬にして弱い立場に追い込まれてしまったらしい。

長年連れ添った配偶者というのはそういうものなのかもしれない。自分の一部。生活の一部。それを失ったというのは、つまりは半身を失ったのと同じことなのだろう。

「いやあ、そりゃ悪いで。旦那さんも忙しいずら。地区の役員なんかやってりゃ」

「ほいでも、ずっと一人でいれば気が滅入《めい》るでしょう。それじゃどっかでクラブ活動なんかに参加したらどう。高齢者が集まる将棋クラブとかあるんじゃないです？」

「そうさなあ。考えとくわ」

今思えば随分そっけない態度だった。折角心配して来てくれているんだからもう少し愛想よくすればいいものを、と自分で自分が情けなくなる。しかしそのときの私は、そういう反応が精一杯だったのも事実だ。

私は毎日仏壇に置かれた妻の遺骨に向かって長い時間手を合わせた。そこに妻の魂が眠っているのだ、と本気で信じていたわけではない。どちらかというと、自分の中で妻がいない寂《さび》しさに折り合いをつけるための儀式だった。

遺影の中の妻は、その丸い顔をほころばせて私を見つめていた。結婚四十年の記念に、と訪れた沖縄で撮影したものだった。妻にとってはあれが最後の旅行になってしまったことになる。信州《しんしゅう》では見ることのできない色とりどりの魚が泳ぐ水族館で、まるで童心にかえったようにはしゃいでいたものだ。

仏壇に向かっていると、そういう思い出が次々と浮かんでくる。その思い出たちにひとつひとつ触れ、心の中に仕舞い込む。それが私なりの立ち直るための手段だった。

冬が明け、桜が散り、また五月がやってきた。

その頃になってようやく私も気持ちの整理がつき、家の中を片付けたり、ふらふらと街中へ出かけたりできるようになっていた。

驚いたのは体力の衰えである。一年もほとんど家から出ない生活を送っていたことで、信じられないほどに足腰が弱くなっているのがわかった。以前なら半日くらい駅前をぶらついてもなんてことはなかったのに、気付いたら一時間ごとに喫茶店にでも椅子を求めて入る有様《ありさま》である。人間、歳をとるというのはこういうことなのか、と七十を過ぎた今になってようやく実感する破目になるとは思ってもみなかったことだ。

とはいえずっとこんな調子でも困るのは事実である。思いがけず早く亡くなった妻の分まで、これからはしっかりと生きねばならない。私は少しずつ運動することを心がけるようになった。毎朝小一時間散歩し、夕方は近くのスーパーまで歩いて買い物に行くようにした。それだけのことでも効果はあるもので、ひと月ほどそんな習慣を続けていると、目に見えて体力が戻ってくるのがわかった。

そういえば、どうせ散歩をするなら犬を飼おう、と思い立ったことがあった。今時はペットショップで買ってくることも多いのだろうが、どうせ飼うなら殺処分にされそうな犬を引き取ってやろうと思ったのだ。

そこで保健所を訪ねて、殺処分されそうな犬がいたら飼いたいのだが、と申し出てみて驚いた。松本保健所ではここ数年、殺処分自体の実績がゼロ件なのだという。なんでもボランティア団体の活動が活発になり、処分される前にボランティアが引き取る体制が整ったこと、そして保健所でも飼主《かいぬし》の責任を明確化して、安易に飼えなくなったから、という理由では引き取りそのものを拒否しているからだという。

その話を聞いて、犬を飼おうという気持ちが萎《しぼ》んでしまった。保健所の職員からは、ボランティアもまた引き取るのは一時的なことで、常に次の里親を探している、と聞かされ、連絡先も教えてもらったのだが、結局そこに電話することはなかった。大した理由があったわけではない。ただなんとなく、自分が引き取らなくても失われる命が無いのだ、と思ったのだ。勿論いいことには違いないが、時代が変わったな、という寂しさもまた同時に感じた。

歳をとるというのはまたエゴイストになることでもあるのかもしれない。これまで地層のように積み上げてきた年月の中に形成した、堆積岩《たいせきがん》のような己の殻を破るほどの気力はまるで湧いてこない。世の中は絶えず変化しているのに、私自身は流れの速い川底にあってなお微塵《みじん》も揺るがない巨礫《きょれき》の如《ごと》く、動くことを拒《こば》み続けている。きっとこれまでの人生で身に着けた何もかもが否定されるのが恐ろしいのだろう。些《さ》細《さい》なことでキレる老人というのが話題に上るようになって久しいが、その老人たちは皆、大なり小なり同じような孤独と恐怖に閉じこもっているのだ。

特殊詐欺《さぎ》に引っかかる老人が多いのも、どこかで己が正しいのだ、という意固地な思いを抱えているからではないだろうか。自分が子供や孫の声を間違える筈がない。判断力が衰えている筈がない。口では「俺も気を付けないと」などと言っていても、心のどこかで自分は大丈夫、まだしっかりしている、と過信しているのだ。

それは私とて同じことである。だから妻の一周忌を前にして、久しぶりに上の息子から電話がかかってきたときも、「ああ父さん、俺だけど」という電話の向こうの声に、いとも簡単に、「おお、隆行《たかゆき》か」と息子の名前を発していた。

「おい、頼むよ。そっちで俺の名前言っちまったら、あっという間に詐欺の餌食《えじき》だぞ」

電話の向こうの息子はそう言って苦笑していたものである。

幸いにもそれは詐欺師ではなくて本物の息子であった。

「母さんの一周忌なんだけど、当日のうちに帰らなきゃならなくなった。どうしても仕事が立て込んでるんだ。それでノブにもそう言ったら、ノブも納骨だけしたら帰るって」

「なんだい、残念だな。勇樹《ゆうき》も連れてくるずら。さっちゃんと勇樹だけでも泊まっていきましょ」

ノブというのは信行《のぶゆき》という下の息子、つまり隆行の弟にあたる。隆行は当初、東京から妻の幸恵《さちえ》と、息子、私の孫にあたる勇樹を連れて一泊で訪れる予定になっていた。一方で甲府で暮らしている信行の方はまだ子供がおらず、今回の一周忌にも自分一人で来るつもりのようだったから、元々泊まる予定は無かったのだろう。

折角孫と触れ合う機会だと思っていただけに、私は大いに残念がった。とはいえ隆行は一部上場の大手企業に勤めている忙しい身である。その上妻の命日は木曜で平日なので、泊まるとなれば二日も続けて休みを取る必要がある。それを思えば顔が見られるだけでも感謝せねばなるまい。私は先日五歳になった勇樹を喜ばせるプレゼントを探しに、駅近くのデパートに向かうことにした。人混《ひとご》みは相変わらず衰えた身体にこたえたが、今度は不思議と休みたいとは思わなかった。

妻の命日である五月二十四日は、朝早くから隆行一家が訪れ、久しぶりに家の中に花が咲いたようだった。段々と生意気な口をきくようになった勇樹もまた可愛らしく、私が用意したおもちゃに目を輝かせていた。

「父さん、あんまり甘やかさないでくれよ」

隆行も苦笑いしながらその様子を見ていたが、勇樹に新しいおもちゃで一緒に遊ぼうと誘われ、私の前では見せたこともないような口調でヒーローごっこの相手を始めた。やはり一人息子は可愛いらしい。

「さっちゃん、そんな台所なんて置いときなさい。後で俺がやるで。お客さんなんだから休んで休んで」

「でも、お義父《とう》さん一人じゃ大変でしょう。いいんですよ、勇樹の相手をしてもらえるだけで私は楽ですから」

幸恵は明るく笑いながら、私が雑然と放り出していた台所周辺を手際よく片付けている。これで普段はパートに出ているというのだから恐れ入る。母は強しとはよく言ったもので、ひとつの仕事に集中していれば許される父親と比べていかに大変なことだろうか。

「たまには隆行にも家事をやらせるだじ。あいつ、自分じゃ米も炊《た》けねえずら。さっちゃんがいないときなんか、勇樹に飯作ってやるくれえのことはできねえと」

「なんだよ、父さんだって似たようなもんだろ。家事は母さんが全部やってたじゃないか」

向こうの居間からさっきまで怪獣になりきっていた隆行がまぜっかえす。

「ほいだで今苦労してるんじゃねえか。人生何があるかわからねえでね。俺だって母さんが先に逝っちまうとは思わなんだもの。まさか七十過ぎて料理番組を真剣に見るようになるとは思わなんだわ」

そう言って笑いながら、私はふと、妻の死がようやく過去のものになったんだという実感を得た。悲しみは癒《い》えるものだ。あれだけ塞ぎ込んでいたのに薄情だろうか、という思いさえ浮かんでくる。もしかすると私がいなくなった後の世界を生きるであろう小さな命が、この家の中で元気に暴《あば》れまわっているのを見て、何かが吹っ切れたのかもしれなかった。

やがて私が出前を頼んだ寿司《すし》で遅めの昼食となったところへ、信行から「少し遅れる」という連絡が来たので、私は先に墓の掃除をしておくことにした。法事を頼んだ住職もまた忙しい身なので、約束の時間になってももたもたと墓を磨《みが》いていれば迷惑をかけるであろう。丁度遊び疲れた勇樹が満腹してウトウトし始めたこともあり、今のうちにすぐ納骨できるようにしておこうと思ったのだ。

岡田《おかだ》にある我が家の墓は、地域の何軒かが共同で所有する墓地の一角にあった。かつては私の家はそのあたりにあったのだが、私がまだ赤ん坊の頃に道路の拡幅工事か何かのために立ち退くことになり、今の場所に移ったと聞いていた。古い家であったし、元々私の祖父の代に分家して建てたところだったから、私の両親にもそれほど躊躇《ためら》いはなかったようだ。とはいえ墓まで移すとなると余分な金もかかる。それで墓はそのまま岡田に残しておくことにしたらしかった。

自宅のある蟻《あり》ケ崎《さき》からは車だとせいぜい十分程度の距離である。本当は運動のためにもこれくらいなら歩いて行くところだが、流石に今日はそうもいかない。私は掃除道具を軽トラックの荷台に放り込み、隆行たちに留守を頼んで墓へと向かった。

前に来たのは昨年のお盆だから、もう九ヵ月にもなる。墓石も砂埃《すなぼこり》でうっすら白く汚れていた。これからはできる限り頻繁に、妻の元へ訪れることになるだろう。そう思いながら墓石を拭き、周りに生《は》え始めている雑草をざっと抜いた。昨年から草取りをしていないにもかかわらず枯草がほとんど残ってないのは、他の墓の所有者が気を利かせてわざわざこのあたりまで草取りをしてくれたに違いなかった。地元を離れた一家にもこうして優しくしてくれる人がいるというのは、この世知辛いご時世にあっては本当にありがたいことである。

お礼というわけではないが、私も我が家の周りというには少し広い範囲の草を抜き、満足してあたりを眺めた。この墓地のいいところに、松本盆地やその遥《はる》か向こうの八《や》ヶ岳《つたけ》が一望できるこの立地がある。私が近いうちに眠る場所が、こういう高台にあるというのはなんとも恵まれているものだ。そういえば妻も生前、このお墓ならずっと眠っているには最高の場所ね、と喜んでいたものだった。

家に一度戻ると、やっと到着した信行が今度は怪獣になっていた。勇樹は寝ている間もおもちゃを手放さなかったらしく、頰《ほお》にくっきりと跡が残っている。そこまで喜んでもらえるなら祖父冥利《みようり》に尽きるというものだろう。

雑談に花を咲かせていると、やがて住職が到着した。皆で仏壇に向かい、法事が開始されると、勇樹ですら神妙な雰囲気を感じ取って大人しく手を合わせていた。どうしても妻の命日に法事をしたい、という私の希望で、他の親戚《しんせき》に無理に参加してもらうことはしなかったので、ごく小規模な法事である。それでも何事も派手にやるのを好まなかった妻のことだ、きっと息子たちの元気な姿が見られればそれでいい、と言ってくれているに違いなかった。

読経が終わりひと息ついたところで、皆で改めて墓へと向かう。あまりゆっくりしていられないのが残念ではあったが、今日のところは致し方ない。じきにまたお盆になれば、今度はゆっくりと子供たちと語らう機会もあるだろう。

つい先ほど掃除したばかりの墓に着くと、信行が墓碑の下の三十センチ四方の石でできた扉を開いた。墓碑の下にぽっかりと口を開けたそこが、カロートと呼ばれる納骨室になっている。普段は悪戯《いたずら》などされないように大きく頑丈な南京錠《ナンキンじょう》をかけてあるから、ここが開くのも数年振りということになる。前回は私の兄が亡くなったときだった。思えば兄もまた血管系の病気で、まだまだ若いうちに亡くなったものである。子供がおらず、四十代で離婚を経験している兄にとっては寂しい晩年だったことだろう。

思い出に浸りながら息子たちがカロートに母親の遺骨を納めようとしているのを眺めていると、ふと骨壺《こつつぼ》を抱えた隆行の手が止まった。

「ノブ、このお骨、誰のだ?」

隆行の声に弟が反応してカロートを覗き込んだ。

「手前の新しいやつ? 一番新しいんだから伯父さんだろ?」

「いや……伯父さんはそっちだろう。あのときも俺が納めたから覚えてる。その骨壺だった。それにこれはまだかなり新しいぞ?」

「なんだい。なんかあっただか」

私もつられて隆行の手元を覗いた。後ろの方では勇樹が大人たちの困惑を尻目《しりめ》に、好き勝手にはしゃいでおり、幸恵と住職が元気だねえ、などと笑っているのが聞こえた。

「父さん、ちょっと見てよ。これ、この骨壺。誰のだろう」

見ると、隆行の手には妻のものと同じくらい真新しい骨壺が抱えられていた。妻の遺骨は墓のすぐ脇に置いてある。更にカロートの奥を覗くと、そこには他に四つの骨壺が並んでいるのが見て取れた。

「待てよ、全部で五つあるってことか？　お前らの祖父《じい》さん祖母《ばあ》さんと、祖父さんの弟、俺の兄貴。四つの筈だが……」

そこまで言って、私の背筋に冷たい物がつうっと流れ落ちた。

何か禍々《まがまが》しいものを感じたのか、隆行がその謎の遺骨をそっと地面に置く。しばし親子三人で顔を見合わせた。

私は頭の中で必死に数を数えた。私の父と母、叔父、兄。傍《かたわ》らにある墓誌を見てもやはりその四名の戒《かい》名《みょう》が彫られているだけである。それではこの足元の骨壺はなんだ？　しかもずっと鍵がかけてあったところに、どうやって入り込んだのだ？

恐る恐る骨壺を開けてみると、そこには確かに火葬された遺骨らしき白い物体がおさまっている。何かがおかしい。いつ、なぜ、どうやって、これはこの墓の中に出現したのだ？

「どうされましたかな」

我々の様子に気付いた住職に後ろから声を掛けられ、私は危うく飛び上がりそうになった。

「いや、骨が……」

それだけ言って固まってしまった私に代わり、隆行が事の次第を説明した。

「ははあ」

住職も短く刈りそろえたごま塩頭を撫でながら唸った。

「そうなると、理屈からすればそれが伯父さんのものということになるのではないですかな。お祖父さんやお祖母さんが亡くなられたのはだいぶ前でしょう。それでその頃に何か事情があってひとつ多く入れてあるとか」

「そう言われると……でも事情って何があるんですか。古いものにしても知らないお骨がひとつ多いのは間違いないですよね」

隆行もまたしきりに首を捻《ひね》っていた。

「まあ例えば生まれてすぐ亡くなった子がいたとか、あるいは隠し子のような……おっと、あくまで例えですよ」

「父さん、そんな話聞いたことある？」

「いやあ、ついぞ聞かん。前に兄貴を納めたときには数がおかしいなんて思いもしなかったが」

「もしくはもう一代前はどうです。隆行さんたちのひいお祖父さんやひいお祖母さんに当たる方。土葬にするのが当時は普通だったでしょうが、何かの理由で火葬にしたとか」

そう言われて息子たちはまた私を見たが、私は黙って首を振るしかなかった。流石にそんなことがあったとしても私も覚えてはいない。ただどうにも気になるのは、この足元の壺が兄のものにしては綺麗すぎることだった。

「とにかく、出しておくわけにもいかんずら。これと、母さんのと、納めて閉めちまおう。明日役場にでも行って相談してみるわ」

私はまだ腕に立っている鳥肌を堪えながら、努めて明るく言った。

気持ちが悪いのは事実だが、確かに住職が言う通り、我々家族が勘違いしていたり、あるいは昔こっそりと納められたお骨があるというだけなのかもしれない。現に今日南京錠を開けたときにも、誰かが無理やりこじ開けたような形跡など微塵もなかった。まさか勝手に増えるわけがないから、増えた事情を我々が知らないというだけなのだろう。

大切な日にひとつケチがついてしまった、と残念がりながらも、私は息子が二つの骨壺を墓に納めるのを見届けると、改めて南京錠をかけ、住職の読経に合わせて祈った。それは本心からの祈りだった。妻が安らかに眠れますように。そして我々が何か勘違いをしていますように。

「信行、駅まで乗せてくれや」

住職が全ての仕事を終えて帰ると、車に乗り込む次男に向かって私はそう頼んだ。

「駅？　家じゃなくていいの？」

「隆行たちもこれでまっすぐ帰るずら。俺は塩尻に用があるだ」

「いいけど、珍しいな。何があるの？」

「こないだから週に何度か、将棋サロンに行くようにしてるだわ。今日は丁度集まりのある日だし、これで家に一人で帰るのは面白くねえでな」

そう言って私は半ば強引に信行の車の助手席に乗り込んだ。勇樹がもう一台の車の後部座席から寂しそうに手を振っている。やがてそちらの車が発進すると、信行もエンジンをかけた。スピーカーから何やらよくわからない若い女の子の声がメロディと共に流れたので、少しヴォリュームを絞った。

駅へ向かう国道へ出ると、少し先のところにパトカーが停まっているのが見えた。事故か何かがあったらしい。一瞬、今体験した不思議な出来事を洗いざらい話してみようか、という考えが頭に浮かんだが、強引に電車の時刻のことに思考を切り替える。

なに、なんてことはねえ。何か見落としているんだ。音量を絞ったスピーカーから、微かに甲高《かんだか》い声が、「私の勘違いだったのかしら」と歌っているのが聞こえた。私はポケットに収めた墓の鍵を手探りで確認すると、助手席のシートに深くもたれかかった。

二

ハナオカ電業は国道一九号沿いにある工場団地の一角に事務所と工場を置いていた。周囲の大きな企業と比べると一回りも二回りも小さく、まるで他の工場に埋もれるように建っている。それでもなんとか自社の名前を広めようと頑張ったと見えて、やけに目立つ色合いの、社屋とは不釣り合いに大きな看板のお陰《かげ》で、具樹たちも迷うことなくたどり着くことができた。

事務所の中は早くもエアコンを入れているらしく、外の日差しから逃れるように入り口をくぐった刑事たちにとっては天国のような環境だった。

「こんにちは。ちょっとお話を聞きたいんだが、いいですか」

藤田がカウンターにほど近い位置に座っている若い女性社員に声を掛ける。はい、と立ち上がってこちらにやってくる女の胸には花岡《はなおか》、という名札がつけられていた。社長の親族なのだろうか、と考えながらも具樹たちは警察手帳を取り出して名乗った。

「刑事さんですか？　何かありましたでしょうか」

不安そうな表情を見せる花岡に、具樹はできるだけ爽やかに見えるように心がけながら笑顔を向けた。

「ちょっとこちらに勤めておられる方のことで聞きたいんです。いえ、別にこちらの会社で何かあったとかそういうことではないんですが」

「わかりました。それではこちらへどうぞ。上の者を呼んでまいります」

花岡に促されるままに事務所のフロアに入ると、パソコンに向かっていた何人かの社員がこちらを振り向いた。具樹が軽く会釈をすると、社員たちも不思議そうな表情で座ったまま礼を返した。

フロアを抜けて廊下へ出ると、一番近くにあったドアを開けて花岡は中に入るように言った。応接室ということらしい。決して高級ではなさそうな木のローテーブルの両側にソファが並んでいる。具樹たちが三人掛けのソファの方へ進むと、花岡は一礼してドアを閉めた。動いた空気が若い女に特有の甘い匂いを運んできた。

「いいよなあ、あのくらいの女の子がいてくれると職場が明るくなって」

藤田はソファの右端に腰を下ろした。

「警察は男ばっかりですからね。交通課にでも行けば多少はましですが」

「俺もさ、別に女性差別をするわけじゃないんだよ。今時はそういう考えが古いってのはカミさんにも散々躾《しつ》けられてるからな。でも実際のところ、若い女の子がいると職場の男どもがよく働くんだよな。いいとこ見せようとするから」

「まあ、身に覚えはありますね」

具樹も笑いながら座る。しばらくそうして雑談に花を咲かせていると、やがてドアが開いて年配の男が入ってきた。

「お待たせしました。総務部長の北林《きたばやし》と申します」

男は懐《ふところ》から名刺入れを取り出すと、具樹たちそれぞれに名刺を渡した。

「すみません、我々今日は名刺を持ってきておりませんで。藤田と、こっちは六原といいます」

藤田に続いて具樹も立ち上がって手帳を示す。北林はいやいや、構いません、と皺の目立つ両手を振りながら向かいのソファに腰かけた。

北林は、今時あまり流行《はや》らない昔ながらの金縁眼鏡を少しずり上げると、話を促すように首を傾《かし》げて見せた。

「実はね、以前こちらの会社へ勤めていた方で、高槻睦子さんという人がいると思うのですが」

「高槻さん？　ああ、いますね。でも何年も前に辞めていますよ」

「ええ、それは知っています。それで、その高槻さんと親しかった女性の社員で、ナツミさんという名前の方がいるんじゃないかと思うんです。その方について伺いたい」

「ナツミ？　ナツミ……ああ、わかりました。赤木奈津美《あかぎなつみ》さんですね」

北林はあっさりと頷いた。隣で藤田が、おお、と微かに呟いた。

「ほう、赤木さんというんですね。どういう漢字の方ですか」

「そうですね、割と元気のいいというか、威勢のいいというか、そんな人でしたよ」

北林の言葉に最初は戸惑った具樹だったが、合点《がてん》がいくと思わず噴《ふ》き出《だ》しそうになった。

「いや、その感じ、ではなくてですね、字です。どういう字を書くんですか」

「ああそういうことか。木材の木の方の赤木に、奈良の奈、大津《おおつ》の津、それで美しい、です」

北林は照れたように笑いながらも説明してくれた。少し刑事と向き合っている緊張がほどけたようだ、と具樹も笑いを返したが、藤田は別のことに気を取られているようで、鋭い目線を北林に送りながら口を開いた。

「失礼。今、そんな人でした、と言いましたか」

「ええ、そうです。つまり、赤木さんもしばらく前に辞めてしまったもんですから」

「辞めた……そうですか」

藤田は露骨にがっかりした表情を見せた。今日この場ででも赤木奈津美に接触できれば一番よかったのは間違いない。そういう意味では藤田の落胆もよくわかったが、手掛かりが得られただけでも収穫である。

「我々、その赤木奈津美さんにお話をどうしても伺いたいんですよ。住所やなんか、教えていただけませんか。それから、できれば写真も」

具樹が努めて笑顔を崩さないようにしながら聞くと、北林は、警察の捜査なら構いませんよ、と答えて席を立った。社員名簿の確認に行くのだろう。何も言わないところを見ると、まだ赤木のデータが社内に残っているということのようだった。

「これでどこまで近づけますかね」

「どうだろうな。ともかく可能性が高そうな情報が出てきただけでもありがたい。あのおばちゃんも早く思い出しといてくれればよかったのにな」

藤田は腕組みをしたまま目を閉じた。おばちゃん、というのは麗美のことだろう。しかしあの見た目からすれば、あまりおばちゃんというイメージでもない。強《し》いて言うなら魔女に近いのではないか、と具樹はぼんやりと考えた。あずさが五十代になった頃、果たしてどの程度皺が刻まれているだろうか。想像してみたが、あんまり若々しくても不自然な気がした。年相応になっていた方が自分としては心が休まる。

しばらくそうして無言のまま待っていると、やがて応接室のドアが再び開き、北林が一枚の紙を片手に入ってきた。

「お待たせしました」

「ありましたか」

藤田と具樹がほとんど同時に腰を浮かしかけた。

「ええ、これです。どうぞ」

北林が差し出した紙には、赤木の住所と電話番号が印字されていた。どうやら社員名簿の管理システムか何かを打ち出したもののようである。

「少なくともうちで働いていた二年前の時点ではここに住んでいました。電話番号も当時のものです」

「ふーん、渚《なぎさ》の四丁目ですか。街中ですね。車で通勤していたんですか？」

具樹が渡された紙に目を落としながら尋ねる。

「いや、確かずっと電車だったと思いますよ。うちは広丘駅からそれほど距離もないですし、渚から来るには国道がかなり混みますからね」

渚というのは松本駅から少し西へ行ったあたり、田川《たがわ》と奈良《なら》井川《いがわ》に挟まれた一帯の地域である。国道沿いを除いては古い住宅地が多く、貸家やアパートもいくつかあった筈である。赤木の住所を見ると、番地の後にBという文字が付いている。おそらく何棟かある貸家のうちのひとつを指しているのだろう、と具樹は当たりをつけた。

「ちなみに、どうして赤木さんは辞めたんでしょうか」

「ああそれは……あまりよく知りませんが」

北林が言葉を濁《にご》したのを見て、藤田が少し目を細めた。

「何か言いづらいことでも？」

「いや、そういうわけでは……ただプライベートなことはわかりませんから。一応転職するから、ということで退職の申し出を受けたと記憶しています」

「表向きはそういうことだったということですか」

藤田に詰め寄られ、北林は苦笑した。

「私からはなんとも言えませんよ。ただ、交際している男性がいたようですので、そちらの関係だったんじゃないかな、と社内で噂《うわさ》していました。婚約したとか、そんなところでしょうね。ですので別段何か問題があったわけじゃないです」

「その男性というのはどなたかご存じですか」

「いや、そもそも交際していたらしいというのも噂ですから。事実かどうかも知りませんよ。しかしどうしてそこまで聞くんですか。彼女、何かしたんです？」

北林はそこで初めて怪訝そうな顔になった。眉《まゆ》を顰《ひそ》めながら二人の刑事の顔を順番に眺めまわす。具樹がどこまで話したものか、と考えていると、少しの沈黙の後、藤田が口を開いた。

「正直言ってわかりません。我々も細かいことは捜査中なので、今のところ知っている情報は多くないんです。ただ、高槻さんの知り合いでナツミという名前の人物が、何か情報を知っている可能性が高い、ということまでですね。それでこちらをお訪ねしたわけです」

「そうですか。まあ言えないことも多いですよね」

一定の理解を示しながらも、北林はまだ不審げな表情を崩さなかったが、具樹たちはそれで一旦引き上げることにした。場合によっては更に話を聞く必要もあるだろうが、今は赤木に直接話を聞くのが先決である。

写真はすぐに出てこないので、探してまた連絡する、と言う北林に礼を言うと、二人はハナオカ電業を後にした。ここから赤木の自宅までは国道一九号をずっと北上していけばいい。先ほど入手した紙に打ち出された住所をスマートフォンの地図で確認しながら、具樹は運転席の藤田に方向を指示した。

夕方に近づくにつれて国道は段々と混雑し始めていた。特に松本市内に入ってからは国道が片側一車線になることもあり、通勤の時間帯は毎日のように渋滞することで知られている。

「署には寄ってくかい」

藤田がのろのろと車を進めながら聞いた。渚に至るまでの国道沿いに松本警察署は位置している。どうせ前を通りかかるのなら立ち寄るか、という意味だった。考えてみれば赤木の住所は署からもせいぜい数百メートルの距離である。

「いや、このまま行きましょう」

具樹はそう言いながら窓を少し開けた。西に傾き始めた太陽が助手席側から当たって少し暑いくらいである。開いた窓の向こうからは、近くの住宅地の中を回っているらしい豆腐屋のラッパの音が聞こえてきた。その気の抜けるような音程が、渋滞に苛ついている刑事たちに「のんびりやりなよ」とでも語りかけているようで、具樹は眼鏡を上げ、大きく伸びをした。

松本署を過ぎた先の交差点を住宅街の中へ入っていき、狭い道をしばらくたどった先に目的の住所はあった。あたりには古びた一軒家がいくつも立ち並んでおり、昔ながらの町工場もちらほらと見られる。そのうちのひとつである「多田井製麺所《たたいせいめんじょ》」と書かれた工場の目の前で車を停めると、具樹たちは外に降り立った。

「どれだい」

藤田が周りを見回しながら尋ねる。

「そこの角にいくつか並んでる建物のどれかですね」

具樹がスマートフォンの画面と見比べながら指差した先には、同じ造りの平屋の建物が四棟ほど並んでいた。元々賃貸住宅として建てたものだろう。近づいていくと、一番道の近くにある家の玄関にはAという表示が掲げられていた。

「ああ、ここがAなので赤木の家は隣でしょうね」

「なるほど、Bってのはそういうことか。今時こういう貸家はあんまり見ねえな。普通は賃貸っていやアパートだが」

二人はA棟の脇を抜けると敷地の奥へと進んだ。そこには手前の家と全く同じ外見の建物が建っている。しかし玄関の周りはA棟とはだいぶ違っていた。先ほどの家の前は小奇麗に片付いていたのと比べて、B棟の玄関先には酒の空き缶だのゴミの詰まったビニール袋だのがあちこちに散らばっている。

具樹が顔をしかめながら玄関に近づき、チャイムを押そうとするのと、玄関が開いて中から人が出てきたのがほとんど同時だった。

「なんだ、あんたら。何の用だ」

玄関から顔を出したのは中年の男だった。太り気味で顎《あご》の周りには整えていないひげが僅かに生えている。ほとんど睨み付けるようにしながら外へと出てきた男は、更に畳みかけるように、

「セールスなら帰ってくれや。金なんかねえからよ」

と怒鳴るような口調で続けた。

具樹は思わず藤田と顔を見合わせた。年齢からすると奈津美の夫なのだろうか。しかしお世辞にも結婚しているとは思えない様子である。それは顔や身体の造りということではなく、よれよれになってあちこちにシミのできているスエットや、男から漂う酒飲み特有の饐《す》えた臭いからそう思ったのだが、玄関に張り付けられた安物の表札を見て合点がいった。

「ええと、赤木さん、ではないですよね」

具樹は表札に書かれた「大森《おおもり》」という文字に視線を向けながら尋ねた。

「見りゃわかるだろ。赤木じゃねえよ。あんたら一体何だってんだ」

「我々、松本警察署の者です」

「あ？　警察？」

大森はそこで初めて声のトーンを落として怪訝な顔になった。

「警察が何の用だ」

「赤木さんという方を捜しているんですよ。こちらにお住まいではないですか」

「俺は一人暮らしだよ。なんでここにいると思ったんだ。赤木なんて名前の奴は知らねえよ」

「そうですか。あるところでこの住所を聞いたもんで。こちらに住んでから長いんですか」

「いいや、まだ一年かそこらだわ。俺が越してくる前に住んでた奴のことじゃねえの」

「ああ、ではそうかもしれませんね。わかりました。お騒がせしました」

具樹が立ち去ろうとすると、男は少し興味を引かれたようで、待てよ、と声を掛けてきた。口を開く度にアルコールからくる悪臭が鼻をつく。

「なんでそいつを捜してるんだよ。教えてくれや」

「申し訳ないですが個人情報でもありますのでね」

「男か、女か」

「女性です。赤木奈津美という人です」

すると大森は少し考えてから、にやにやと笑みを浮かべた。

「わかった、やっぱり俺の前に住んでた女だ。確かそんな名前宛ての郵便物が来たことがあったわ」

「そうですか。どちらへ引っ越したかなんてことは知らないですよね」

「わかんねえな。でも乳のデカい女らしいぜ」

「なんでそれがわかるんです？」

「来たのが下着の通販カタログだったからだよ。それもデカいサイズをメインに扱ってるメーカーのな」

大森のにやにや笑いが益々大きくなった。なるほど、この性格なら独身なのも頷けるな、と具樹は内心で溜息をついた。

「そりゃ貴重な情報をどうも。我々は失礼します」


松本市役所から赤木奈津美の現住所の照会が返ってきたのは三日後の木曜のことだった。どうやら赤木は現在松本市内の開智《かいち》にあるアパートに住んでいるらしい。仕事を辞めた後にでも渚から引っ越したということだろうか。

「開智っていやあ、昔サリン事件のあったあたりだよな。いや、あの住所は北深志《きたふかし》だったかな。どっちにしても近くだった」

赤木のアパートに向かう車の中で、藤田がぽつりと言った。

「あれからもう随分経つなあ。ついこの間のことだと思ってたが」

「そうですね。俺はあの頃はまだ小学生になるかどうかだったと思いますよ」

「なんだい、若さ自慢かよ」

藤田は笑った。

「あれも胸糞《むなくそ》の悪い事件だった。何より最悪なのがマスコミどもがこぞって無実の人間を犯人扱いしてたことだよ。まあ警察の態度もよくなかったが。考えてみればあの頃からマスコミも警察も大して変わっちゃいないような気がするわ。本当に反省したんだかどうだか」

「少なくとも重大な教訓にはなってると思いますけどね」

そう言いながら具樹が車を目的のアパートの駐車場へ乗り入れた。事件が世間から徐々に忘れ去られた頃に建てられたらしい、比較的新しい建物である。三階建てのコンクリートの塊《かたまり》には、「グランビュー開智」という文字プレートが高いところに据え付けられていた。眺めがよいとでも言いたいのだろうが、見晴らしのいいのはせいぜい一番上の階くらいであろう。周辺は二階建ての住宅がところ狭しと立ち並んでおり、アパートの駐車場に立つ具樹たちからは北アルプスですらほとんど拝むことができなかった。

市役所から返ってきた書類にあった住所からすると、二階の丁度真ん中が目指す赤木の部屋であるらしい。ひとつの階にドアが五枚見えていた。具樹たちは黙ったまま足音のよく響く階段を上り、二〇三号室の前に立つ。今度は表札に赤木、という名前が書かれているのが見えた。

藤田がチャイムを鳴らす。部屋の中に響くメロディがドア越しに具樹たちのところまで聞こえてきた。そのままじっと聞き耳を立てるように待ったが、中では何の物音もしなかった。

「留守みたいですね」

「それかアポなしの訪問者は無視することにしているか、どっちかだな」

藤田はもう一度チャイムを鳴らすと、更にドアを三度ノックし、少し大きな声で呼び掛けた。

「こんにちは。赤木さん、おられませんか。警察の者です」

これは藤田が集合住宅などを訪ねたときに時々使う手だった。世間体を気にするような人物ならば、大抵これをやられると半分怒りながらも静かにしてくれ、などと言って出てくるものである。しかし今回ばかりはそうもいかなかった。相変わらずドアの向こうに人の気配はない。二人が顔を見合わせて、こりゃ出直しだな、と目と目で語り合ったところで、思わぬ方向からドアが開く音がした。

少し驚いて右手を振り向くと、そこには二〇二号室のドアを開けて半身を乗り出している女の姿があった。

「あの、何かご用ですか」

「ええと、もしかして赤木さんですか？」

具樹は警察手帳を取り出してそう尋ねながらも、そんな筈はないか、と心の中で打ち消した。部屋番号が違うし、何より顔を出した女はどう見ても二十歳かそこらである。大方信州大学に通っている学生であろう。

「赤木さんはその部屋で合ってますけど、多分いないと思いますよ」

女は具樹たちの示した手帳と二人の刑事の顔を順番に見比べながら言うと、玄関から外へ出てきた。出かける直前だったのか、きちんと化粧をしてミニスカートをはいている。すらっとした白い脚が眩《まぶ》しかった。

「お留守ですかね。どちらに行ったかご存じだったりは」

「わかりませんけど、もう何日も帰ってきてないみたいですよ。旅行にでも行ったんじゃないかな」

「そうですか……具体的にいつから？」

藤田が落胆を隠そうともせずに尋ねた。

「日曜日くらいだったかな。多分二十日の日曜だったと思います。少し大きいバッグを持って出かけるのを見ました。それからずっと気配が無いですから」

「知らないうちに戻ってきてるとかって可能性はないですか」

「夜中に帰ってきてまた朝方に出ていくとかならわかりませんけど。でもうちのアパート、結構壁が薄いみたいで音が響くんですよね。だけどここんところ、全然物音がしないですし……」

この隣人の言うことが本当なら、もう四日も家に戻っていないことになる。事件の起こった直後に姿を消したということになれば益々事情を聞かねばならない、と具樹は思った。

「このアパートの大家さんの連絡先を教えてもらえませんか」

「今ですか？　出かけるところだったんですけど……」

女は渋々《しぶしぶ》と部屋の中に戻ると、しばらくしてスマートフォンを手に戻ってきた。具樹たちは礼を言って大家の住所と電話番号をメモすると、一旦その場を離れることにした。

「開けさせますか」

具樹が車に乗り込みながら尋ねる。赤木の部屋を大家に開けてもらうか、という意味だった。場合によっては一刻を争う事態となる可能性もある。

「ま、差し当たり本人の身の危険が、とかそんなところで説得してみるかな。開けてもらえりゃ儲《もう》けもんだ。ダメなら令状取ってこないと」

藤田は言いながらも古臭い折り畳み式の携帯電話を取り出すと、メモを見ながらボタンを押し始めた。

中に立ち入るのはとりあえず自分だけにしてもらいたい、という条件で、大家だというその高齢の女は鍵を開けてくれることになった。聞くところによれば学生や単身者向けの女性専用アパートらしい。その割には都会のそれのようにアパートの入り口にセキュリティシステムを設けるような造りではなく、先ほどの具樹たちのように誰でも部屋の前まで入っていけるようになっている。田舎のアパートというのはせいぜいこんなものだろうか。それでも女性しかいない、というのはセキュリティの問題を別にしてもそれなりに需要があるのだろう、十五ある全ての部屋に住人が入っているらしかった。

「それじゃちょっと待っていてください。私が確認してきますので」

大家は赤木の部屋の鍵を開けると、刑事たちを外に残して部屋の中へとおもむろに入っていった。万一のことも考えて開けたままにしたドアのところに立って、二人は奥へと入っていく大家の背中を目で追う。中は女性らしく小綺麗に片付いている。しかしキッチンから続く奥の居室のドアを開けた大家が立ち止まった。

「どうしました。何かありましたか」

具樹たちに緊張が走る。

しかし思わず中に立ち入ろうとした二人を、大家は振り返って身振りで押しとどめた。

「いえ、その、なんというか……何も無いんです」

「何も無い?」

藤田がオウム返しに言いながら、大家の肩越しに居室を覗き込もうと背伸びをした。それに気付いた大家が少し脇によけたので、具樹にもその向こうを望むことができた。

開け放したドアから先には、およそ人が生活していくのに充分な家具や家電類が見て取れる。小型のテレビや安物のベッドがきちんと部屋の隅に納まり、中央には炬燵《こたつ》と思《おぼ》しき低いテーブルが据えられている。綺麗に片付いてはいるものの、何も無いというのはどういうことだろうか。

具樹が首を傾げそうになったときに、大家が言葉を続けた。

「クローゼットが全部開けられてて、服がほとんど残ってないんですよ。やっぱり旅行にでも行ったんですかねえ」

そういうことか、と具樹は納得した。どうやら隣人が言っていたことは正しかったらしい。服を多めに持って行くとすれば長期間ここに戻らないつもりだということになる。二人は一度署に戻ることにした。本格的な捜索の必要があるかもしれない。これは海外旅行に行ったとかそういう話ではおそらくないだろう。被害者が襲われたと言っていた人物が、事件の二日後に姿を消したのだ。事件との関連がないという方がおかしい。

具樹たちがもたらした情報は捜査陣を俄《にわ》かに活気づかせることとなった。捜査本部は検討の末、赤木奈津美を重要参考人として指名手配する方針を固めたのである。もはや捜査の方向性は赤木犯人説に大きく傾いたと言っても過言ではない。

「やはり赤木なんですかね」

具樹はすっかり暗くなった窓の外を眺めながら独り言のように呟いた。

「納得がいかねえか」

並んで署の薄暗い廊下を歩いていた藤田が尋ねる。

「そうではないですが……ちょっと違和感があるというか。外部の人間がああいう密室状態で人を襲うことができるとすれば、果たしてどういう仕掛けだったんだろうか、っていうのがどうも気になるんです。まあ赤木が自供すればそれで済むんでしょうけど」

「そういうのを納得がいかねえって言うんだよ。まあ俺たちはどっちみちこのまま捜査を続けるんだから、もう少し情報が出揃ってから考えても遅くはないさ」

藤田はそう言うと、手にしていたお茶のボトルを開けて一口飲んだ。

「若いうちはそういう違和感みたいなのを大切にした方がいい。歳をとると感性が錆《さ》びちまってな。前例主義に走りがちになるからな」

藤田の言葉に、わかりました、とぼそぼそと返すと、具樹は署の出口へと向かった。今日も夕飯の時刻はとうに過ぎている。あずさを宥めるための言い訳を考えながら車に乗り込むと、具樹は暑さの残滓《ざんし》が漂う松本の街へと走り出した。

三

手元のスマートフォンには、夫からの言い訳だらけのメールが表示されていた。

昨晩は結局、具樹と顔を合わせる前に寝ることとなった。朝もバタバタとしながら出てきたので、言い訳をする時間もなかったのだろう。とはいえあずさも夫の帰りが遅いことに腹を立てているわけではない。同じ公務に就いている身である。仕方のないことだというのは理解しているつもりだった。

『遅くなったのは別にいいの。あんな事件があったんだから。そうじゃなくてどうしてご飯が必要かどうかの連絡くらいくれないの』

　作成したメールの最後に怒った顔の絵文字を付け加えるかどうかで少し迷った後、あずさはそのまま送信ボタンを押した。

　気付けばあの事件が起きてからもう一週間になる。捜査の進み具合は大雑把には聞いていたが、まだまだ解決には程遠いようだった。重要参考人の指名手配をするらしいので、それでその人物が現れてくれればようやく前進というところだろうか。メールを見返しながらそんなことを考えていると、窓口の方から声が聞こえた。

「悪いね。誰かいいかい」

　振り返ると窓口に相談者らしき人物が見えたので、あずさは慌ててスマートフォンを鞄に仕舞った。このところこんなことを繰り返しているような気がする。少し自重しないと、いつクレームが入るかわかったものではない。

「すみません、こんにちは。ご相談ですか」

　あずさはスマートフォンを仕舞った勢いのまま窓口へと向かった。視界の隅では千夏が腰を浮かせかけていたが再び座ったようである。

「やあ、こりゃ美人の姉さんだ、嬉《うれ》しいねえ」

　窓口に立っていたのは還暦をとうに過ぎているらしい男だった。頭部のほとんどが白髪になっており、しかもその髪の毛もだいぶ薄くなっている。腰が少し曲がってはいるが、にこにこと元気そうな笑顔を見せていた。小さくて丸い目が鳥を思わせる印象である。

「どうぞ、おかけください」

あずさが促すと老人は椅子に腰を下ろし、袖口《そでぐち》で額の汗を拭《ぬぐ》った。

「ちょっと、ここで聞いていいかわからんのだけども。お墓のことっていうとここでいいだかい」

「お墓ですか？　市の霊園なら環境政策課が所管ですけど……」

向かいに座りながらあずさが言うと、老人はいやいや、と手を振った。

「お墓はうちのお墓せ。先祖代々とは言わねえが、何代か前からあるだいね。うちの土地だわ」

「ああ、ご自身の家の墓地ですか。ただ、埋葬や改葬の関係も環境政策課ですが」

「そういうことでもねえだ。なんて言やいいかなあ……」

老人はそう言うと少し視線を宙に彷徨わせ、それからおもむろに言った。

「姉さん、お骨が増えたときはどうすりゃいいだい」

あずさは思わずぽかんと口を開いたままになった。お骨が増えた？　何を言っているんだ？

怪訝な顔で固まっているあずさを見て、老人は少し笑いながら言葉を続けた。

「悪い悪い、よくわからねえよな。実はせ、うちの墓を昨日開ける機会があったんだがせ。開けてみたらどうも骨壺がひとつ増えてるだわ。そんで、どうにも不気味だもんでどうしたこんずらと思って相談に来たってわけせ」

老人は曽根原正己《まさみ》、と名乗った。住所は松本駅から北へ少し坂を登った蟻ケ崎のあたりだという。墓地があるのは幼少の頃まで自宅があった岡田という地区で、これは信州大学の前を通る国道をずっと北へ、安曇野市豊科《とよしな》まで抜けていく道の途中であり、六助池《ろくすけいけ》という名前の小さなため池のすぐ傍《そば》だった。

曽根原の話によれば、昨年亡くなった妻の一周忌で、昨日が納骨の日だったという。遠方に住んでいる子供たちが孫を連れてやってきて、久しぶりに賑やかな一日だった。自宅での法要を終え、住職も伴って全員で車に分乗して墓のある岡田地区へと移動した。そして墓のカロート、つまり納骨室を開けてみると、随分新しい骨壺が一番手前にある。不審に思いカロートの中を全て改めると、ひとつ多いように思われた。どうやら骨壺が増えているのではないかというのである。

「それでまあおどけちまっただがせ、まあそこらにぶちゃっとくわけにもいかんずら。そのままにしてとりあえず女房の骨を納めて、あとはしっかり蓋《ふた》を閉めといただいね。そんでいつもみたいに南京錠かけて」

「ええと、待ってください。普段はカロートに南京錠をかけてあるんですか」

あずさが驚いて尋ねると、曽根原は鷹揚《おうよう》に頷いて見せた。

「そりゃ悪戯でもされりゃ困るでね。うんと頑丈なやつがかってあるわ。まあ大体どこの墓も鍵かってあるじ。それか一人じゃ動かせねえような重い蓋になってるか。どっちかせ」

「それなのに骨壺が増えていた、と」

再び頷く曽根原を見て、あずさの背筋に冷たいものが走った。

「前回カロートを開けたのはいつですか。そのときには問題の骨壺は無かったと？」

「前に開けたんは兄貴が死んだときだで、へえもう六年くらいになるわ。そんときはそんなものには気付かなんだな」

「それから鍵はずっとかけてあったんですよね」

「そう。一度も開けたことはなかったわな。まああんなところしょっちゅう開けるような場所じゃねえし」

それはそうだろう。わざわざカロートの中まで掃除するというのは聞いたことがない。しかしそうなるとその骨壺というのは一体いつの間に、そしてどこから現れたのか。そもそも誰の骨が入っているのか。

あずさは混乱する頭で必死に考えをまとめながら質問を続けた。

「ええと、失礼ですが、曽根原さんの思い違いということはないですか」

「そりゃないとは言えねえね。さっきも言ったが滅多に開けるところじゃねえし。ただ、墓誌に刻んである名前とも照らしてみただが、俺の両親と叔父さん、それに兄貴の四つの筈だがせ。確かに昨日見たときは五つあっただわ」

「他の方の骨は入ってない筈だと」

「可能性があるとすれば俺の祖母さまだな。何しろ死んだんが俺の小さい頃だったであんまりはっきりとは覚えてねえだが、土葬だったと思うだいね。だけどそれがもし俺の思い違いで火葬だったとすれば数は合うが……」

「しかし墓誌にはお祖母さんの名前は刻んでないと」

「そういうことせ」

通常、土葬にした場合は、そこに個別の墓石を建てることになるため、火葬した骨を納めるカロートに付随した墓誌には名前が刻まれていない。そもそもカロートのある墓石を建立するのは土葬から火葬に切り替えたときであるので、それまでに土葬された人の名前を改めて墓誌に刻むということはしない場合が多い。そう考えると、墓誌に名前が無いということは、曽根原の祖母はやはり土葬にされたと考えるのが普通であろう。

しかしそれではやはり骨壺が増えたということになるのか。

「お子さんたちはなんと言ってましたか」

「いやあ、子供らも首を捻ってたわ。あれだけ人数がいたし昼間だったで、まあそれで済んだが、これが夜で俺一人だったらおっかなくていけなかったわ」

曽根原はそう言うとからからと笑ってみせた。それを見ながらあずさは、笑いごとではないのだが、と内心で溜息をついた。

「繰り返しますが、前に納骨したとき、お兄さんのときですか、それ以降今回の納骨まで南京錠を開けたことはないんですよね」

あずさの問いに曽根原が頷く。

「今回開けるときに不審な点は無かったですか。例えば南京錠がおかしいとか、あるいはカロートの蓋《ふた》や墓石が不自然に動いた様子があるとか」

「いやあ、そんなことは気付かなかったな」

「それじゃあ開ける方の鍵を失くしたことがあるとか」

「気付かなんだなあ。そもそもわざわざ俺の家の墓に骨を納めるためにそこまでする必要があるんかね」

そう言われてみればその通りだ、とあずさも心の中で同意する。何らかの方法によりカロートの蓋を開けられたとして、なぜ他人の墓にわざわざ遺骨を納めようと思ったのか。

経済状況などにより、墓を持っていないという者も市内には一定数存在する。そういう家で人が亡くなった場合には、埋蔵すべき先が決まらないまま何年も遺骨を自宅に抱えてしまうケースも少なくない。そのため市では市営の霊園の一角に合葬式の墓地を設置していた。料金が格安の永代供養というわけである。これにより、経済的に豊かではない場合でも、墓に困ることはほとんどない筈である。それとも合葬墓の料金ですら払えないほど困窮している者が、遺骨の処理に困って入れたということだろうか。

まさか誰も何もしていないのに骨壺が増えたということはあるまい、とは思いながらも、薄気味悪さは拭えなかった。

「ちなみに骨壺の中とかは見てみましたか。壺だけで中身は空だったりは」

「いやいや、ちゃんと入ってたじ。全部一応開けてみたけども、どれもきちんと火葬した骨に見えたがね。まあこうなっちまえば区別はつかないけども」

それはそうだろう。まさか焼骨ではDNA鑑定することもできないだろうから、最も新しそうなものが不明な骨壺だと推測するしかない。この状況で警察に届け出た場合にはどのように扱われるだろうか、とあずさはひとしきり思案した。

墓地埋葬法の中では、遺体や焼骨を納めていいのは墓地に限る、となっている。現状ではほとんどが火葬した焼骨になるが、法律上は土葬も禁止されているわけではない。また最近では樹木葬などという埋葬形式も行われるようになってきているので、納骨室に入れなければいけないというわけではなく、墓地の敷地内であれば埋葬は可能となっている。そして「他人の墓地に埋葬してはいけない」という規定も無いから、法的な問題とすれば「埋葬許可証を墓地管理者に提出していない」という点のみである。

あずさは以前に所属していた部署で墓地埋葬法について調べた記憶を必死に引っ張り出そうとした。埋葬許可証の提出に関する部分は、確か墓地管理者に対する義務ではなかったか。墓地管理者は埋葬許可証の提出を受けなければ埋葬させてはいけない、とかそんな条文だったような気がする。だとすると勝手に納骨した人物がいたとして、この人物は何も法律に違反してはいないということになる。あくまで違反しているのは、勝手な納骨を許した墓地管理者、つまり曽根原老人の方ということになってしまう。

「ええとですね、ちょっと定かではないんですが……このままだと、曽根原さんの方が法律に違反しているということになりかねません」

あずさは驚いた顔をしている曽根原に対して、墓地埋葬法に関する説明をしていった。確かに曽根原としては納得がいかないだろうとは思うが、こちらの都合で法律の解釈を変えるわけにもいかないのが辛いところだった。

「はあ、そういうことになるのかね……そりゃおどけたなあ。それはなんか罰則があるのかね」

「あったとしても軽微なものですから、厳重注意くらいで済むとは思いますけどね。ただいずれにしても、警察に届けていただく方がいいのかもしれないです。まさか警察でも、困って相談に来た人に対していきなり墓地埋葬法を引っ張り出して犯罪者扱いはしないでしょうし」

「弱ったなあ……姉さん、とりあえず今回のことは聞かなかったことにしてもらえねえかい」

曽根原はいかにも困っているような顔でそう頼んできた。

「というと、しばらくそのままにしておくということですか」

「うん。まあなんかの間違いということもあるかもしれんしなあ。俺としても警察に届けて犯罪者になるんじゃせつねえし。ちょっと同じ敷地に墓のあるしょういに聞いてみて、それから考えるんじゃだめかね」

「わかりました。正直今回のことは私の方としてもどうすればいいか難しいところですし……それでよければ一旦様子を見ましょうか」

「悪いね、変なこと頼んで。あちこち聞いてみて、どうにもならなきゃ覚悟決めて警察に届けるで。勘違いかもしれねえと思って色々確認してたってことにすりゃいいずら、少し遅くなっても」

曽根原はそう言って少し肩を落としながらも立ち上がった。その様子を見ながら、あずさは申し訳ない気持ちと好奇心が半分ずつミックスされたような気分で頭を下げる。礼を述べて去っていく老人の後ろ姿を見送りながらも、頭の中ではこの謎をどうにか解けないものか、などと考えている自分に気付いて少し苦笑した。

　席に戻ると、西條と千夏がほとんど同時に話しかけてこようとした。

「あずさちゃん、また不思議な相談を受けたもんだね」

　千夏より僅かに早かった西條がにやにや笑いを浮かべた。

「でもちょっと聞いてて怖かったです。まさか勝手に増えたわけじゃないですよね」

　千夏も少し興奮気味である。してみるとこの二人はどうやら曽根原の相談にずっと聞き耳を立てていたということらしかった。自分の仕事をしなさいよ、と心の中で二人を叱咤しながら、そうですね、とあずさは答えた。

「本当でしたらきちんと警察に行ってもらうべきでしょうね」

「まああれはあれでよかったんじゃないの。あの爺さんだってどうにもならなければ警察に行くだろうし。何より警察の方だってあんな相談持ち込まれても正直困るよ。火葬してあるってことは火葬の許可も出てるわけだし、だとすれば死体遺棄には当たらないしね」

　西條が右手でペンを回しながら言った。

「これは一種の密室とも取れるよね。納骨室は密室状態だったわけで、そこに骨壺が突然現れた。つまり解答としては、密室が構成される前に入れられたか、あるいは密室状態でなくなった後に入れられたか、密室を破ることなく入れる方法があったか、そして最後に実は密室ではなかったか。理論的にはそのどれかってことになるかな」

「どれなんですかね」

千夏が真剣な顔で相槌《あいづち》を打つ。二人の会話はまるで難しいクイズの答えを考えているようだった。

「ひとつずつ検証してみようか。まず密室が構成される前、つまり何年前だかのお兄さんの納骨の後、鍵を締める前に骨壺を入れたという可能性。これはどうだろう、その新しい骨壺の状態を見てみないとわからないが、可能性は低そうだね。謎の骨壺は真新しいものだったという。五年や六年経過したものではないだろう」

「それだけ経過していれば埃くらい積もっているでしょうしね」

「密室を破ることなく入れる、というのも可能性は低そうだな。納骨室の扉を開けるのではなく墓石に穴をあけるとか、あるいは墓石自体を持ち上げれば理屈の上では可能かもしれないけど現実的じゃない。大がかりな工事が必要になる筈だ」

西條は得意げな顔で話を続けた。

「では密室が破られた後、つまり今回の納骨の際に隙を見て入れたという可能性だ。これはどうだろう、状況次第ではあり得るんじゃないか」

「どういうことでしょうか」

あずさが尋ねる。

「例えば今回集まった親族の誰かが、曽根原さんの奥さんだっけ、今回納骨する人の骨壺と同じデザインの、空の壺を用意してこっそり持っておく。どこかのタイミングでそれを本当に骨が入っているものとすり替え、どさくさに紛《まぎ》れてさも納骨室から取り出したかのように奥さんの骨壺を手に取って見せる。『あれ、これは誰のお骨だろう』とかなんとか言いながら——」

「なるほど、それで空の骨壺を奥さんのものであるかのように普通に納めてしまう、ってことですね」

「そういうこと。流石は千夏ちゃん、可愛いだけじゃなくて鋭いね」

「しかしそれだとひとつ空の壺が中に入ることになります。曽根原さんの話では、壺は全て中身を改めた、ということでしたよ」

「確かにそう言っていたね。となると現実的には無理かな？　だとすれば最後の可能性。つまり本当は密室ではなかった」

「合鍵があったとかそういうことですか」

あずさの問いに西條は鷹揚に頷いて見せた。

「大体市販の南京錠っていうのは、型番が同じなら同じ鍵で開けられるタイプのものも多いんだ。だからなんかの拍子《ひょうし》に犯人、敢えて犯人と呼ぶけど、犯人が同じ鍵を入手していたということはあり得るね。あるいはいっそ曽根原家に鍵を盗みに入ったとか」

「不可能ではなさそうですけど……結局どの推測も同じ問題にたどり着きますよね。なんでそんなことをしたのか、ていう」

しかし食い下がるあずさに対し、西條はやれやれといったように溜息をついた。

「動機なんてものは後からついてくるものだよ。例えば異常な罪を犯した者に理由を問うても無駄でしょう。今回の犯人も、我々のあずかり知らない事情があったんだろうが、それは推理できる範囲ではないさ」

西條は大袈裟《おおげさ》に両手を広げて見せた。今にも「証明終わり」などと言い出しそうな様子の芝居がかった動作だったが、考えてみれば別段西條が何かを解き明かしたわけではない。ただ単に可能性のありそうな仮説を並べてみたに過ぎない。

しかし確かに納得できる部分もあった。骨壺が勝手に増えたという超常現象の可能性を排除するなら、合鍵を持っていた人物が他にいたというのが一番あり得そうに思える。曽根原が昔用意した合鍵の存在を忘れていたというオチでもおかしくはない。問題はやはり「誰の骨で、なぜそこに入れたのか」という点だろう。

あずさは先ほどの曽根原老人の様子を思い出した。子供や孫に囲まれて、幸せな老後を過ごしているのだろう。妻に先立たれた悲しみも当然あるだろうが、次の世代の成長を見守ることができるのは羨《うらや》ましい限りだ。

やっぱり子供が欲しいな、とふと思った。高槻家の事件が解決したら、もう一度具樹に相談してみよう。自分の年齢からすれば、あと数年がラストチャンスだ。場合によっては不妊治療が必要になることもあるだろうから、作るならば早いに越したことはない。

あずさはなおも得意げに椅子にふんぞり返っている西條を横目に、作りかけの書類の続きを書き始めた。そういえばこの男は独身だったたか。そろそろ老後の心配を始める歳だろうに、焦りは微塵も感じられない。この気楽さだけは羨ましいことだ、と思った。

四

流石に事件発生から一週間経って迎えた金曜日とあって、具樹は夕食の時間には帰宅することを許されたようだった。このところ早く帰れる日がほとんどないため、連日あずさが夕食の用意をしている。もっともあずさも料理は嫌いではなかったし、何より普段から定時で帰れることが多いのは圧倒的にあずさの方である。市民相談室に異動になってよかったことのひとつは、この残業の少なさだった。福祉課にいた頃などは、お互い八時頃に仕事を終えて外で一緒に食べてから帰るのが当たり前だったことを考えると、なんともありがたい話である。今日も買い物を済ませて帰宅したのはまだ六時半にもならない時間で、外はようやく日が落ち始めたくらいであった。

「ねえ、ちょっと不気味な話を聞きたくない？」

あずさはソファに沈んでいる夫にキッチンから話しかけた。かき回しているカレーの鍋《なべ》からはいい匂いが漂い始めていた。

「不気味っていうとなんだ、オバケとかそんな話か」

疲れ果てているらしい具樹は、クッションに埋《うず》めていた顔だけを起こして返事をした。見ればまだスーツを脱いですらいない。

「一応ここだけの話にしといてほしいんだけどね。今日、あるお爺さんが相談に来たんだけどさ、自分の家のお墓の中に骨壺が増えていたって言ってきてね――」

あずさはなおもカレーをぐるぐると混ぜながら相談のあった内容を話した。背後の炊飯器からは中身が沸騰する音が聞こえてくる。もう少し具樹の帰宅が遅いだろうと読んで炊飯器をセットしたのだが、予想以上に早かったのでまだ米は炊けていない。しかし具樹は一切の文句を言わなかった。食事を用意してくれた人に対しては苦情を言ってはならない、というのが夫婦の暗黙の了解となっている。互いに仕事を持つ身で、疲れた身体に鞭打《むちう》って作った食事に文句を言われることがどれだけ傷つくか、二人とも身をもってわかっていた。結婚当初はそれで大喧嘩を何度かしたものである。

「――それでまあ、結局はとりあえず聞かなかったことにしてほしい、ってことで帰ってった。具樹も聞かなかったことにしといてね」

あずさが話を区切ると、具樹は少し遠くを見つめながらしばらく何事か考えているようだった。しかしやがて身体をむくりと起こし、靴下を脱ぎながら言った。

「まあその程度の法律違反を探し出してひっとらえようってほど警察も暇じゃないからな。その爺さんがとりあえずいいって言うならそっとしておくけど。お墓はどこにあるの」

「岡田の国道沿いだって。六助池のすぐ近く」

「ふうん、まあ家もまばらだけどあるし、もしかすると誰か近所の人の仕業かもしれないね。あるいは爺さんの子供たちのうちの誰かかな」

「うちの係長と同じ結論だね。誰かが合鍵か何かを持っていたんだろう、ってことでしょ」

「係長っていうと西條さんか。あの人元気にやってるかい」

「相変わらずのねちっこさだけどね。いつかセクハラで訴えてやろうかと思うよ」

炊飯の完了を知らせる音がして、あずさはカレーの火を止めながら言った。炊飯器を開けると炊き立てのご飯の香りが鼻腔《びこう》をくすぐる。

「なんか嫌なことされたのか。身体を触られたり？」

俄かに不穏な様子で眉を顰めた具樹を見て、あずさは少し笑った。

「流石にそこまでする人は今時いないでしょ。大丈夫だよ、触らせてないから。ただ、女の部下に対して妙に馴《な》れ馴れしいっていうかね。私に向かって、あずさちゃん、だよ。キャバクラじゃないっての」

「確かにそういうとこあるからなあ、あの人。仕事はできるんだけど」

具樹は少し安堵した様子でようやく着替え始めた。カレーの匂いが空腹を思い出させたらしい。

「そうなんだよね、自慢げにしてるから腹は立つけど、確かに優秀なんだろうね。今回の高槻さんとこの事件にしても、さっきの骨壺事件にしても、まるで探偵かなんかみたいな口ぶりで語ること語ること。でも内容は納得させられるんだ、これが。苛つくことに」

炊きあがったご飯を早速皿に盛りつけながら吐き出したあずさは、具樹の反応が無いので手を止めてリビングの方に視線を向けた。見れば夫は、また少し放心したような様子で考え込んでいた。脱いだズボンを手に持ったところで止まっている。下半身は下着姿のままだった。

「どうしたのそんな恰好で。誘惑してるわけ？」

あずさが呼び掛けると、具樹はハッとして着替えのジャージをごそごそと穿《は》き始めた。

「いや、なんでもない。なんか今の二つの事件が繋《つな》がるんじゃないかと一瞬思ってね。まあでも関係ないだろうな」

「二つ？　ああ、高槻さんの家の事件と？　それは関係なさそうだね、流石に。具樹、どれくらい食べる？」

「ああ、いつもよりちょっと多めで」

久しぶりに一緒の夕食ではあったが、二人とも言葉少なに黙々とカレーを食べた。お互いにこの一週間で見聞きした事柄《ことがら》の整理をするのに精一杯だったのかもしれない。少なくともあずさはそうだった。人が目の前で死ぬところを見ただけでも衝撃的だったが、それからほんの一週間で骨壺事件である。それもどちらもまるで密室で起きたかのような様相を呈《てい》しているというのだから、気持ちが付いていかないのも無理からぬことだと自分でも思った。

「捜査の方は順調？　確か奈津美という人を指名手配したんだっけ。見つかりそうなの」

「どうかな、まあ見つかってもらわないと困るっていうのが捜査本部の本音だろうね。今のところ密室の謎が解けたわけでもないし、赤木奈津美を引っ張って自白を取りたいってことだろう」

「犯人はその人で間違いないのかな」

「こっちもなんとも言えないね。確かに事件と前後して失踪《しっそう》してるし、何よりあずさも聞いたように被害者が犯人だと名指ししたんだ。可能性は高いとは思うけど、かといって他に確たる証拠があるわけじゃない」

「西條大先生は身内の犯行を疑ってたけど」

あずさは先日の西條の推理ショーをふと思い出して言った。そういえばあれからろくに具樹と話す機会がなかったので、西條の推理はメールで伝えたきりになっていた。

「やっぱり現場が密室になったのは合鍵を使ったんだろうって。そうなると鍵を肌身離さず持っていた睦子さんの隙を見て作らないといけないから、少なくとも身内が関係してるんじゃないか、てことらしいけど」

「ああ、こないだのメールの推理か。理屈の上ではそうだね、可能性は高いと思う。結局密室の中で襲われたんだから、最後にそこから出るときには鍵をかけてなきゃおかしい。そうなると睦子さんの鍵を使ったか、合鍵を使ったかの二択だ。だけど鍵は落下した睦子さんの胸元にあった。これは賢一郎さんの証言だが、後で確認したらあずさの同僚の職員、原田さんっていったっけ、あの人も見たって言ってるから、実質的には難しい。ならば合鍵を使ったんだろうっていうのが当然の帰結だ」

「首にかかっていたのがすり替えた偽物だっていうのは？」

「それも考えたけど、かなり難しいと思うんだ。鍵をすり替えたってことは最初から密室を構成するつもりでいたってことだろう。襲ってる間にすり替えなんかできないから、襲う直前にこっそり取り換える。だけどそれをやるには生きている睦子さんの隙を突く必要があるし、しかも落下した後に病院から遺体が戻ってくるまでの間にまた本物に戻しておかなきゃならない。警察が戻ってきた遺体の鍵をすぐに確認して本物だと判明しているからね」

「確かにあのときは救急車に乗るまでずっと賢一郎さんと原田さんが傍にいたか。それからは病院の中で医師や看護師が見てるし。チャンスが無くはないだろうけど、そこまでする意味は……」

「疑問だな。そんなか細いチャンスに賭《か》けるほど密室にこだわる必要があっただろうか」

食べ終えたカレー皿を流しに運びながら、具樹は自分に問いかけるように言った。

密室にした意味、ということであれば、自殺に見せかけるため、というのが一番わかりやすい。しかしあのとき、あずさたちが庭にいたのは偶然だったにせよ、家の中にも麗美がいる状況だった。その中で大声で睦子が「奈津美、やめて」というようなことを叫んだのだ。それでもまだ自殺に見せかけられると犯人は思うだろうか。

犯人が麗美だったとすればその矛盾は解決するが、そうなると逆に鍵をすり替える意味が無くなる。すり替えられるなら合鍵を作った方が圧倒的に理に適っているからだ。

やはり合鍵説が有力だな、とあずさは考えながら、残った最後の一口を放り込むと水で流し込んだ。またしても腹の立つことに、西條の推理が有力さを増したというわけだ。

事件のことを考えるのはやめよう、と思いながらあずさは皿を洗ってしまうと、ソファに転がっている夫を横目に風呂場へと向かった。自分が考えても何か解決するとは思えない。服を脱いで籠《かご》に放り込むとシャワーのハンドルを捻った。それでも髪の毛を洗うために目を閉じると、睦子が後ろ向きに転落するシーンが蘇《よみがえ》る。慌てて他のことに無理やり思考を切り替えながら、できるだけ急いでシャンプーを洗い流した。

シャワーから上がると下着をつけ、そのままソファにいる具樹の元へ向かう。具樹はテレビをつけたまま うつらうつらとしているようだったが、隣に座ったあずさの気配で目を覚ました。

「このドラマ、まだ続いてたんだね」

自分でも驚くほど興味のない台詞を言いながら、あずさは具樹にもたれかかった。

「なんだその恰好は。誘惑してるのか」

「もう見ても何も思わない？」

「いや、大いに思うところがあるね」

首筋に押し当てられた唇から生まれた電気が、あずさの中を下の方へと駆け下りていった。少なくともこれから少しの間は事件のことなど考える余裕もないだろう。夫の背中に回した手が少し火照《ほて》っているのを感じながら、あずさはそのことへと没頭していった。


夢の中で、あずさは暗い部屋の中に閉じ込められていた。灯《あか》りが一切見当たらない闇《やみ》の中にあって、なぜか自分の手や足ははっきりと見える。ここはどこだろう、と思いながらあたりを見回すと、自分の他にもぼんやりと見えているものがあった。

人だ、人が倒れている。そう思ってあずさが近づくと、それは高槻睦子だった。大丈夫ですか、と声をかけようとするが、声が出ない。見ているとやがて、睦子の身体はどんどんと痩《や》せ細《ほそ》り、そして白い骨へと変化していった。思わず後ずさろうとするが、身体が動かない。見る間に骸骨《がいこつ》となり果てた睦子は更にばらばらに崩れていく。その様子をただ見守っていると、後ろに気配を感じて振り向いた。

そこには西條が同じように横たわり、あずさの目の前でまたしても骨へと変化していく。

ああ、死体が増えてしまった、と絶望的な気分になると同時に、ここは墓の中なのだ、と理解した。そうだ、こうして骨が増えていったのだ。母親の胎内と同じだ。生は生を呼び、死は死を呼びよせるのだ。やがてこのスペースは白骨で満たされる。ふと自分の右手を見ると、そこもまた肉が腐って落ち、白い骨が見え始めている――。

気が付くと具樹の顔が目の前にあった。

「あずさ、すまん。呼び出しだ。俺はもう出るよ」

あずさは何も言わず夫の首に抱きついた。

「うなされてたな。悪い夢でも見たのか」

「うん、少し。今何時？」

「五時半だ。もう少し寝てていいよ」

そう言うと具樹は首に回されたあずさの両手を優しくほどき、身体を起こした。よく見ると既にスーツに着替えている。

「何かあったの？」

あずさも上半身を起こし、鞄にスマートフォンの充電器を詰め込んでいる具樹の背中に問いかけた。

「赤木奈津美の目撃情報が入った。松本駅近くのホテルだ。チェックアウトされる前に寝起きドッキリってわけだ」

どうやら指名手配の効果が早速あったらしい。あるいは事前にあちこちの宿泊施設に情報提供を呼び掛けていたということだろうか。いずれにしてもこれで事件は大きく進展することが期待された。

「わかった。気を付けてね」

そう言って具樹を見送ると、枕元《まくらもと》のスマートフォンをチェックする。五月二十六日、土曜日となっている。それに気付いてあずさは少し笑いを漏らした。

何がもう少し寝てていいよ、だ。てっきり平日かと思ったじゃないか。

どうやら刑事には曜日の感覚というものはあまりないらしい。もっとも休日の朝五時過ぎに呼び出されるような生活をしていればそれも当たり前かもしれない。彼らにとってはひとつの事件が解決するまで、休日という概念そのものが消え去るのだろう。

それを思えば暦《こよみ》通り休みが取れるというのはなんとありがたいことか。今日は昼までしっかり寝てやろう。そして起き出してからコンビニにでも――。

そこまで考えてあずさは決して今日が完全な休日ではないことを思い出した。

そういえば今日は休日当番に当たっている日だった。

市民相談室に寄せられる苦情は、時として休日や夜間であってもお構いなしである。そのため相談室では休日当番を決めて、緊急の苦情に対応できるような体制をとっていた。急ぎでないような相談であれば、週明けに改めて連絡します、という形でよいのだが、内容によってはすぐに現場に行かなければならない。流石に昼まで寝間着のままでいるわけにもいかなかった。

あずさは溜息をつきながらベッドから這い出て、その場で部屋着を脱いでいった。うっすらと汗をかいている。とりあえずシャワーを浴びて、活動を始めてしまおう。ふと自分の下腹に手をあててみる。それから欠伸《あくび》をひとつして風呂場へと向かった。いくらなんでも一晩でできるわけがない。

それでもお腹の中になんとなく暖かいものを感じながら、あずさは朝食をどうするかという今日最初の問題に取り組み始めた。

五

松本駅からほど近い「ホテル中央」というのが、土曜日の未明というとんでもない時間に通報をしてきたホテルだった。

聞けばその日の夜間のフロント担当者が、暇にあかせて事務室の片付けをしていたところ、前日に警察から届いていた手配書に偶然目を留めたのがきっかけだったという。

「しばらく前から連泊しているお客様で、よく似た人がいたもんですから」

と電話口でその担当者は言った。

「チェックインしたのは前の日曜の夕方ですから、もう一週間くらいになると思います。チェックインの手続きを担当したのがたまたま私で、それから数日はホテル内で見かけることがありました。どこへも出かける様子がなく、ずっとホテルにいたので、どういう事情だろうかと思いまして、それで顔を覚えていたんです」

通報を受けた当直の警官は、慌てて捜査関係者に片《かた》っ端《ぱし》からモーニングコールをしていった。五時にもなれば起こしても構わないだろう、と思ったわけではない。チェックインしてからの数日は顔を見かけていたのに、三日ほど前から全く見なくなった、という情報がくっついてきたからである。部屋のベッドメイクも、不要の札が数日の間かけっぱなしになっているという。

具樹が自宅からまっすぐホテル中央へたどり着いたときには、既に藤田を含めて何人かの刑事がフロント前のロビーに集まっていた。

「よう、朝っぱらからお互い大変だな」

藤田が具樹の姿を見つけて声を掛ける。何人かの刑事は通報をしてきたらしいフロントの男性従業員と話をしていた。

「間違いなさそうですか」

「いや、フロントへ申し出た名前は違っていたらしいから、偽名なのか別人なのかなんとも見当はつかん。ただここ数日見かけないってのはどっちにしてもちょっとヤバいかもな。部屋の中で何かあった可能性もある」

「仮に別人だったとしたらまた別の事件が判明するかもしれないってことですね」

「そうならんように願おう。生憎《あいにく》今日の占いはまだ放送前だったからな。どっちに転ぶか見当もつかんよ」

藤田は冗談めかして言ったが、あながち冗談というわけでもなかったかもしれない。刑事の中には占いやおみくじのようなものから自分なりのジンクスまで、運命だとか運勢の類を信じている者も時々いる。自分が全力を尽くして追いかけた事件が迷宮入りしたり、あるいは諦《あきら》めていたときにふとした幸運から大きな進展を見せたり、といったことを何度も経験しているうちに、己だけではどうしようもない大きな力を感じることがあるのかもしれない。

藤田がそういうものを信じているタイプなのかどうか、具樹は聞いたことがない。もっとも信じていたとしても自分の中に秘めておく者がほとんどである。今度飲む機会があったら聞いてみようか、と思いながら具樹は灰皿を見つけて煙草《たばこ》に火をつけた。別に禁煙しているわけではないが、それでも一日に吸う本数は少ない方がいい、と日頃からできる限り我慢するようにしている。ただ、この朝早い時間からの呼び出しは流石にこたえる。しっかり覚醒《かくせい》するにはどうしてもニコチンの助けが欲しかった。

「なんだ、最近吸ってねえからやめたのかと思ったが」

同じ刑事課の荒井《あらい》警部補が同じように紫煙をくゆらせながら具樹に言った。以前は署の喫煙所でも時々一緒になった仲である。荒井は課内でも特にヘビースモーカーとして有名で、捜査でペアを組まされた者は大概、一日の終わりになると一口も吸わずとも煙草の臭いをぷんぷんさせながら署に戻る破目になるのだ。

「いやあ、そんなことは。ただちょっと節煙って程度です」

「てっきり子供でもできたかと思ったがな。まだいなかったろ、確か」

「ええ、欲しいとは思うんですけどね。部署が部署ですから、なかなか」

「忙しいからって作る方までほったらかすと、今に男連れ込まれるぞ」

荒井はヤニで黄色くなった歯を見せて笑った。

「そう思うならこんな時間の呼び出しは勘弁してくださいよ。裸になる暇さえありゃしないです」

具樹が下世話な冗談に付き合って苦笑いをこぼすと、荒井も、ちげえねえ、と言ってまたひとつ煙を大量に吐き出した。

しばらくそうしているうちに、フロントの従業員と話がついたらしい。フロントから戻ってきた刑事たちは、集まった他の者に向かって、鍵を開けてもらえることになった、と報告した。

「部屋は三一一号室、チェックインしたときの名前は青木《あおき》はるか、となっている。もし赤木だとすれば、

『赤』と『奈津』から連想した安易な偽名と言えるな」

それを聞いて何人かの刑事が苦笑した。なるほど、確かにいかにも偽名のように聞こえる。これが本当に青木なる人物だったとすればちょっとでき過ぎだ。

しばらく待っているとやがてフロントにいた従業員が鍵らしきものを持ってこちらへとやってきた。刑事たちもそれに気付くと一斉にエレベーターの方へと向かう。なんとか全員を詰め込んだ小さなエレベーターが二階を通過し、三階に到着するまで、誰も何も言わなかった。

機械音声が三階に着いたことを知らせる。薄暗い非常灯だけが仄《ほの》かに灯《とも》る廊下には人の気配は全く無い。先頭を行く従業員に続いて、刑事たちの陰気な行列が静かに行進した。流石に多少の緊張感があると見えて、誰も欠伸などせずに押し黙ったまま進んでいく。具樹は通り過ぎる部屋番号をひとつずつ数えた。三〇八、三〇九——目的の部屋に着くと、刑事たちが息を殺して見ている前で、従業員がドアをノックした。

耳を澄ませるが中からは何も聞こえない。従業員が意を決したように鍵を開ける。そして身振りで刑事たちに待つように示すとドアを細く開き、「青木様、失礼します」と中に声を掛けた。返事がないのを確認して中へと入る。少し経って、中から従業員の声が聞こえた。

「入っていただいて結構です——誰もいません」

「なんだと」

刑事たちは争うようにして中へ飛び込んだ。

具樹も荒井に続いてドアをくぐり抜ける。視界に飛び込んできたのは乱れたままのベッドとビニール袋に詰められたゴミだけだった。誰もいない。ここもまたもぬけの殻だ。

「おい、風呂場はどうだ」

藤田がいち早くドアの近くにとって返し、トイレと一体になっている風呂場を覗く。そこもまた空であることがすぐに判明した。使用した形跡はあるものの、人の姿は無い。

「クソ、また捕まえ損《そこ》ねたか。おい、チェックアウトしたわけじゃねえよな」

荒井が呆然《ぼうぜん》と立ち尽くしている従業員に詰め寄ったが、従業員は首を横に振った。

「していません。先ほども確認しました」

「じゃあどこにいるんだ。他に可能性のあるところは」

「うちには大浴場はありませんので……ホテル内にいるとすれば共用のトイレでしょうか」

それを聞いて何人かの刑事が部屋を出ていく。だが具樹は、多分どこにもいないだろうな、と予感していた。何より荷物が何も無い。もしこの部屋の客が赤木奈津美であるなら、トランク一杯分くらいは少なくとも衣類を持っている筈である。赤木の住居には洋服がほとんど残ってなかったことからすれば、それが当然の帰結である。しかしこの部屋にある衣類といえば、ホテルに備え付けの安物のバスローブくらいのものだ。クローゼットにもベッドの下にも、所有者の素性を窺《うかが》わせるようなものは何も残っていなかった。

秘密裡《ひみつり》にここを出て行った。そうとしか考えられない。となると、やはりここに泊まっていたのは赤木であり、しかも今回の事件に何らかの関係があるということだろう。

「すみません。ホテルの防犯カメラの映像を確認できますか」

具樹が従業員に尋ねると、今度は首を縦に振った。

「大丈夫です。マネージャーからもできる限りの協力をするように言われています。下の事務室で確認できますが、すぐに見ますか」

「うん、お願いします。あ、でも他の刑事が帰ってきてからかな」

具樹は言いながら、部屋の中に何か痕跡《こんせき》が無いかと探した。簡易デスク、冷蔵庫、金庫といったあたりを順次覗き込んでいく。しかしどれも空であった。ベッドの上に放り出されたバスローブを持ち上げると微かに甘い香りがした。香水の匂いか、あるいは洗剤か何かの匂いだろうか。いずれにしても何度か着用しているのは間違いなかった。

「これ、一応確保しときますか。鑑識なら何か見つけられるかも」

「まあ期待はできないが。それより防犯カメラで何かわかればそっちの方がありがたい」

慎重な手つきで一旦バスローブをベッドの上に置きなおした具樹に、藤田が答えた。脱落毛でも付着していればいいが、そうでもなければいくら鑑識といえど、それを着ていた女の正体まではわからないだろう。

「中で死んでるわけじゃなくてよかったですね」

「居所が摑めねえのと比べてどっちがましか、ていう程度だがな。少なくとも無関係の青木なる女が首を吊《つ》ってたとかいう最悪のシナリオは免《まぬが》れたわけだ」

藤田が白髪頭を掻きながら言った。確かにそうかもしれないが、土曜日の早朝に叩き起こされた結果がこれでは割に合わない。具樹は溜息をつきながら窓の外へ視線を向けた。東側に面して設けられたベランダの向こうには、少し霞《かす》んだような青空と、目に刺さるような朝日が見えた。具樹は目を細めながら煙草を取り出しかけたが、ここが客室であることを思い出してポケットに仕舞い直すと、腕組みをして他の刑事たちの戻りを待った。

朝の七時を過ぎると、小さなビジネスホテルの中も少しずつ騒がしくなってくる。金曜に休みを取って観光に来た客が、あるいは土曜日にかけて出張させられている自分たちと同じような境遇のサラリーマンが、各々の部屋から一階にあるこちらも小さなレストランへと集まり始めた。開け放した入り口から中を覗くと、決して高級そうには見えないながらも温かそうなビュッフェ形式の朝食が見えた。

そういえば朝は起き抜けにパンを齧《かじ》ってきただけである。いい加減まともな朝飯を入れてやらないと胃袋が反乱を起こしそうな気配だった。具樹は恨めしそうにレストランに最後の一瞥《いちべつ》をくれながらもフロントの奥にある事務室へと入った。

中ではかれこれ一時間ほど、刑事たちが交代しながら防犯カメラの映像を確認しているところだった。エレベーターの中とフロント周辺、出入り口、それに裏の非常用出口の四ヵ所の映像を手分けして時間を遡《さかのぼ》りながらチェックしていく。どの刑事も欠伸を嚙み殺しながら、ホテル側が気を利かせて用意してくれたコーヒーを啜っていた。

具樹もトイレに立つ直前まで見ていたパソコンの前に座りなおすと、再び映像を再開させる。チェックインやチェックアウトの時間帯はそれなりに人が通るが、それらしき人物はなかなか現れない。自然と左の指がこめかみへと伸びる。もっとも三一一号室の客というのが赤木奈津美であれ青木なる別人であれ、刑事たちはどういう恰好の人物かを知らないわけで、見逃している可能性もないとは言えなかった。唯一わかっているのは手配書のためにハナオカ電業から拝借した赤木の顔写真のみである。この場で一通り確認して、もしはっきりとわからなければ署に持ち帰った後でもう一度見直す必要があるだろう。この場でただ一人、問題の客を直接見たことのある従業員にも時々チェックを頼みながら、刑事たちはじっとパソコンのモニタを見つめ続けた。

「ああ、これだ。出てきたぞ、こいつだ」

具樹の腹がとうとう不満の声を鳴らし始めたところで、ようやく一人の刑事が声を上げた。他の刑事が一斉にそちらへ集まってくる。

「エレベーターか。確かに顔写真と似てる気がするな。随分荷物が多い」

「全部持って乗り込んでるんですから、これでホテルを出るつもりでしょうね」

「二十二日か。火曜日。十二時半くらいか？　昼間だな」

藤田が画面の端に表示された数字を読み上げた。モニタの中の女は、大きめのボストンバッグをひとつとリュックサックを背負い、エレベーターの階数表示をじっと見つめているようだった。やがて一階にたどり着くとカメラの死角へと消えていった。

「右へ出て行ったな。フロントとは逆方向だ。裏口のカメラは？」

「今見てますが……十二時半過ぎですか？　誰も出入りがないですね」

荒井の質問に対し、もう一台のパソコンを操作しながら若手の刑事が答えた。

「すみません。エレベーターを降りてから裏口までの間に、外へ出られる所はありますか」

「そうですねえ……ああ、トイレには窓があるので出ようと思えば出られますね。施錠の確認も日に二回くらいですから、そんなに厳しく見張ってるわけでもないです」

「なるほど、そこだろう」

藤田が唸るように言った。こうなるとホテルを出た後の足取りを追うのはなかなか難しそうである。女は一体どこへ向かったのか。なぜこそこそと隠れるように消えたのか。

「そういえば、この人チェックインのときは車で来たんですか？　徒歩？」

具樹はふと思い立って従業員に尋ねた。

「ああ、車ではなかったと思いますね。歩きだったんじゃないでしょうか。駐車場にもずっと停めっぱなしの車は無いですし」

「そうなると抜け出した後は駅前あたりでタクシーでも拾ったんでしょうかね」

「一番可能性のありそうなところだな。もしくは電車か」

「とりあえず俺タクシーから行ってきます」

具樹がそう言って席を立つと、藤田もよっこらしょ、と言いながら具樹に続いた。

「それじゃキヨ、俺らは駅員に聞き込み行くぞ。映像貰《もら》っといてくれ」

荒井も立ち上がった。キヨと呼ばれた若手刑事も伸びをしながら椅子を立つ。確か清澤《きよさわ》とかいう名前だった。県警から来ている刑事で、なかなか優秀だという評判を聞いている。具樹よりいくつか下だっただろうか。清澤という名前のイメージ通り、爽やかな笑顔の男だった。さぞかしどこへ行ってもモテることであろう。

「ロク、随分張り切ってるな。一番面倒そうなところに手挙げるとは」

ホテルを出ると藤田がワイシャツの袖を捲《まく》りながら言った。日が高く昇るにつれて気温もはっきりとわかるほど上がり始めている。それでも北アルプスの上には重たそうな雲がのしかかっているのが見えた。今日は夕方頃から降り出すかもしれない。

「いえ、決めたのは俺というより俺の胃袋ですね」

「あん。何だよ」

「とにかくさっさと飯を食いたかったんですよ。どうせ我々だけじゃすぐ情報が出てくるとも思えないですし。どっちみち放っておいたらタクシーに回されるかなと」

「ああそういうことか。なるほど、違《ちげ》えねえ」

二人は駅前に向かうと、しばし迷った末にチェーンの牛丼屋《ぎゅうどんや》へ入ることにした。この時間では選択肢はあまり多くない。

「ホテルのレストランでビュッフェって方がよかったですかね」

「そんな暇もねえだろ。平日の主婦じゃあるまいし」

「今時はそんな主婦もいないでしょうに」

「バカ言うな。うちの女房は毎日実に楽しそうだぜ、あちこち食べ歩いて」

具樹は苦笑しながら目の前に置かれた牛丼に食らいついた。朝からヴォリュームがすごいな、とは思ったが、どうせ今日は一日体力勝負である。食えるときに食っておかないと、と考えながら隣を見ると、藤田もまた大盛りを素早く平らげていた。

店の中にはくたびれた様子の中年の男と、ホストか何かをやっているように見える金髪の若者がいずれも無言で肉を頬張《ほおば》っている。まるで社会の薄暗い側面の縮図を見ているような気分だった。

今頃あずさは何を食べているだろうか。それともまだ寝ているかもしれない。休日の朝から家族を放り出して牛丼とは、まったく因果《いんが》な商売だ、と具樹は思いながら、ロボットにでもなったかのように機械的に飯を口に運んだ。

松本駅前のタクシー乗り場には、主に観光客を待つ運転手が退屈そうな顔で並んでいた。この時間ではまだ客も多くないのだろう。具樹たちが手あたり次第に声を掛けると、運転手たちは一様に驚いた顔をしながらも話に応じてくれた。しかし何しろ四日も前の話である。ほとんどの運転手は「覚えてないねえ」と首を傾げるばかりだった。中には思い当たる客の情報をくれる者もいたが、よく聞くと風貌《ふうぼう》が違ったり、時間帯がずれていたりする。それでも一応裏取りのためそれらの情報をメモしながら、刑事たちは次々とロータリーに入ってくるタクシーを捕まえては同じ質問を繰り返した。

「会社へは問い合わせてるんですよね」

次にやってくるタクシーを待ちながら具樹が聞くともなく聞くと、藤田も曖昧《あいまい》に頷いた。

「その筈だがな。一旦署に戻るか。一台ずつ俺らが聞いてみても埒《らち》があかん」

「四日もタイムラグがあるのは痛いですね。考えてみればあの被害者の母親がもっと早く赤木のことを思い出してくれればよかったんですが」

「まさか意図的に遅らせたわけでもないだろうが。なんというか、のんびりしたおばちゃんだしなあ。どこか世間知らずというか、貴族みてえな感じなんだよな」

藤田は缶コーヒーを飲み干すと、行くか、と声を掛けて歩き出した。駅前広場にある時計に目をやると既に三時である。結局昼飯も食べ損ねたが、途中コンビニで適当な携行食品を買って齧ったせいか、あまり空腹は感じなかった。それとも朝の牛丼が思いのほか腹持ちがよかったのかもしれない。

二人はホテル中央へと戻り、フロントに車を停めさせてもらった礼を言うとそれぞれの車に乗り込んだ。フロントにいたのは今朝の男の従業員ではなく、若い女と交代した後だったが、女は愛想よくカウンター越しにお疲れさまでした、と返した。もっとも単なる従業員だからにこやかでいられるだろうが、上の人間はそうはいかないだろうな、と具樹は考えながらもキーを回してエンジンをスタートさせた。何しろ客がチェックアウトせずに消えてしまったのだ。何泊かの分だけ先に支払いをし、清算は最後にする予定だったと聞いていたから、宿泊料を一部取り損ねた経営者としては怒り心頭であろう。その上面倒な事件にまで巻き込まれたとあってはホテルの風評被害も気になるところである。

せめて消えた客が今回の事件と無関係であればまだ救われるといったところだろうが、具樹の勘は逆の結論を告げていた。こうなってくると赤木がかなり深いところまで今回の事件に関わっているのは間違いない。そうでなければこのタイミングで姿を消すことはないだろう。

署まではせいぜい二キロほどの距離しかなかったが、たどり着くまでには三十分近くを要した。駅の周辺から線路をくぐって国道一九号に至るまでの道がほとんど止まっているかのような渋滞だったのだ。原因は明らかに国道へ出る渚一丁目の交差点の拡幅工事の影響だった。苦労してようやく着いた松本警察署で具樹たちを待っていたのは、空手で帰った他の刑事たちと、刑事課長からの「ご苦労さん、今日のところは上がっていいぞ」という労《ねぎら》いの言葉だった。

具樹は溜息をつきながら再び車へと戻った。またあの渋滞した交差点を通って家に帰るのに何分取られるだろうか。

エンジンをかけると、カーステレオから天気予報が流れてきた。今夜遅くから雨になる、と渋《しぶ》い声のパーソナリティが言っている。明日までに止むといいが。具樹はすっかり萎《しお》れたようになっているオールバックの髪を撫でつけると家路についた。

六

どうやら赤木奈津美と思しき客を乗せたというタクシーが見つかったのは、それから二日ほど経った日のことだった。正確に言えば、そのタクシーは初日に具樹たちが聞き込みをした中の一台だったので、見つかったというよりは運転手がやっと思い出したというところである。警察からの照会で各タクシー会社が運行記録を漁っている中で、ある会社が丁度赤木がホテルを出た時間帯に客を乗せた運転手をリストアップし、覚えていることはないかと逐一《ちくいち》写真を見せて確認してくれていた。配車の担当者からその質問を受けた木下《きのした》という運転手が、そういえばそんな客を乗せたかもしれない、と申し出たのである。

「言われてみればなんだか大荷物の姉さんでね。まあ駅から乗せる客なんて半分は観光客だから何の不思議もなかったんだけど、よく考えてみれば行き先がちょっと変だったんだよね」

白髪まじりの頭をぼりぼりと掻きながら、木下はのんびりとした口調で語った。

「変だというのは？　具体的にどこまで乗せたんですか」

松本城の近くにあるタクシー会社の営業所にある喫煙所で、具樹は早くも汗ばんできた額を拭いながら質《ただ》した。隣では藤田がこれ幸いと煙草に火をつけている。木下は右手に挟んだマルボロをひとつ大きく吸うと、煙と共に答えを吐き出した。

「豊科《とよしな》のな、光橋《ひかるばし》のあたりだ」

「光橋？　というと、国道をずっと行ったところですか」

「そう。一九号を明科《あかしな》の方へ向かって行くと、途中で左に折れて豊科の市街地の方へ渡る橋があるだろ。田沢《たざわ》の駅のところよりもっと北の。それでその光橋を過ぎて、ちょっと行ったあたりだったかな。国道から少し川の方へ折れたところで降ろしたんだよ」

具樹は腕組みをしながら頭の中で地図を思い描いていた。安曇野市内はそれほど行く機会が多いわけではない。しかし国道一九号は長野方面へ向かうとき、高速代をケチって下道を行く場合に利用する道である。松本からたどっていくと、右手に篠《しの》ノ井《い》線《せん》の線路を、左手には犀川《さいがわ》を見ながら比較的まっすぐに北上する。線路の更に東はもう山になっているので、山と川に挟まれた狭い土地を縦に貫《つらぬ》いている印象である。

確か田沢駅の駅前から西へまっすぐ行くと橋があった。あれが田沢橋だったか。それからその一本北側、豊科地域と明科地域の境のあたりにも大きな橋があった筈である。光橋というのはそのことだろう。

「そのあたりには何かあるんですか。観光地とか」

「それが何もねえから不思議なのさ。民家と田圃ばっかりせ。まあそんときは、どっかへ旅行にでも行っていたのが自宅に帰ってきたんだろうと思って気にも留めなかったけどな。けど事情を聞いた今となっては、なんであんなとこに降りたんだか……」

木下は目を細めてしきりに首を捻りながら、また煙を細く吐き出した。

「降りた後、女はどっちへ歩いて行ったかわかるかね」

それまで黙って具樹と運転手のやり取りを聞いていた藤田がおもむろに口を開いた。

「ええとな、橋を過ぎてからちょっと行ったところで国道を左に折れて、少し行った路地で止まって……車の向きと同じ方向だったからな、西ってことになるかな。ずっと見てたわけじゃねえからすぐ曲がったかもしれないけど」

「そこから西へ行ってもやっぱり民家くらいしか？」

「民家どころじゃねえ、ほとんど田圃だけせ。あのあたりは犀川の河岸段丘になってるからな、民家があるのは一段上のところまでで、河川敷《かせんじき》と同じ高さのあたりは全部田圃になってるんだ。まああんたらも行けばわかるわ」

「田圃以外には本当に何も無いですか？」

具樹はなおも食い下がった。密《ひそ》かにホテルを抜け出したとして、赤木は次に潜伏する先を探していた可能性が非常に高い。まさか田圃の中に入っていくわけもないだろうから、河川敷に何か目的の建物でもあったのかもしれない。

「そうだなあ……ああ、中部電力の施設があるな。よくわからんけど、川に面したところにちょっとした建物があった筈だわ。あとは土砂の採取とかしてる業者がいるのと……マレットゴルフ場もあったかもしれないけど」

一応可能性は繋がった、と具樹は少し安堵した。潜伏するのに向いているとも思えないが、あり得ないことはない。頼ることのできる知り合いがいて、その家に向かったという可能性もあったが、例えば何かの拍子に電力施設の合鍵でも手に入れたとか、あるいは土砂採取業者に知り合いが勤めているという可能性も考えられる。

具樹は藤田が煙草を吸い終わるのを待って営業所を後にした。手持ちの地図には木下が赤木を降ろしたという場所が描き込まれている。木下も事情聴取から解放され、これから仕事に行くのだろう、ひとつ会釈をすると同じ模様に塗られたタクシーが数台駐められた駐車場へと向かって行った。

タクシーの運転手というのは面白い職業だといつも具樹は思う。最初から運転が好きだったり得意だったために運転手になった者もいれば、夢破れて、あるいは職場で働き続けることができなくなり、流れてきたような者もいる。そして毎日何十人もの客を乗せ、その多くと密室で、ある程度の時間を過ごし、また大抵の場合は客との雑談をするだろう。人間不思議なもので、相手との仲が深くなるほどに言いづらくなるような人生の重大事であっても、初対面でこの先も関わることがないだろうという相手には意外と本音が言えたりするものである。そういう意味ではこのタクシーの運転手というのは、人間ひとりひとりが抱える心の闇とずっと向き合っているのかもしれない。

安曇野へ向かうタクシーの中で、赤木奈津美は果たして何を語ったのだろうか。それともじっと押し黙っていただろうか。先ほどの木下という運転手に聞いてはみたが、よく覚えていない、と言うきりで、もはや知る術《すべ》もなかった。もっとも知ったところで当《あ》たり障《さわ》りのない会話であった可能性の方が高い。

「赤木はまだ安曇野にいますかね」

丁度並行して走っていた特急電車に徐々に距離をあけられながら、具樹たちは車を北へと走らせた。平日の午前中なだけあって電車の窓に見える人影はまばらだった。

「長期間潜伏できるような場所ではないと思うんだがな。仮に知り合いの家がそこにあったとしても、余程深い付き合いの相手じゃなければそう何日も泊まるわけにはいかんだろうし。付き合ってる男の家でもあったか……」

「まさか景色を楽しみに来たわけじゃないでしょうしね」

具樹は助手席の藤田の向こうに見える北アルプスに目をやりながら呟いた。国道の左側にへばりつくように建っている家々の向こうには、一段低くなった土地一面にまだ小さく青い稲が揺れている。水鏡になった田圃にうっすらと映る山並みとよく晴れた空が印象的だった。これで隣に乗っているのがあずさであり、目的地が仕事と関係のない場所であれば文句ないんだがな、と密かに残念がりながら、具樹は視線を北へと向けた。

木下に教えられた場所は、似たような民家が立ち並ぶ住宅街の外れだった。きっと昭和の頃に分譲された土地なのだろう。どの家も同じ程度に古びていて、しかし昔からこの土地に根を張って生きてきたという貫禄《かんろく》はない。眺望を売り文句にして、都会からのUターン者や移住者に販売したのだということは容易に想像がついた。

車を路上に停めて降りてみると、住宅地の西側は崖《がけ》になっており、道はその崖を這うようにくねりながら一段低い土地へと下っているらしかった。ここが河岸段丘の境目に当たるわけだ。

「ここから西へ行ったとすれば、やはりほとんど民家なんてないですね」

具樹は言いながら手をかざして低い土地を見回した。犀川は日の光を反射しながら穏やかに流れている。少し上流に目をやると、小規模なダムのように川の一部に段差が設けられているのが見て取れた。明らかに人工的な造形である。そのダムの端、具樹たちがいる場所から見て一番手前に、管理施設らしき建物が付随している。これが木下の言っていた中部電力の施設だろう。

一方でもう少し下流へと目線を向けると、いくつかの大きな建物があるのがわかった。こちらは土砂採取業者の作業場だろうか。具樹が見る限りではそのうちのひとつの施設では重機が忙しそうに動き回っていたが、もうひとつの方はだいぶ古びており、しばらく見ていても動くものは何も発見できなかった。

「あれ、もしかして空き工場かなんかですか」

具樹の目線を追って同じように目の上に手をかざしていた藤田も、それに気付いたらしく、うむ、と頷いた。

「もし空き工場だとすればしばらく潜んでいるには丁度いいかもしれんな。どうする。民家の聞き込みは後回しにするか」

「どっちが可能性高いですかね……」

「とりあえず応援呼ぶか」

藤田はそう言って携帯に手を伸ばした。

具樹は藤田の電話を待つ間、なおも古びた建物を見つめながら思考を巡らせていた。仮にあの空き工場、いや工場なのかどうかもわからないが、ともかくあの建物が今使われていなかったとして、潜伏場所に選ぶのはいいが、そもそもなぜこんな場所まで来たのだろうか。松本市内にも空き工場や空き家はいくらでもある。周囲に人気《ひとけ》のない場所、という条件を付けたとしても、安曇野市よりは断然多いだろう。それをわざわざタクシーを使ってまで、あの工場を選ぶ理由が何かあったのだろうか。また、赤木はなぜこんな場所を知っていたのか。

空き工場に潜んでいる、というのは考えすぎなのかもしれない。木下の話からなんとなくそういう印象を受けたが、近くの民家が目的地だった可能性も高いのだ。それでも具樹の第六感のようなものが、あそこだ、と強く主張していた。赤木はあそこにいた。いや、もしかすれば今もいるかもしれない。

「ロク、応援が来る前に一度あの工場行ってみようや」

電話を終えた藤田に声を掛けられて、具樹も振り返り車へと向かった。ともかく行ってみなければ始まらないのは確かだ。刑事たちを乗せた車は、崖に沿って曲がりながら田圃の真ん中へと突入していった。

ひっそりとした建物の前に着いて地面に降り立った二人を、初夏の風が優しく撫でていく。三メートルほどの高い壁に囲まれた敷地の中を覗き込むと、明らかに操業していないのが一目で見て取れた。入り口には「協栄興業《きょうえいこうぎょう》株式会社」という看板が掛けられているが、それもだいぶ風雨に晒《さら》されて劣化しているらしく、会社名を綴《つづ》った塗料が褪《あ》せて読み取りにくかった。

敷地に入るとすぐ右側に二階建ての建物がある。かつては事務所が入っていたのだろう。入り口のドアの脇にはインターフォンが備えられていたが、何度か押してみても反応はなかった。藤田がノブを握って回すと、軋《きし》んだ音を立てながらドアがゆっくりと開いた。

「なんだよ、鍵もかけてねえのか」

勝手に上がり込む藤田に続いて、具樹も入り口をくぐる。中には簡単なカウンターがあり、その向こうのフロアにはデスクがいくつか埃を被《かぶ》っていた。デスクの上には事務用品も多少散乱してはいるものの、価値のありそうなものは何ひとつ置いていない。やはり長いこと使われていないということなのだろう。

「誰もいませんかね」

藤田は土足のままフロアへと上がる。本来は靴を脱いでスリッパに履き替えるようになっていたのだろうが、この埃だらけの状態ではそれも躊躇われた。具樹は眼鏡の前を不規則に飛び回る埃の塊を払いのけながら内部を見て回った。しかしこれといった発見もない。赤木が潜んでいたような明らかな形跡は見つからなかった。

二階にある休憩室や応接室も見て回った後、二人は建物を出て敷地内をざっと見ることにした。応援が到着すればもう少し子細に確認ができるだろうから、ともかく赤木が潜んでいる可能性のある場所を一通りチェックしておきたかった。といっても、そのような場所はあまり多くはない。元々解体関係の業種だったらしく、敷地の大半は屋外施設で、大型のコンテナや解体くずの置き場が野ざらしになっている。建物といえばクラッシャーか何かを稼働させていたらしい広々とした作業場が二棟とプレハブの倉庫が二棟、そしてこれまた古びた焼却炉、その程度である。

「見当たりませんね」

具樹はプレハブ倉庫の中を窓越しに覗きながら言った。中には掃除用具や段ボール箱が雑然と放置されている。捜している女の姿は敷地内のどこにもなかった。

「なんとなくここに来たんじゃないかという予感はしたんですけど。外れかな」

具樹がぼやきながらオールバックの髪の毛を撫でつけていると、やがてエンジン音が近づいてきた。応援の刑事たちが着いたらしい。具樹たちは一度入り口の方へと戻ることにした。

「なんか出てきたかい」

車から降りた荒井警部補が煙草臭い息を撒《ま》き散《ち》らしながら尋ねた。

「今のところ何も。少なくとも本人は見当たりません。まだざっと見て回っただけですが」

「変わったところもないかい」

「元々の様子がわかりませんのでね。変わったかどうかもなんとも言えないですが、まあ不審な点は気付きませんね」

具樹の言葉に荒井はふん、と頷くと、後に続いて降りてきた何人かの刑事に中を調べるように指示を出し始めた。

「先に入った俺が言うのもなんだけどよ、勝手に中に入って大丈夫かね」

「それは多分大丈夫だ。法人登記を確認させたが、この協栄興業ってのはもう十年も前に破産してる。破産手続きも完了してそれからずっと空き工場になってるみたいだから、間違いなく誰も管理しちゃいない。文句を言う立場にある人間は誰もいないんだ」

藤田はふうん、と納得した様子で、敷地の外へと歩き出した。

「どこへ行くんですか」

「ロク、ここん中は連中に任せとこうや。俺らはあっちの動いてる工場に行ってみよう」

藤田が指差した方には、もうひとつの大きな建物がすぐそこに見えていた。こちらはそれほど高い壁に囲まれているわけではない。敷地内で重機や人が相変わらず忙しそうに動いているのが見て取れた。そのうち何人かは、空き工場に集結した男たちに興味があるらしく、ちらちらとこちらを見ながら何事か話し込んでいるようである。田圃一枚分だけ隔てたその建物に向かいながら、具樹はじわりと滲《にじ》む汗を手の甲で拭った。

「こんにちは。お忙しいところすみませんがね、ちょっとお話を聞かせてもらえませんか」

藤田がポケットから手帳と赤木の写真を取り出しながら、入り口にほど近いあたりでこちらを眺めていた二人組の男に声を掛ける。二人ともしっかりと日焼けした顔に好奇心と不安がないまぜになったような表情を浮かべながら、無言で頷いた。

「我々こういう者ですがね。このあたりで何日か前、女性を見かけませんでしたか。こういう風貌で、歳は四十くらいなんですが」

「警察の方？　刑事さんですか。さあ、俺は見た覚えないけど……何かあったんですか」

「あなたも覚えはない？」

藤田は質問には答えず、もう一人の男にも尋ねた。

「いやあ、どうでしょう。このあたりはまあ農作業の地元の人が時々来るのと、河川敷に遊びに来る人もいるので、全く人気《ひとけ》がないわけでもないですし。通りがかっても覚えてないと思いますが」

具樹たちは男たちに礼を言うと、他の従業員にも聞きたいから中に入れてもらえないか、と頼んでみた。二人は事務所の場所を案内してそこで確認するように言い、また自分たちの仕事に戻っていった。日に焼けて浅黒い肌の精悍《せいかん》な男たちが向かった先はベルトコンベアのような大型の機械である。きっと採取した砂利やなんかを運んだり、ふるい分けたりするのであろう。長野県でも特に標高の高い中信地域は、五月頃特に紫外線が強い。なまじそれほど暑くならないだけに、油断するとすぐに日焼けしてしまう。普段から外で仕事をしている者にとっては決して過ごしやすい季節とは言えないだろうな、と二人の後ろ姿を見ながら具樹は考えた。

事務所だという土埃《つちぼこり》に塗れた建物に入ると、早くも空調を利かせているのか、ひんやりとした空気に包まれた。中で事務仕事をしていた中年の女性に声を掛ける。来訪者が刑事だとわかると女性は奥にいた責任者らしき男を呼んだので、それにつられるようにして何人かの従業員がぞろぞろと出てきた。一度に話を聞けるのなら都合がよい。藤田が挨拶もそこそこに赤木の写真を見せると、従業員たちは一様に首を捻り始めた。

「あの、その人かはわからないんですが」

やがて一人の若い男が手を挙げた。まるで教師にでもなった気分である。

「何日か前に、そっちの空き工場の方へ出入りしてる人を見ました。女の人だったと思います。髪が長かったから」

「ほう。この写真の人に似てましたか」

「顔ははっきり見なかったので……もう少し老《ふ》けて見えた気もしますけど」

「ともかくこのあたりでは見慣れない顔ということですね」

「少なくとも近所に田圃を持ってる人ではないでしょうね。まあそっちの空き工場も時々変な人が出入りしてることは昔からあるみたいなので、もしかすると女のホームレスとかそんなのかもしれないですが」

「他に何か気付いたことは？　荷物を沢山持っていたとか」

「ああ、なんだか大きい荷物を引っ張って歩いてたと思いますよ。もしかするとキャスターか何か付いてたのかな。正直、そのときは全然気にしなかったのでどんな荷物だったかもよく覚えてないですけど」

これは当たりだったか。具樹は手帳にメモを取りながらも内心で快哉《かいさい》を叫んでいた。こんな辺鄙《へんぴ》な場所の空き工場に大荷物で乗り込んでくる人物は他にいないだろう。まさか家出娘ということもあるまい。やはり赤木はここに潜んでいたのだ。

「あと、関係あるかどうかはわからないですが、その人を見た日に、廃工場の敷地で煙が上がってたと思います。何か燃やしてるのかな、とかそんなことを考えた覚えがあります」

若者の話はそれで大体全てだった。日付をなんとか思い出せないかとしばらく粘《ねば》ったが、はっきりとしたことはわからないという。ただ、他の従業員の中にも、「確かに何日か前に煙が上がっていた」という内容を証言した者がいた。元々自分たちの敷地でもよく土埃が上がるというので、見間違いである可能性は否定できなかったが、これは廃工場の中をよく調べればわかるだろう。何かを燃やしたなら痕跡が残っている可能性が高い。

具樹たちは社長以下興味津々といった様子の従業員たちに頭を下げると、質問攻めにあわないうちに協栄興業の方へと歩き出した。

「藤田さん、焼却炉です。何か燃やしたと思われます。木材の焼け残りがありました。まだ新しいですよ」

具樹と藤田が隣の会社で聞いてきた情報を伝えた後、なおも敷地内を捜索していると、一人の刑事が具樹たちの元へやってきてそう告げた。床を見ながら歩き回っていた作業場を出て具樹たちが焼却炉へ向かうと、既に敷地中に散っていた刑事たちがほとんど全員そこに集合していた。

「間違いなくこの数日の間に何か燃やしてますね。残ってるのは合板みたいな板状の木片です。あとは灰がそれなりの量と」

「少なくとも誰かがここに入り込んでいたことは間違いないな」

「赤木か」

「可能性は高いな」

刑事たちは俄かに活気づいたようだった。消えた女の行方を追い始めてからもう何日も経つ。いい加減次の展開に期待したくもなる。

「それだけじゃないです。こんなものも見つけましたよ」

具樹たちを呼びに来た若い刑事が、何かを指でつまむようにして差し出した。大半が中年を過ぎた男たちが一斉にその指先を覗き込む。そこにあったのは銀色に光る小さなアクセサリーだった。

「こりゃあ……ピアスか？」

「イヤリングでしょう。これ、どこにあった？」

「すぐそこの地面に落ちてました。まだ綺麗だし、落としてから間もないでしょうね」

イヤリングをつまんだままの手で示された方を刑事たちがまたも揃って振り向く。どうやら落ちていたのは焼却炉から三メートルほど離れた地面らしかった。具樹は他の頭がよそを向いているうちにもう一度イヤリングを子細に観察した。全体的にひし形のような形だが凝った模様が刻まれている。下の端には本物かどうかはわからないがダイヤのような光る石がはめ込まれていた。

「これ、エヌですね」

「あん？　何がだ」

具樹が呟くと一番近くにいた藤田が振り向いた。

「このイヤリング、複雑な模様があるんでちょっとわかりづらいですけど、アルファベットのNをデザインしてるみたいに見えます」

「ああ……確かに。言われてみればそう見えるな。奈津美のイニシャルか」

「だといいですけど」

具樹は期待が胸中に膨《ふく》らむのを感じながらにやりと笑った。


イヤリングは荒井と清澤の両刑事の手によってハナオカ電業へと運ばれ、そこで社員たちに確認が取られた。ほとんどの者は知らなかったが、比較的赤木と仲のよかったという女子社員がそれを覚えていたという。

「イヤリングは赤木奈津美のもので間違いなさそうです。退職するふた月ほど前に男からプレゼントされたと言って身に着けているのを見たということでした。イニシャルからいっても辻褄が合います」

「つまり赤木はホテルを抜け出した後タクシーに乗って協栄興業の廃工場へと向かったわけだ。そしてその焼却炉で何か木製のものを燃やした。そういう筋書きだな」

松本署の大会議室は久しぶりに活況を呈していた。新たにもたらされた情報により、少しずつ前進している感覚が刑事たちにあったのは間違いない。とはいえ赤木本人の身柄をおさえたわけではないのもまた事実である。高槻家での事件に関して言えば、はっきりとした糸口はまだ見えていない。首脳陣の中にはそのことに対する焦りもまた見え隠れしていた。

「それじゃあ次は鑑取《かんど》りの方」

「はい、赤木の家族関係についてはもう少し詳しいことがわかりました」

促されるままに立ち上がった青柳《あおやぎ》という刑事が説明を始めた。

赤木は独身で兄弟姉妹もいない、どちらかというと孤独な境遇の人間だったらしい。母親とその母、つまり奈津美の母方の祖母がおり、父親と祖父、さらに父方の祖父母は既に他界している。母親は名古屋《なごや》に、祖母は浜松《はままつ》に、それぞれ住んでいるというところまでは既に判明していた。

青柳の報告によれば、母も祖母もそれぞれ自宅には住んでいない。母の慶子《けいこ》は名古屋市内の病院に入院中だが、かなり進行したガンに侵されているらしく、余命も一年ないのではないかということだった。一方の祖母、これは杉浦芳美《すぎうらよしみ》という名だが、こちらは老人ホームへ入所しているという。認知症を発症していて判断能力はかなり衰えているが、一方で九十歳を目前にしても身体はまだまだ元気だというから、近いうちに娘の慶子に先立たれることになるだろう。

「そうすると家族の方からは話は聞けないか」

「いえ、母の赤木慶子はまだしっかり話ができます。実際我々も直接話をしてきました。ただ、奈津美の行方については全く心当たりがないと言っています。慶子にとっては一人娘で、しかも近い親戚がほぼいないそうなので、認知症の杉浦芳美を除いてはほとんど唯一の肉親ですからね。かなり心配していました。ここ最近は全然連絡が取れていないようです」

「病院代の支払いやなんかがあったりしないのか。他に親戚がいないなら赤木奈津美が面倒見てるんだろう」

「いえ、それも確認したんですが、赤木慶子はかなりの資産家らしいんです。亡くなった夫、つまり奈津美の父ですが、これが生前は事業で成功してたと。相続した遺産がたっぷりあるようで、入院費も芳美の施設利用料も、そこから出しているそうです」

「そうなるとその線は無理か。まあ一応その母親の周辺は引き続き当たってくれ。いつ姿を現すとも限らん。あるいは庇《かば》って隠しているということもあり得る。交友関係は？」

「これはあまり期待できませんね。元々社交的なタイプではなかったようです。親友と言えるような友人はほとんどいなかったらしい。むしろ被害者の高槻睦子なんかはかなり親しい方でした。ハナオカ電業の女子社員とも退職してからは全く連絡を取ってはいないようですし、あとは学生時代の旧友が何人か、というくらいです」

「男の方はどうだ。何かないのか」

「誰かと交際はしていたようですが、それが誰なのかというのはまだ判明していません。先ほどのイヤリングをプレゼントしたという男が交際相手だとは思いますが、奈津美はそういう話をあまり大っぴらにするようなことがなかったようです。大学の同期だという人物からも誰かと交際していたようだ、という証言は取れてますので、そこは間違いなさそうではあるんですが……」

「相手の目星はつかないと？」

「一応、三ヵ月くらい前に伊豆《いず》の方へその男と旅行に行っていたようです。そのときにＳＮＳに写真を投稿していました。男の姿は全く写っていませんが、どこの旅館なのかを現在調査中です」

具樹は青柳の報告を聞きながら赤木の人となりを想像してみた。三十九歳で独身。写真で見る限りは飛びぬけて美人というわけでもないが、かといって酷い顔立ちということもない。たまたま縁が無かったのだろうか。そんな女が四十を目前に控えて交際しているとなれば、割と最近付き合い始めたという方がしっくりくる。長く交際していたならとうに結婚していてもおかしくないからだ。友達も少なく、肉親も母親と認知症の祖母だけ、しかし母が金持ちであり、おそらく金には困っていない。それゆえか、ハナオカ電業を退職した後はすぐに就職せずにしばらく己の人生を満喫することを選んだ。となると交際相手との結婚が頭にあったのだろうか。

結局赤木慶子のいる病院に張り付いて奈津美からのコンタクトを待つこと、そして交際相手を調査することが方針として決定し、会議は解散となった。青柳たち何人かは数ヵ月前に男と行ったという伊豆の宿泊先がわかり次第聞き込みに行くことになったようである。

「赤木奈津美か。まったくホラー映画の化け物みてえな女だぜ。痕跡はたっぷり残してるくせに本体はさっぱり姿を見せやしねえ。どこへ消えちまったんだか……」

椅子から立ち上がった藤田はぼやきながら会議室を後にした。化け物というか幽霊でも追いかけてるみたいだな、と具樹も半分心の中で同意しつつ立ち上がる。気付けば長くなった日もすっかり落ち、窓の外には国道沿いの店の灯りが車のヘッドライトと相まってチラチラと瞬《またた》いていた。どこにでもある地方都市のささやかな賑わいは、それでも一人の女を溶かして消してしまうのに充分な程度にはうるさい。具樹は自分の車に乗り込むと、妻が待っているであろう家に向かって渋滞の中へ走り出した。

第三章　寒がりな追跡者

一

木曽福島駅《きそふくしまえき》から乗り込んだ鈍行の列車は、平日の夜だけあってガラガラだった。いや、私が知らないだけでいつもこんなものなのかもしれない。何しろ島崎藤村《しまざきとうそん》が書いていた通り、木曽路《きそじ》はすべて山の中である。山間《やまあい》に点在する集落の住民たちも、ほとんどは車で移動していたし、私もいつもなら電車になど乗ることもなかった。

わざわざこんなところまで電車でやってきたのは、ひとえに仕事に使っている車が故障してしまったからに他ならない。もう長いこと乗り続けている車だから、そろそろ寿命なのだろう、ということは薄々と感じてはいた。私が自宅兼店舗の「古畑《ふるはた》キーサービス」を構えている蟻《あり》ケ崎台《さきだい》は、その名の通り蟻ケ崎地区の真上に位置する高台である。必然的に毎日客のところへ行って戻ってくるときには急坂を登ることになるのだが、このところアクセルをベタ踏みしてもエンジンの回転数が上がりにくくなっていた。

人間も車も、歳をとるとろくなことがない。

それでもいつも世話になっているカーディーラーに持ち込んだところ、なんとかなりそうだという話をされたので、とりあえず預けて修理してもらうことにしたのだ。買い替えるのはもう少し先延ばしにできそうだった。急な話だったためディーラーでも代車が用意できないというので、諦めて電車の旅に興じることにした。幸いにも今日の客先は木曽福島の駅からほど近いところであった。

私の乗り込んだ電車は木曽の峡谷をくねくねと走った。昔の宿場町ごとに停車しては数人の客を降ろしていく。ほとんどは老人で、若い人は全くと言っていいほど見当たらない。名古屋方面への特急が同じ線路を利用しているのでまだいいが、そうでなければとっくにこの路線は廃止されていただろう。木曽川《きそがわ》の流れと国道一九号に挟まれるように窮屈そうに走る電車は、それでも力強く、並走する大型トラックの群れを追い越していった。

既に真っ暗な車窓から目の前に迫る北アルプスの山の影を眺めていると、時々自分が住んでいるこの信州という土地の厳しさをどうしようもなく突きつけられているような気分になる。どこへ行くにも山を越えなければたどり着けない陸の孤島。同じ長野県の中であっても、隣の街へ行くのにやはり峠を越えるのが当たり前の土地に、なぜ私の先祖は住もうと思ったのだろうか。

静かな電車の中で、ふと長野県歌である「信濃《しなの》の国」を口ずさむ。信州人なら誰もが歌えるらしい。私も例外ではなく、歌詞を見ずに全部で六番まであるうちの四番までは正確に歌うことができた。別段思い入れがあるわけでもないが、そうやって覚えていること自体、信州人の郷土愛の強さを証明しているのかもしれない。昨今取りざたされる愛国心という言葉は、信濃の国にこそ相応しいのではないかとも思う。私も長野県が好きかと言われれば好きだと即答するであろう。それでも、なんでこんな山だらけの土地に住んでいるのか、という疑問はいつまで経っても解消されることはなかった。

やがて木曽の谷が開け、電車の行く手には街の灯りが迫ってきた。もうじき松本平《まつもとだいら》に入るのだ。県下で二番目に栄えている街だけあって、都会とは言わないまでも賑やかであることは間違いない。北は大町市《おおまちし》から安曇野、南は塩尻まで広がるこの一続きの平らな土地は、私にとってはほとんど世界の全てだった。

とうに七十歳を超えてはいるが、考えてみれば県外へ旅行に行ったのは数えるほどである。大学には行かずに仕事に就いたし、鍵屋《かぎや》として独立してからは自営業ということもあり、若いうちにまとまった時間が取れなかったのだ。幸か不幸か、妻もそれほど外出好きな方ではなかったから、必然的に休みの日でも家でのんびりと過ごすことが多かった。老後にはあちこち出かけてみような、などと話していたこともあったが、気付けば現役のままこんな歳である。私には老後というものはまだまだ縁のない話だ、と思い、思わず溜息をついた。

ふと車両を見渡すと、いつの間にか少し客が乗り込んできているようだった。塩尻あたりで乗ったのだろう。学生や勤め人らしきスーツ姿の男など、若い乗客も何人か座っていた。やがて車内に終着駅を告げるアナウンスが響き渡る。私は立ち上がって少し伸びをした。久しぶりに長時間電車に揺られていたので腰が少し文句を言っている。今夜はビールでも飲んで早めに休もう。そう心に決め、ドアの方へとふらふらしながら移動した。

電車が松本駅に滑り込み、大袈裟な音を立ててドアが開いた。一歩ホームへと踏み出すと、少し間の抜けた女の声が「まつもとー、まつもとー」と駅構内にこだまする。久しぶりにこのアナウンスを聞いたが、いつもなんだか不思議な気持ちになる。帰るべきところに帰ってきたという安堵と、妙に自己主張の激しい女の声のアンバランスさがそうさせるのかもしれない。

私は他の乗客がさっさと階段を上っていくのを見送ってから、ゆっくりと上り始めた。自分では同年代の中ではまだまだ元気な方だと思っているが、それでも上り階段となるとだいぶきつく感じるようになってきていた。今日などは仕事帰りで久しぶりの電車の旅だったこともあってかなり足が重く感じる。一番上までたどり着いたときには肩で息をしている有様だった。財布から切符を取り出すと自動改札に通して中央通路へと抜ける。

この時間でもまだそこかしこに高校生らしき子供たちが友達同士で談笑しているのが見受けられた。今時の子供も大変だろう、などと考えながらしばしその光景を眺める。私の時代は大学へ進学する者などクラスでも限られた秀才だけだった。勿論もっと頭のよい進学校であればもう少し割合は高かったろうが、それでも今のように誰もが大学を目指す時代ではない。ところが昨今は、多くの高校でクラスの大半が進学の道を選ぶと聞く。当然遅くまで残って勉強したり、塾に通ったりしているのだろう。

ふと名古屋にいる娘のことを思い出す。そういえばもうすぐ娘の誕生日だ。名古屋へ嫁《とつ》いでから、子育てに仕事にと忙しそうで、長期休暇も夫の実家に行くことが多いから、娘と顔を合わせることも少なくなった。なんでも小学生の孫は早くも塾に通っているそうである。何もそんな歳から、と電話でたしなめたら、逆に「お父さんは考えが古いのよ、今時は都会じゃ当たり前よ」などと笑われてしまったものである。

誕生日には何か送ってやろうか、と考えながらお城口の階段を降りた。最近整備し直された松本駅前の広場は、駅に向かう人と街へ散っていく人が交錯して賑やかである。雑踏の中で少し立ち止まって考えると、手近なコンビニへ向かうことにした。私は普段決して酒量が多い方ではない。全く飲まないで過ごす日の方が多いくらいである。しかし今日はビールを買って帰る気分になっていた。疲れていたこともあるし、客先での大きい商売が済んだこともある。そして何より、少し汗ばむくらいのこの陽気のせいもあっただろう。五月にしては日が落ちてもあまり気温が下がらない夜だ。

カバーモデルは
俳優の菅《すご》生《う》新《あら》樹《き》さん!
第65回メフィスト賞受賞作
『死んだ山田と教室』
金子玲介
2024年
5月16日発売!
KODANSHA

歴代メフィスト賞受賞者推薦コメント

風森章羽さん（第49回受賞）
くだらないのに楽しい。けれど、ほろ苦くて切ない。青春とは、山田である‼

柾木政宗さん（第53回受賞）
最強を最強と言い切れる山田こそが最強で最高。2年E組がうらやましくなりました。

砥上裕將さん（第59回受賞）
こんな角度の切り口があったのかと驚かされ、こんな結末まであるのかと震えた！

真下みことさん（第61回受賞）
自分には経験がないはずの男子校での日々が、妙な生々しさで蘇ってきました。

五十嵐律人さん（第62回受賞）
ダサくて、眩しくて、切なくて。青春の全てと感動のラストに、大満足の一作。

潮谷 験さん（第63回受賞）
校舎に忘れてきた繊細な感情を拾い上げてくれるような物語でした。

あらすじ

夏休みが終わる直前、山田が死んだ。飲酒運転の車に轢かれたらしい。山田は勉強が出来て、面白くて、誰にでも優しい、二年E組の人気者だった。
二学期初日の教室は、悲しみに沈んでいた。担任の花浦が元気づけようとするが、山田を喪った心の痛みは、そう簡単には癒えない。席替えを提案したタイミングで、スピーカーから山田の声が聞こえてきた……。騒然となる教室。死んだ山田の魂は、どうやらスピーカーに憑依してしまったらしい。甦った山田に出来ることは、話すことと聞くことのみ。〈俺、二年E組が大好きなんで〉。声だけになった山田と、二年E組の仲間たちの不思議な日々がはじまった——。

羽織っていた上着を脱いで手に持つと、ロータリー沿いに歩いた。よく見ると私と同じように上着を着ていない人が多い。中には早くも半袖《はんそで》で歩いている者もいるが、流石にこれから寒くなるのではないか、と心配になる。かと思えば厚着をしている者も時折見かけた。こちらは随分暑そうであった。

コンビニで缶ビールを二本とちょっとしたつまみ類を購入する。店を出てタクシーを使おうかと一瞬迷ったが、歩いて帰ることにした。特に急ぐ用事があるわけでもない。家までは歩くと二十分ほどかかるが、少し汗をかいた方が晩酌《ばんしゃく》が旨かろう。そんなことを考えながら再びロータリーを引き返し、駅の階段の前を通り過ぎようとしてそれが目に入った。

それは真っ黒な、異様ないでたちの人物だった。

そいつは長いコートを着て、帽子とサングラスを身に着けているらしかった。丁度階段を下りた脇にあるパン屋の入り口のすぐ傍、暗がりになっているところにじっと佇んでいる。目線がどこを見ているかは全くわからなかった。

なんだこいつは。

私はそこはかとない恐ろしさを感じながらもできるだけそちらを見ないように通り過ぎることにした。視線を落として、足元のタイルを数えながら無心で歩く。一歩、二歩、とそいつに近づくにつれて、得体のしれない恐怖感が高まるのを感じた。

こいつは私を見ている。

私の様子を観察している。

根拠は無いが、なぜか強くそう思った。そして前を通り過ぎる瞬間、我慢できずに一瞬そちらを見てしまった。

目が合った、と感じた。

よく見るとその人物はコートや帽子だけでなく、マフラーのようなものを首に巻いている。更に手には手袋もはめているのに気付いた。真冬の恰好である。しかもそのどれもが黒かそれに近いような色で、まるで階段の陰《かげ》に潜む悪鬼のようであった。

私は関係ない。自分にそう言い聞かせながらすぐに目線を外すと、できるだけ歩調を速めて歩いた。私の知ったことではない。ただの寒がりか、そうでなければ精神を病んでいるのかもしれない。しかしそう考えれば考えるほどに、私の中で得体のしれない怯《おび》えが膨《ふく》れ上《あ》がった。

――この暖かさでコートどころか帽子に手袋にマフラー？

――夜なのにサングラス？

男なのか女なのかもよくわからない。ともかく振り返らないように気を付けながら、こまくさ道路をたどって家へと向かった。

しばらく歩くと道は上り坂になっていく。交通量の多い通りである。何台もの車がヘッドライトを眩《まばゆ》く光らせながら坂道を駆け下り、あるいは駆け上がっていく。こういうときに限って車が故障しているのが恨めしかった。壊れていなければ今頃は家に着いてゆっくりと風呂にでも浸《つ》かっている頃だろう。

通りの両側には学生向けの飲食店や洒落《しゃれ》たカフェなどが立ち並んでいる。どこもまだ営業している時間で、店の前にはなんとか客に目を留めてもらおうとあの手この手で目立たせた看板が賑わいを醸《かも》し出《だ》していた。

そうか、こういうところで一杯やっていくという手もあったかな。そんなことを思いながら、いつしか先ほどまでの恐怖を忘れているのに気が付いて苦笑した。一体私は何を怯えていたのだろうか。ただ、少し変な恰好の奴が駅に立っていた。それだけじゃないか。そもそも目が合ったなんて思い込んだが、考えてみればサングラスをしているのにそんなことがわかるわけないのだ。

案外私が知らないだけで、今流行りの恰好なのかもしれない。テレビなんかで若者にうけているというコスプレとかなんとか、あの奇抜な連中の一人なんじゃないか。そう思ったら急に気が楽になり、ようやく肩の力が抜けた。

後ろからは次々に車がやってきて、ゆったり歩く私を追い越していく。松本深志高校の生徒だろうか、上着を腰の周りに縛りつけた女の子が足早に反対側の歩道を下って行った。遅くまでご苦労なことだ。

そのとき、背後で飛び出した車でもあったのだろうか、軽いクラクションが聞こえた。

突然鳴らされるクラクションというのは、自分のことではないとわかっていても心臓によくないものである。まったく、血圧が上がるじゃないか。そう思って少しの苛つきを込めて振り返る。

——そこに奴はいた。

僅かに十メートルほど後ろ、喫茶店の前にある電柱の陰に隠れるように、先ほどの人物が佇んでいた。黒いニットのような帽子の下にある、やはり真っ黒な二つのレンズが、通り過ぎるトラックのヘッドライトに照らされて揺らめいた。

瞬間的に思考を停止して、前に向き直るとほとんど駆け足で坂を登り始めた。あり得ない。なぜ私なんだ。こんなしょぼくれた老人に、それも一目で男とわかるだろうに、どうしてついてくる。何かよからぬことを企《たくら》むのなら、さっき若い女の子がいたじゃないか。どうせついていくならそっちにしてくれ——。

いや、しかしこんなに車通りの多いところで何か悪事をはたらかれるとは思えない。大丈夫だ。そう自分に言い聞かせた。何しろ昔と違って足腰は弱くなり始めている。それに加えてこの上り坂だ。自分では走っているつもりだったが、現実はそうもいかない。すっかり息を切らせながらたどり着いたコンビニに飛び込むと、レジにいたアルバイトらしき若者が胡散臭《うさんくさ》そうに私を眺めた。

一瞬、店員に「警察に通報してくれ」と言いそうになり、ぐっと言葉を飲み込んだ。まだ何も具体的な被害は起きていない。後をつけられていたというのも思い込みの可能性もあるのだ。たまたま私と帰る方向が同じだっただけかもしれない。何より、こんな程度のことで警察沙汰《ざた》なんかにしては大恥をかくだけだろう。

私は努めて冷静を装いながら、窓際に陳列された雑誌のコーナーへと向かい、いかにも興味をそそられたというように、ゴルフ雑誌を手に取ってパラパラと捲《めく》った。タレントか何からしい整った顔立ちの中年の男がゴルフクラブをスイングした写真が大きく掲載されている。隣にはクラブの拡大図と、いかにこのクラブがすごいかという文章が並んでいるらしい。しかし私の目は何ひとつ情報を拾い出すことはできなかった。

雑誌を読むふりをしながら窓から外の様子を窺う。ほとんど鏡のようになっているコンビニの大きな窓ガラスには、間抜けな顔でゴルフ雑誌を手にしている白髪の老人が映し出されている。それでも駐車場やその向こうのこまくさ道路を行き交う車のヘッドライトが周囲を照らす度に、窓ガラスの向こうの景色が目に飛び込んできた。

あの人物の姿はどこにも見当たらない。

ほっとしていいのか、それとも警戒を続けるべきなのか、どちらとも決めかねながら雑誌を棚に戻した。いずれにしてももう少しこの店で時間を潰そう。十分かそこら、時間を潰してから外に出ればはっきりするだろう。奴が私を本当につけてきていたなら闇の中からまた現れるだろうし、そうでなければもうどこかへ行ってしまった筈だ。

結局立ち読みだけというのも気が引けて、缶のコーヒーを一本買い、コンビニ内のイートインコーナーで飲んでいくことにした。カフェインが体内に取り込まれると、少しまた冷静さを取り戻せるような気がする。同時に、口の中がカラカラに乾いていたことに気付かされた。

時計を見ると八時になろうかというところである。

私はひとつ大きく息を吐いて立ち上がった。こういうとき煙草が吸えれば、入り口の喫煙所で周りを睨みながら時間を潰すこともできただろうが、生憎生まれてこの方吸ったことが無い。私の年代ではどちらかというと珍しいかもしれない。ひと昔前、いやふた昔くらい前なら、街中どこへ行っても煙草の煙が漂っていたものであったが、このところの世の中の動きはあらゆるところから煙草を排除しているらしい。そんなに嫌ならいっそ売らなければいいのに、と思わないでもなかったが、自分のような非喫煙者にとってありがたいことではあった。

空き缶を店内のゴミ箱に入れると、恐る恐る自動ドアを出た。

右手に提げたビニール袋の中のビールはそろそろぬるくなり始めたかもしれない。考えてみれば駅前で買わなくても、こちらのコンビニで買えばよかったのだ。失敗したな、と舌打ちをしながら、私は袋の中を確認するような素振りで立ち止まり、店の灯りに照らされた駐車場をそっと見回した。

ともかく目の届く範囲には怪しい人影は無い。

どこかに潜んでいるとすれば電柱の陰か、あるいはその向こうのブロック塀の方だろうか。二、三度深呼吸をして、再び駐車場を横切ってこまくさ道路へと歩み出た。

この先はもう二百メートルも歩けば大通りを離れて住宅街の中へ入っていく。そのあたりからが一番坂が急になるので、駆け上がるわけにもいかない。いざとなれば右手のビール入りの袋で応戦するしかないか、と考えながら、後ろに神経を集中させて足早に通りを歩いた。

行き交う車の音で最初は何もわからなかった。今までいたコンビニの灯りも届かなくなり、店よりも住宅が増えてくる。曲がり角まであと百メートル。五十メートル。三十、二十……。

不意に車が途切れた。

突然に訪れた静寂の中で、後ろから微かに、ざっざっ、という音が聞こえた。

瞬間、腕が粟立《あわだ》ち、首筋にむず痒《がゆ》いような感覚が走った。

やはりいる。間違いなくついてきている。

こうなるともうはっきりと振り向くだけの勇気は出なかった。住宅街への曲がり角にたどり着く。左に曲がる瞬間、ちらりと顔を上げてそちらに視線を飛ばした。

一本向こうの電柱の陰に、黒いコートの裾がはためいた。距離にして三十メートルもないだろう。

角を曲がってからは無我夢中だった。

坂の途中で適当な道を選び、そちらへ折れる。数十メートルほどでまた右へ。今度は左へ。割合に最近造られた住宅が多いあたりであり、勝手知ったる道というわけではないにせよ、おおよその自分がいる位置は見当がついていた。

住宅街の細い道をくねくねと進みながら、少しずつ自宅の方へと近づいていく。すっかり息は上がり、酷使した足は悲鳴を上げ始めていた。やがて自宅の灯りが見えてくる。普段なら表の通りから帰ってくるところだが、今日は裏の道からである。車の通れない細い通りをすり抜けて自宅の脇に出たときには、後ろの気配はすっかり消えていた。

どうやら撒いたらしい。

息を弾ませながらペースを落とし、周りの通りを見渡して玄関へと近づいた。だいぶ古ぼけた「古畑キーサービス」の看板が私を出迎えてくれた。

大きく深呼吸をする。一体何だったんだ、あいつは。この暑いのにわざわざこんなところまでついてきやがって――。

「ねえ」

不意に後ろから声を掛けられ、私の心臓は一瞬拍動を停止したかのように思われた。やられる――。

息を止めたまま振り向くと、そこにはビニール袋を提げた妻がいた。

「遅かったわね。立ち止まってないで入ってよ」

「なんだ、お前、急に……」

止まっていたかと思われた心臓は、今や通常の倍速で動いていた。今度こそ安堵の息をつく。結婚して何十年にもなるが、今日ほど妻の姿を見て安心した日はなかった。

「なによそんなに息切らして。ちょっと木村《きむら》さんとこへ届け物してきたのよ。ほら、見て。さくらんぼ貰っちゃった。美味《おい》しそうでしょう。夕飯は？　一応残してあるけど」

ドアを開けてさっさと中へ入りながら妻が繰り出す言葉の洪水は、私の痺《しび》れたようになった脳ではほとんど内容が理解できなかった。入念に施錠を確認し、妻の後を追う。ふとビニール袋の中を確認する。少し冷たさを失ったビールを取り出してすぐに開けようかと考え、諦めてもう一度袋へと戻した。

どうせ泡立《あわだ》って噴き出るに違いない。

改めて冷やしてから、この恐怖からの解放を祝うとしよう。

台所から妻の呼び掛ける声が聞こえた。

「今行くよ」

すっかり掠《かす》れた声で返事をすると、私は普段の半分の速度で靴を脱ぎ始めた。

二

五月も終わる頃になり、暑さは日ごとに増していった。今のところ今年の梅雨は平年よりだいぶ早まりそうだという長期予報が出ている。そのせいなのかは知らないが、ここのところ夜でも湿度が高いことが多く、いくら朝晩の涼しい季節とはいえ窓を開けないと眠れない程度には寝苦しい。

その日も寝不足気味の頭を抱えながら、具樹は藤田と共に高槻家を訪れていた。協栄興業の廃工場は他の刑事が丹念に調べているようだが、目下新しい発見は無いようだった。具樹たちは赤木の証言が得られないことも考えて、今ある手掛かりからもう一度事件を洗い直すように、という命を受け、改めて遺族の元にやってきたのである。

「ああ、ご無沙汰《ぶさた》してますね、刑事さん。犯人はまだ捕まりませんか」

玄関で二人を出迎えた高槻賢一郎は、嫌味と期待が混ざり合ったような調子でそう聞いてきた。そして残念ながら期待の方を満たすことができない警察の答えを聞くと、溜息をひとつついてから具樹たちを中に招き入れた。

「今日は、お仕事の方は？　確か司法書士事務所をやっておられるんでしたか」

藤田が世間話といった軽い口ぶりで尋ねる。この仕事をやっていると忘れがちだが、今日は五月三十日の水曜日、ウィークデイのど真ん中である。賢一郎は苦笑いをしながら、そうですよ、と肯定した。

「ここ数日、どうしたわけか依頼者がありませんでね。急ぎの仕事も抱えていないし、降って湧いたような休日というわけです。家のこともやりたいので、事務所は臨時休業にさせてもらいました」

「そうですか、自営業というのもなかなか大変ですな。予定が立てづらくて」

「いやあ、こうやって無理やりにでも休みを設定してしまえばいいわけですから。刑事さんたちよりは幾分休みやすいと思いますよ」

具樹は愛想笑いを浮かべながら、賢一郎が出してくれた紅茶を一口啜った。このぼんやりした頭にはむしろコーヒーの方がありがたかったが、流石に善意でもてなしてくれているものに文句をつけるほど非常識ではない。しかし賢一郎は具樹が欠伸を噛み殺しているのを目ざとく見つけ、心情までも読み取ったようだった。

「ああ、お疲れのようならコーヒーの方がよかったかな。淹れましょうか」

「いやいや、お構いなく。こちらから押しかけておいてそこまでされてはあまりにも申し訳がないですから」

「私も随分と眠れない日が続きましたからね。寝不足の辛さはよく知ってますよ」

賢一郎は少し遠い目をしながら、独り言のように平坦《へいたん》な口調でこぼした。

「それはそうでしょうね、あんなことがあったら」

「いや、というよりは事件の前から少し精神状態がおかしくてね。病院にもかかっていました。安定剤を処方されるようになるまでは不眠症みたいな状態が続いてたもんですから」

「そうでしたか。今も通ってらっしゃる？」

「月に一度ですけどね。安定剤はまだ処方されていますよ」

「そういえば、睦子さんは何か薬を飲まれていましたか。確か事件の直後に病院で検査したときには不整脈の薬が検出されたとか」

藤田が唐突に事件の話に触れたので、賢一郎は少し身体を硬くした。薬の話が出たことで、ついでに聞いておこうと思いついたのだろう。この一見強引にも見える質問の仕方は藤田の得意技ともいえた。勿論相手にヘソを曲げられることもあるが、予期せぬ質問に対しては本音が出やすいのが人間というものである。このやり方で貴重な証言をいくつも手に入れてきたのだろう。

「……そうですね。不整脈の薬と、あとは女性ホルモンのホルモン剤を飲んでいましたよ。それがどうかしましたか」

「いや、事件に関することはどんな些細な情報でも集めておきたいんですよ。申し訳ないですね。他には何も飲んでませんでしたか」

「薬はそれくらいです。あとは市販のビタミン剤を常用していましたが」

「それで全てですね。間違いない？」

藤田がなおも突っ込んで聞くと、賢一郎は不快な表情を作ろうかと逡巡《しゅんじゅん》した挙句、思いとどまったように見えた。

「妻の薬は私が管理していたんで間違いないです。妻はわりとずぼらなタイプで自分で管理していると飲み忘れることが多かったので。飲むのは夕食後ですが、私がその日の分を、それこそビタミン剤まで数えて出してやってましたから」

「そうすると睦子さん自身は精神科へは通ってなかったということですね。何度か襲われてから精神的にも不安定だったと伺いましたが」

「私も連れて行きたかったんですがね。どうしてもうんと言わなくて。どうも精神科に対する偏見があったのかもしれないです。ああいうところに通うのは、あー、なんというか……普通じゃない者だけだと」

ありえるだろうな、と具樹は思いながら紅茶をもう一口飲んだ。世間一般のイメージはそんなものだろう。具樹も仕事柄というよりは個人的な興味で精神疾患に関する書籍をいくつか読んだことがあるが、それまでは似たような認識だった。鬱病《うつびょう》は甘えだし、統合失調症の患者は幻想の世界に生きているのだと何の根拠もなく思っていた。そんな話をあずさにしたところ、かなり叱責《しっせき》を食らった覚えがある。当時は障害福祉の窓口にいたこともあり、精神疾患に関する知識はあずさの方が断然豊富だった。その後、正しい知識を得るために勉強することにしたのだ。

藤田がこういう話を出すというのは、一応睦子が薬物の影響を受けていたことを疑っているのだろう。ただ、被害者の血液から特筆すべきものが検出されていないことからも、その可能性を論じるのが難しいことはわかっていた。

「ま、その話はいいでしょう。それより問題なのは鍵のことだ。同じ話の繰り返しになって申し訳ないですがね、もう一度確認させていただきたい。睦子さんが転落した部屋は、普段から睦子さんが居室として使っている部屋だった、ということでいいですね」

「そうです」

藤田がまたしても強引に話題を変えたので、賢一郎は文句を言うのを諦めたようだった。同じ話だろうがなんだろうが、ともかくこの刑事の気の済むようにやらせた方が結果的には早く終わる、ということを察したのだろう。

「ちょっと一度こちらの情報を整理しますので、間違ったところがあれば訂正してください。睦子さんの部屋には元々鍵は付いていなかったが、今年の一月末頃、睦子さんが誰かに襲われそうになるという事件が発生した。相手が誰かはわからなかったが、睦子さんは『ナツミ』だという。そしてそのことがあった後、睦子さんは市内のどこかの鍵業者に一人で行き、特注品の鍵を自分の部屋に取り付けてもらうように依頼した。鍵は合鍵を作らずにただ一本だけで、それを細いチェーンに通して首から下げるようになった」

賢一郎は軽く頷いただけで無言のままである。間違いではないということだろう。

「それから鍵は常に睦子さんが身に着けていて、寝るときも風呂に入るときも外すことはなかった。これは間違いないですか？」

「ええ、外しているのは見たことが無いですね。ただ最近は夜はお互いの部屋でそれぞれに寝ていたんですよ。当然妻が夜部屋に入った後は鍵をかけてしまいますので、部屋の中で寝るときまで外さなかったかは知りません」

なるほど、あり得る話である。賢一郎や睦子は四十代だ。その歳になって子供がいないということはもう作る気も無いのだろうし、セックスレスでも不思議はない。いや、実際はどうかわからないが、少なくとも寝室を分けているというのは、それほど頻度が高くなかったのだろうということを窺わせる。そうなれば賢一郎がそういった機会を捉えて鍵をすり替えたりすることも難しかったのではないか。そもそも、そこまで無理をして合鍵を用意し、密室に仕立て上げる必然性が全く感じられないのだ。

「事件のあった際も、落下した睦子さんの首には鍵がかけられていた。これは当時居合わせた市の職員も確認しているので間違いないでしょう。そして救急車で運ばれ、病院へ行き、自宅に戻ってくるまでの間は少なくとも医師や公的機関の職員以外が遺体に触れるチャンスは無かった。最終的に自宅に戻ってきた遺体と一緒に鍵も返されたので、あなたがまた遺体の首にかけ直した。こんなところでしょうかね」

「そうですね。それで合っているんじゃないですか」

賢一郎は無愛想に答えて、自ら入れた紅茶をぐるぐるとスプーンでかき回した。苛つきが表現されているかのようにカチカチとカップが音を立てる。ただでさえ同じような質問を何度も受けて鬱陶《うっとう》しいであろうところに、自分の妻が死んだ事件の細かな情景を思い出させるような藤田の言葉をじっと堪えているようだった。

「赤木奈津美という人物についてはご存じないですか」

藤田の質問が一通り終わったと見た具樹は、こちらも負けじと強引に話題を変えた。流石に見ていて賢一郎が可哀想になってきたというのもある。被害者の夫に対して、まるで犯人を追い詰めるかのような藤田の質問の仕方は少々気の毒だった。

「それも以前に他の刑事さんから聞かれましたけどね。妻の元同僚ですか。大体同じくらいの歳だったとか。ただ、何度か名前は聞いたことがあると思いますが、どんな人だかもよく知らないんですよ。会ったこともないですし。ですので刑事さんから言われるまで『ナツミ』という名前にも全く思い当たる節はなかったんです」

「言われるまで存在すら忘れていた、と。まあそんなもんでしょうね。僕だって自分の妻の同僚の名前なんぞ憶《おぼ》えている方が少ないですから」

「しかし少なくとも睦子さんを何度も襲撃するほど恨みを抱いていた相手です。確か麗美さんからは、退職する直前には何かでトラブルになっていたようだ、と聞いていますが」

藤田が再び口を挟んだ。実のところこの部分については、既に会社の他の社員たちからも裏付けが取れている。即《すなわ》ち、ハナオカ電業の社員によれば、睦子と奈津美は歳が近いこともあって仲はよかったが、睦子が退職する直前には少し険悪な雰囲気になっていたということだった。

そのトラブルが関係しているかどうかはわからないが、少なくとも二人の間には何かがあった筈だ。それは仮に奈津美が犯人ではなかったとしても、他の何者かの襲撃に対して、睦子が相手を奈津美だと思い込む程度には心当たりがあったと考えられるからだ。だが賢一郎は首を横に振るばかりだった。

「正直あまり職場の人間関係については妻は私に相談することが無かったですから。退職するときも、『職場の雰囲気があまり好きじゃないから丁度いい』程度のことしか聞かなかったです」

「わかりました。このくらいにさせていただきます。色々とご心痛のところ申し訳なかった。他の方はご在宅ですか？」

藤田がようやく質問攻めを切り上げると、賢一郎は明らかにほっとした様子で丸岡麗美を呼びに二階へと階段を上って行った。

しばらく紅茶を飲みながら待っていると、賢一郎と入れ替わりに麗美がやってきた。二人は立ち上がって挨拶をする。麗美とも何度か会ってはいるが、睦子が死んでからは会う度に黒系統でまとめた服装をしている。事件当日に着ていた赤いドレスのような派手な服はしばらく着るつもりがないのだろう。それだけ娘の突然の死がショックなのだろうか。夫の連れ子に対しての愛情というのが世間一般ではどれくらいのものなのか、具樹には想像がつかなかった。

麗美を相手に先ほどまでの質問が繰り返され、そしてほとんど同じ答えが返ってきた。これ以上得られる情報はこの家には残っていないのだろうか。そう思いながらも質問を終え、丸岡光由に替わるように促したところで、麗美がふと空中を見つめて固まった。

「麗美さん、どうかされましたか」

「いえ、今ふと思い出したんですけど。確か先ほど奈津美さんという方と睦子とのトラブルについてお尋ねになりましたが……」

「何を思い出しました？」

「そういえば一度だけ、奈津美さんがうちに来たことがあったんです」

「えっ。本当ですか」

具樹たちはほとんど同時に同じ言葉を発した。その驚きの中には、何か重要な手掛かりになるかもしれない、という期待と同じくらい、なぜそんなことを今になって思い出すのか、という呆《あき》れも含まれていたように思われる。まったくもってマイペースな人だな、と具樹は心の中で毒づきながらも、麗美の話を促すように身を乗り出した。

「確かあれはまだ睦子が会社に勤めていた頃のことでしたので、もう十年近く前になるでしょうか。あの当時はそんなに険悪だったということはなかったみたいで、単純に職場の仲のよい同僚だ、といった感じで連れてきたんだったと思います。ああ、段々思い出してきました」

麗美は空中に彷徨わせていた目線をようやく前に戻した。

「確かに連れてきたのは奈津美さんでした。もう顔も覚えてませんが、何か相談したいことがあるとかで、会社が終わって突然一緒に帰ってきたんです。たまたま賢一郎さんは帰りが遅い日か何かで不在だったと思います。私と夫もあまり立ち入るべきではないかと思い、最低限のもてなしだけして自室に引っ込んだんじゃなかったかしら」

「その相談の内容というのはどうです。全くわかりませんか」

「何だったかしら……お金に関係することだったと思いますけど。相続とか、税金とか、なんかそんなことじゃなかったかと思います。貸してほしいという話ではなかった筈です。友人にはお金を貸してはいけない、というのは以前からよく娘に言い聞かせていましたので」

そうなると少なくとも奈津美と睦子が険悪な雰囲気になったという頃よりも前の、まだ仲がよくて相談にも乗っていた時期ということになる。この情報に奈津美による犯行の動機を見出《みいだ》すのは少々無理があるな、と具樹は感じながらも手帳に麗美の話を書き込んだ。勿論それまでは仲がよくても、その相談ごとをきっかけに二人の仲に亀裂《きれつ》が入ったということもあり得るが、全く想像の域を出ない。参考にはなるかもしれないが、事件に直接関係している話だとは思えなかった。

麗美はそれで話を終えると、光由はうちの畑に出ているから、と居場所を教えてくれたので、二人は高槻邸を辞することになった。

「直接的な手掛かりは出てこないですね」

「結局赤木の居所を見つけないことにはどうにもならないかもしれんな」

藤田は助手席に乗り込みながら珍しく大きな溜息をついた。具樹の方は車を発進させながら大きな欠伸をひとつした。寝不足というのもあるが、やはり疲れが溜まっているのだろう。久しぶりの大きな事件がこうも五里霧中の状態となれば、たとえ一捜査員であっても精神的なストレスは大きかった。

教えられた畑のあぜ道に車を寄せて停めると、畑の真ん中あたりで作業していた高齢の男が顔を上げた。丸岡光由である。よく見ると事件直後に聞き込みをして歩いた際に、事件当時光由が草刈りをしていたと聞いた畑のすぐ目の前であった。確かそちらの畑は人から借りていると聞いた覚えがあったが、どうやら自分の畑も持っているらしい。

「お仕事中すみませんね。松本署の六原ですが」

車から降り立った具樹が声を掛けると、こちらを訝《いぶか》しげに見やった光由の日焼けした顔になんとも言えない表情が浮かんだ。この仕事をしているとこういう反応には慣れっこである。何か新しい情報がもたらされるのか、という期待と、またあんたたちか、という面倒がる気持ちがミックスされたような顔だ。

「ああ、刑事さん。その後、何かわかりましたか」

光由は社交辞令的にそう質問したが、藤田の苦笑いを見て察したようだった。この刑事たちは何か新しい情報を持ってきたわけではない。

藤田はそれでも差し支えない範囲で捜査の進み具合を説明した。自分たちとしても遺族によい報告ができないのは心苦しいが、かといって嘘の情報で誤魔化《ごまか》すわけにもいかない。一通り説明が終わると、藤田は早速先ほど高槻家で聞いたのと同じ質問を光由に対しても始めた。

「……というわけですが、間違いないですか。やはり睦子さんは鍵をずっと身に着けていて外しているところは見たことが無いという感じでしょうか」

「そうですね、見たことが無いです。まあ父親なんてものは思春期を過ぎてしまえばそれほど娘と積極的に関わることは無くなりますからね。気を付けて観察していたわけでもないですが」

「事件発生当時、あなたはすぐそこの畑にいたそうですね。なんでも草刈りをしていたとか」

「そうですよ。それで救急車やパトカーがうちの方へ走っていくのを見て、何事かと思っているうちに、警察の方が来まして。それで家に戻りました。その話は以前もしたと思いますが」

「ちなみに、あの畑の草刈りというとどのくらいの時間がかかるもんですか」

「どういう意味ですか。まさか私を疑っているんですか」

藤田の質問に、光由の顔がみるみる険《けわ》しく変化した。具樹からすれば大したことのない問いにも思えたが、やはり過敏になっているのだろう。あるいは捜査がなかなか進まない警察への不信感の表れかもしれなかった。

「いや、念のためですよ。我々もまさかあなたが犯人だとは思いませんが、ともかく百パーセント違うという人物を増やしていかなければ、今回の事件は非常に難物だもんでね」

「……まあ、二時間はかかりませんよ。草刈りだけでなくあのときは作物の手入れもしていましたから、もう少しかかったとは思いますすけど」

あくまで飄々として尋ねる藤田に、光由は溜息と共に答えた。

「先に言っておけば、私の姿をずっと見ていたという人は誰もいません。まあそれでも何人かはちらっとでも見かけているでしょうから、その証言を繋ぎ合わせればずっとそこの畑にいたことはわかるでしょう。草刈り機の音もしていたので近所の人ならそれも聞いているでしょうし」

「いや、ごもっとも。どうもすみませんね、こういう仕事だもんですから。そこの畑はネギですか。いや玉ねぎかな。この広さを一人でやるというのも大変そうですね」

「そこは玉ねぎですよ。甘味が強くて旨い品種です。うちの家内がこれで作るスープが美味しくてね。娘も大好きでした」

光由は娘のことを思い出したのだろう、泥まみれの手の甲で少しだけ目頭を押さえながらしんみりとした調子で吐き出した。確か以前の捜査の中で、光由の前の妻は病気で亡くなっていると聞いている。妻と娘を不慮の出来事で亡くしたというのはさぞかし耐えがたい苦痛に違いなかろう。こうして事件後も畑に出ているのは、そうした辛さを誤魔化すためなのかもしれなかった。

具樹たちは光由に礼を言うと、再び車に乗り込んで近所への聞き込みに行くことにした。ここのところずっと赤木の顔写真を手に付近を歩き回っているが、事件前後に見かけたという情報は出てこなかった。まだ留守がちな家などは話を聞けていないところもあるが、そういう家庭は事件のときも留守だった可能性が高い。当然有力な証言を得られる可能性も乏《とぼ》しい。だが、だからといって無視するわけにもいかなかった。

「どう思います。家族が犯人ということはあり得ませんか」

「ゼロではないとしか言えないな。ロクはどうだ。何かピンとくるものはないか」

「ないですね。家族が犯人だとすると、わざわざああいう殺し方をする必要性が全く無いような気がします。外部の人間が家にいるタイミングで、被害者を襲撃するというのは……例えば何か機械的なトリックを使うとしても、被害者に赤木が襲ってきたと認識させるような方法というのは難しいでしょうし。最低限被害者の部屋には犯人がいる必要があるとしか思えない。しかしそうなると今度は襲撃後に現場を密室にした意味が不明です。これは家族じゃなくて赤木や、他の第三者が犯人でも同じことですが。どうして密室だったのか。この疑問が解消しないことには、たとえ赤木の身柄を確保できても事件の解決には至らないんじゃないかという気がしますよ」

具樹は車を走らせながらずっと頭の中で回り続けていた疑問を言葉にした。左の指がまた無意識にこめかみを叩く。

そうなのだ。仮に赤木が犯人だとしても、なぜ密室だったのか、あるいはどうやって密室にしたのか、という謎がどうしても残ってしまう。上層部は赤木に吐かせればいいとしか考えていないようだが、全く目星がついていない状態で全てを告白させることができるのか疑問である。

自問した問いは出口を見出せぬまま具樹の頭の中でずっと回り続けた。その日新たに接触できた二軒から虚《むな》しい答えだけを得て、二人は重い身体を引きずるように帰路につくこととなった。そういえば市に出向中の西條は何か独自の推理を思いついていたらしい。こうなったらそれも検討してみた方がいいかもしれないな、と考えながら、具樹はスマートフォンのメールフォルダを開き、あずさが以前に送ってきた長文のメールを探した。

三

その日、市民相談室は珍しく手が足りないほどの忙しさだった。元々予定されていた弁護士による無料相談会の案内のため原田が席をずっと空けており、千夏は立て続けに現地確認の必要な相談があって外回りに出ていた。室長も内部の会議のために昼から不在であり、室内に残っているのはあずさと西條の二人だけである。

こういうときに限って来客は多いもので、二人とも雑談を交《か》わす余裕もなく次から次へと舞い込んでくる相談の対応に追われていた。

「……航空局にも確認したんですが、やはり要望があったからといって小型無人機の飛行制限区域を簡単に増やすわけにはいかないようです。なので、あとはやはりお互いが納得いくように話し合っていただくしか……」

「それじゃあ何か事故があったら誰が責任を取ってくれるんですか」

「万一のことがあれば当然ドローンの操縦者が責任を取ることになるでしょうね。法規制の無い事項について市で強制的な対応はできないですので。勿論相手方にお願いしに行くくらいであれば我々もやりますが」

窓口に座った男はこれ見よがしに長い長い溜息を吐き出しながら頬を膨らませた。まるで睨み付けるようにあずさから視線を外そうとしない。話の内容は、隣人が庭でドローンを飛ばしているが、それが自分の家の二階の窓を覗き込んでいるように見えて鬱陶しい、また自宅の上空に入り込んでもいるようだからやめさせてくれ、というものであった。

ドローンの規制については航空法に基づき飛行禁止区域が定められているが、生憎相談者の男の自宅周辺はその区域には含まれていない。住宅密集地として国が指定した地域に入っていないからだが、男の住んでいるあたりは街中から少し外れているとはいえ家の多い新興住宅街である。なぜうちの周辺は指定されていないんだ、という男の憤りはわからないではなかった。もし自分の家の隣人が自宅の二階の窓が映るあたりにドローンを飛ばしていたらあずさだっていい気持ちはしないだろう。落ち着いて着替えることもできない。

「もし仰《おっしゃ》るようにご自宅の敷地上空までドローンが侵入しているとすれば、民事で訴えることは可能ですけれど。あるいはそこまでいかなくても、そういう理屈で相手方に話をすれば向こうも理解してくれるのではないでしょうか」

「そりゃ理屈ではそうかもしれないけど……弁護士に相談するにしてもお金がかかるし。なんでうちが金銭的な負担を強いられないといけないんですか。向こうの問題ですよ」

あずさは頷きながら、今まさに庁舎内の別室で開催中の、弁護士相談会のチラシを取り出して渡した。

「うちではこういう相談会も実施しています。丁度今日も開催してるんですが、予約制なので次回ご参加いただくのがいいと思います」

「ああ……こういうのやっているんですか。早く知っていればよかったな」

ようやく役立つ情報を得られたことで少しだけ男は機嫌を直したようだった。あずさも少しほっとして作り笑いを浮かべる。チラシをしばらく眺めていた男は、声のトーンを落として、「ともかく次回までに改善が無いようなら予約してみます」と告げて立ち上がった。男の背中を見送りながらあずさは聞こえないように溜息をつく。こういう忙しい日にどうしてこう難しい相談が来るのか。

話を難しくしている一因は明らかに自分の機嫌にもあるとあずさは自覚していた。季節的な体調不良に加えて、昨夜もまた連絡なく夫の帰宅が遅かったことで激しい夫婦喧嘩に発展したのだ。具樹もまた今回の事件に進展が見えてこないことでこのところ苛立ちが募《つの》っているようだった。あずさの何気ない一言に含まれたほんの小さな棘《とげ》が具樹の疲れた精神を僅かに刺激した。そのさざ波は会話が行き来するごとに高さを増し、やがて怒鳴り合いの寸前にまで巨大化してしまったのだ。

今朝も夫は憮然《ぶぜん》とした表情のまま重たそうな身体を引きずって捜査に出かけて行った。その姿を見送りながら、あずさは自己嫌悪とまだ微かに残る苛立ちが混ざり合った気分で身支度を整えたものである。そのせいで今しがたの窓口対応でも、普段と違って、なんとかしてあげよう、という気持ちが薄かったのは事実である。相手としても相談に来たら、ばっさりと「できません」で済まされたのでは気分が悪かっただろう、とあずさは反省した。同じ結論でも、それが導き出されるまでの相談の過程で相手の気分は天と地ほども違ってくる。所詮《しょせん》人間は感情の生き物なのだ。夫のように理屈が先に立つタイプはそう滅多にいるものではない。そんなことは重々わかっている筈だった。

ようやく相談者の波が途切れ始めた午後三時頃になって、千夏が外回りから戻ってきた。こちらも随分疲れた表情をしている。

「お疲れ。随分かかったね」

「あずささん、聞いてくださいよ。散々にやられましたよ」

「なんかあったの？」

「お隣さんの木が自分の家の敷地まで伸びてきてるから剪定《せんてい》するように言ってくれ、って言われて。現場見たら確かに伸びてたんで、その足でお隣に言って話したらすごい怒り出しちゃって。『俺の木をどうしようが俺の勝手だろうが！　公僕がいちいち出しゃばるな！』だって。一応民法で、とかそういう話をし始めたら、今度は逆に隣の物置がギリギリに建ってるのはどうなんだ、って」

「ギリギリ？　ああ、相談者の方の物置ってこと」

「そう。それで建築基準法ではこんなギリギリに建てていいのか、とか、日照権が阻害されているから自分に木を切れというなら先に物置を動かせ、とか。もう滅茶苦茶《めちゃくちゃ》ですよ。大体建築基準法まで勉強してないっての、こっちは。そういう話は建築指導課へ持って行ってほしいです」

「そりゃまた大変だったね……要するにご近所トラブルを元々抱えてるところなわけか。あんまり深入りしない方がいいかもね」

机の上に突っ伏すように倒れ込んでぶつくさと文句を並べ立てる千夏に、あずさは心底同情した。隣人関係で元々トラブルがあるところの苦情処理は不毛であることが多い。ただでさえ市としては話を伝えてお願いするくらいしかできないところに、相手を攻撃するための理由を端から引っ張り出して職員に押し付けてくるケースばかりである。お互いがそれぞれ不満を抱えているので、早々に手を引いて直接話し合いをしてもらうようにしないと、ただただ職員がメッセンジャーの役割をするだけになるのだ。そして相手に話を持って行く度に怒鳴りつけられる破目になる。民事不介入を理由にさっさと手を引く、というのが鉄則だった。

「ちなみに物置ってどのくらいの大きさ？　床面積とか」

「えーわかんないです。でも二メートルかける三メートルとか、そのくらいだと思いますけど。よく見かけるやつです」

「それなら建てるときに建築確認はいらないから、もし建築基準法に何か抵触しててもチェックされてはいないだろうね。正直私も細かくはわからないけど、一応建築部署に確認してみたら」

「そうします。こっちはどうでした？　忙しかったですか？」

「まあ、千夏ちゃんの方に比べればまだまし、ってくらいかな」

あずさは先ほどまでのラッシュを思い浮かべながら苦笑した。そして自分の席に戻るのと、隣で何事か電話をしていた西條が受話器を置いたのが同時だった。

「あずさちゃん、聞いたかい。鍵は特注品だってさ。合鍵の可能性は非常に限定的、てところだね」

西條はにやりと笑いながら、また声をひそめてこちらへと少しにじり寄ってきた。今度はこっちか、とあずさはげんなりした。どうやら刑事課の知り合いとやらに捜査の進み具合を聞いていたらしい。

「ああそうなんですか。じゃあやっぱり合鍵を使わないで密室から脱出したんですね」

表面上だけ合わせながらも自分のパソコンに向かい、報告書の様式を立ち上げる。あずさにしてみれば話したくないオーラを精一杯纏ったつもりだったが、西條には通じなかったようで、幾分皺の目立ち始めた口元を更に曲げながらなおも続けた。

「まあその可能性が高いと言えるんじゃないかな。しかし、だとすればどうやって脱出したのか。というかどうやって襲撃したのか、か。これはだいぶ絞られてきたよね」

「例えば?」

「そりゃあまだ言えないさ、あくまで推測の段階なんだから。だけど刑事課の友人には大枠を教えておいたからね、警察がどう動くか、まあ見ててみようじゃないか」

西條は芝居がかった調子でそう宣言した。

「それはつまり、犯行の方法がわかったということですか?」

流石にあずさも少し興味を引かれた。こうなったら情報元が西條でも構わない。事件が解決してもらわないといい加減夫婦関係の危機である。少しでも可能性があるなら腹立たしいにやけ顔も甘んじて受け入れる覚悟だった。

「そう、少なくとも俺はそう思う。というか、可能性としてはこれしかないんじゃないかっていう感じだな。とは言っても証拠があるわけじゃない。あり得ない可能性を排除していったらこれが残った、というだけのことだから」

「で、それはまだ教えられないと」

「まあまあ、そうカリカリしないで。可愛い顔が台無しだ。俺だってあることないこと並べ立ててやっぱり違ってました、で恥をかきたくはないからさ。もう少し捜査の成り行きを見てからでも遅くないよ。まあそうだなあ、今夜でも一杯付き合ってくれるってなら考えないでもないけど……なんてね」

じゃあ勝手にしてくれ、と言いたくなる気持ちを抑えてあずさは改めてパソコンに向き直った。どっちにしてももうしばらくこのストレス状態は続くわけだ。心なしかエンターキーを叩く音が強くなっているのを自分でも認識しながら、あずさは極力西條の顔を視界に入れないように報告書の作成を続けた。

翌日は西條が有給休暇を取ったこともあり、前日とは打って変わって穏やかな日となった。相談者の数もやや少なめである。昨日来た人たちも今日にしてくれればよかったのに、と思いながら食後のお茶を飲んでいると、あずさの視界の隅で原田がこんにちは、と言いながら立ち上がった。

気付かないうちにまた新たな相談者が来たらしい。原田がそのまま窓口へ出てくれるようだったので、あずさはお茶をもう一口飲みながらスマートフォンを取り出した。仕事の方は多少平穏でも家庭はそういうわけにはいかない。昨晩はとうとう一言も会話の無いままだった。ここ数日、メールですら事務的な内容のやり取りしかしていない。このままではいけない、自分が折れて謝ってしまった方がいい、と考えながら無意味にメールアプリを開いたり閉じたりしているあずさの耳に、窓口の会話が飛び込んできた。

「……ええと、後をつけられたというのはその一回だけですか？　警察へは？」

「いやあ、若い女の子ならともかく、こんなジジイが怖がっていても仕方ないとは思ってねえ。まだ行ってないんだが……」

「しかしお話を聞くとものすごく怪しいですよね、その人。恰好もそうだし。一度警察に相談した方がいいんじゃないかと思うんですが」

「やっぱりそうかね。だが警察ってところはあまり行きたくねえんだがなあ」

「もし必要なら私が同行しましょうか。個人的な知り合いがいますので」

あずさは原田の後ろから声を掛けながら窓口へと近づいた。そこには原田と向かい合って座っている老人がいた。だいぶ薄くなった白髪頭をぽりぽりと掻いている。一瞬、どこかで会ったような気がしたが、すぐには思い出せなかった。

「ああ、六原さん。古畑さん、こちらうちの職員の六原です。旦那さんが刑事さんなので、もし不安なら一緒に行ってもらってもいいんじゃないかと思いますが」

「へえ、刑事さん。でも別に人が死んだわけじゃないんだけどいいだかい。被害も特に受けてねえが」

「うちの夫じゃなくても、夫の知り合いも沢山いますから。ええと、どういう話ですか」

あずさが尋ねると、原田が相談の内容をかいつまんで説明し始めた。それによれば、古畑老人は先日、松本駅からの帰り道で怪しい人物に後をつけられたのだという。別段何かされたわけではなかったので、それだけなら変な奴だ、で済ませたかもしれない。しかしその人物の風体があまりにも異様だったので、気味が悪くなって誰かに相談したくなったということだった。

「この暑さの中で、コートだの手袋だのマフラーだのとまるで冬の恰好をしていたらしいんだ。サングラスと帽子も着けていたから顔もわからない。まるでスキー客かなんかだよ」

原田が顔をしかめた。

「いつのことなんですか、それは。まだ四月とかなら朝晩は冷え込むといえば冷え込みますけど……」

「いや、つい先日だよ。数日前。流石に気持ち悪いだろ、この気温でコートにマフラーっていうのは」

古畑の言葉に、あずさはその姿を想像して確かに、と同意した。古畑の話によれば、その人物が現れたのは何日か前の夜のことだったという。仕事で木曽の方まで電車で出かけていた古畑老人は松本駅のお城口に降り立つと、駅前のロータリーにあるコンビニに入って晩酌用のビールとつまみを購入した。そしてコンビニから出て少し歩いたところでそいつを発見したという。

「最初は大して気にもしなかったんだ。そいつがいたのは駅の階段を降りてすぐのパン屋の角でせ。随分厚着しているとは思ったが、もうすっかり暗くなってたしはっきりとは見えなかっただいね。それで俺がパン屋の前を横切ってこまくさ道路の方へ歩いていったんだけど、そいつの前を過ぎるときにちょっとぎょっとしたんだわ」

「マフラーに帽子までしてたから？」

「そう。しかもただの帽子じゃねえ、なんていうのか、冬用の毛糸みたいなやつだ。それに夜なのにサングラスだ。目を合わせねえようにしながら通り過ぎて、そのまま家に向かったんだが……」

「後からついてきた、と」

原田が後を継ぐと、古畑は鷹揚に頷いてみせた。

「しばらくこまくさ道路をずうっと歩いてきて、振り返ったんだわ。特に何かあったわけじゃねえが気ナシに振り向いたら、そいつが五十メートルばか向こうにいるじゃねえかい。まあずおどけちまって、そっからはほとんど小走りせ。だけどそいつも同じくらいの間隔のまんまついてくるずら。こりゃいかんと思って次にあったコンビニに飛び込んだだわ」

古畑は興奮しているのか、最初はそれほどでもなかった訛《なま》りが徐々にきつくなってきていた。この仕事をしているのでなんとか意味は理解できるが、かといって聞き取りやすいわけでもない。あずさの祖父母は松本地方の出身ではなく、あまりこのあたりの方言に馴染まずに育ったこともあった。

「それで、コンビニにしばらくいたんですか。その後は？」

「十分ばか雑誌眺めててせ、それから恐る恐るで外に出ただいね。そんでそいつがいなくなったと思ってほっとして歩き始めただ。ほいでまたしばらく行って振り返ったら、いつの間にかまた後ろにいるじゃねえかい。嘘ずらと思ったね」

「自宅までついてきたんですか」

「いや、そうじゃねえ。またついてきてるのに気付いて、すぐ脇道《わきみち》へ入ってせ、そっからジグザグに細い道を歩いてせ。やっと撒いて帰ったんだわ」

「それは怖かったですね……古畑さん、ご自宅はどこなんです？」

「蟻ケ崎台だわ。小せえ鍵屋をやっとるで、すぐわかるじ」

あずさは住宅地図を引っ張り出して古畑の言う住所を探した。蟻ケ崎台は駅から北へと延びる、通称こまくさ道路をたどった先にある山の手の住宅街である。松本平を一望できる高台にあるためなかなか人気の土地だった。もっともあずさとしては、かなり坂がきつい地域なので日々の生活が面倒そうだな、という理由でアパートを探すときに敬遠した場所でもある。それに江戸時代には付近に処刑場があったとも聞いたことがある。まあこのあたりは個人の感覚でだいぶ印象が違うのだろう。少なくとも夜景が美しいことには違いなかった。

「ああ、あった。ここですね。古畑キーサービス」

あずさと一緒に地図を覗き込んでいた古畑が、そうそう、と頷いた。

「まあ例えば空き巣にでも入ろうと思ってついてきたんだとすりゃ、家がわかったら諦めたかもしれんな。鍵屋に侵入しようという奴はいねえずら」

「それはそうかもしれませんが……古畑さんは全く心当たりのない人物なんですか。失礼ですが、恨みをかっている相手かもしれない、とか」

「さあて、どうずら。商売やってりゃ恨まれることもあるかもしれんが」

「その人物は男でした？　わかります？」

「いやあわからねえね。男っぽい感じはしたけども、なんしろあんな恰好してちゃなあ。女だと言われりゃ女にも見えたし」

古畑は首を捻った。

「わかりました。ともかく不審な人物には間違いないでしょうから、やはり警察に相談してみませんか。何が目的かもわからないですが、場合によっては詐欺や強盗といった犯罪の下準備だったということも考えられます。脅かすわけではないですが、どっちにしても警察に情報を提供しておくに越したことはないんじゃないかと」

「わかったよ。そいじゃあ六原さんっていったか、あんたついてきてくれんか。俺が一人で行くよりは話が早そうだし」

結局あずさは昼休みを半分残したまま出かけることになった。聞けば古畑はバスで市役所まで来たという。どのみち松本署までは公用車で行くことになるので、署で話をした後は家まで送り届けましょう、ということで話がまとまった。本来ならば市民を公用車で家まで送るなどということはしないが、この陽気である。高齢者を放り出して自分だけ空調を利かせた車で帰ってくるというのも忍びない気がした。いずれにしても蟻ケ崎台なら市役所へ戻るコースをそれほど外れるということもない。

「旦那さんが刑事ってのは大変じゃねえかい。仕事もなかなか忙しいずらい」

車に乗り込みながら古畑が発した問いに、あずさは苦笑しながら「もう慣れましたから」と適当にお茶を濁した。実際のところ、夫婦関係が危機的状況にある、などと初対面の相手に話せる筈もない。

それでも、具樹が捜査でいない方が気まずくないな、と考えながらあずさは公用車のキーを捻った。

松本署の中に入ると、入り口からすぐのフロアは客でごった返していた。珍しいことだ、と思いながら人の間を縫って総合案内の窓口に近づく。生活安全課の場所を尋ねるついでに「今日は随分混んでますね」と聞いてみると、どうやらたまたま大きな会議がいくつか重なったらしい。午後一番からの会議の出席者たちのうち、早く着きすぎた者がロビーで時間を潰しているということのようだった。道理で警察署だというのに随分のんびりした表情の人が多い。

案内された通りに二階の南端を目指して階段を上っていくと、時折知った顔にすれ違う。その度にあずさは軽く会釈をしながら通り過ぎた。中には具樹の同期で、何度か自宅に来たことのある警察官もいた。「あれ、旦那は捜査に出てるんじゃないの」というその男に、別件ですから、と告げたあずさだったが、言ってから少し恥ずかしくなった。一体何が別件だというのか。まさか夫婦喧嘩の続きをしに職場まで押しかけるわけがないのに。

生活安全課の窓口で声を掛けると、いかにもベテランといった風情の鋭い目をした男が、奥の席からカウンターまでやってきた。見れば席にいる者の方が少ない。それであずさは今更ながらまだ昼休み中であったことを思い出した。

「お昼休み中にすみません。ちょっとご相談があって」

あずさが社交辞令的に謝ると、男はいやいや、と手を振って二人をすぐ傍の相談ブースへと促した。

「生活安全課の係長の沖《おき》といいます。どういったご相談です？」

あずさたちの目の前に陣取った沖は、静かな、しかしはっきりとよく通る声で尋ねた。見た目は少し怖いが信頼のおけそうな話し方だな、と好印象を受けながら、あずさは古畑の体験した出来事を説明する。途中でふと隣に目をやると、古畑はやはり緊張しているようで、先ほど市役所に相談に来たときとは幾分異なり背筋を伸ばしてきちんと座りながら、あずさの話にうんうん、と首を振っていた。

「それで、実際の被害は無いにせよ、今後の心配もあるものですから、私が付き添って相談に来たということなんですが」

あずさが話を区切ると、それまでやや前のめりになって聞いていた沖が、少し反《そ》り返《かえ》るようにしながら頭を掻いた。

「いやあ、またですか。参ったな」

「また、というと？　同じような話があったんですか」

「ええ、これで三件目になります。しかも皆さん、古畑さんと同じくらいの年代の方で。高齢の男性ばかりを狙うストーカー、しかも随分寒がりらしい。一体何だというのでしょうかね」

溜息交じりに沖が語ったところによれば、これまでの二件も同じように夜、松本駅から北の方向へ帰る途中の高齢男性が被害者だという。それも古畑のときと同じように、ニット帽やサングラス、コートにマフラーといった完全に冬のいでたちであったらしい。

「場合によっては実際の件数はもっと多いかもしれません。これが若い女性であればともかく、ご高齢のしかも男性となると、まさか自分がストーキングされるわけがない、と思って届け出ないことも考えられます。しかし何なんだろうな。古畑さん、何か心当たりはないですか」

「いやあ、市役所でも同じように聞かれたんですがね。何もないんですよ。まあ商売をやっていれば知らないところで敵を作っててもおかしくないですが」

「ご商売は何を？」

「鍵屋です。ここだけの話でもないですが、こちらの署の方に協力させてもらったことも何度かありますです」

「そうでしたか。それはお世話になっております」

沖は人並みよりも少し大柄な体軀《たいく》を丁寧に曲げて座ったまま一礼した。なるほど、考えてみれば警察というのは他の職種よりは鍵屋を利用する機会が多いかもしれない。昨今は孤独死なんかの現場に入ることもあるだろう。それなら警察にも慣れたものだろうに、わざわざ自分が来なくてもよかったんじゃないだろうか、とあずさは思った。それとも何度かやり取りをしているからこそ、警察の威圧感が嫌だったのかもしれない。

「……まあこういうご時世ですからね、家の鍵を増やしたいなんていう相談も多いですよ。お陰でうちみたいな小さなところもなんとかやっていけてますがね」

とりとめのないことを考えているうちに、古畑は少しだけ沖と打ち解けたようだった。二人はあずさをそっちのけで雑談に花を咲かせていた。

「中には特注の頑丈な鍵を付けてくれ、なんていう依頼もありますよ。ああいうのはいざ警察がこじ開けなきゃならんとなったときには苦労するでしょうなあ」

「そういう事態にならなければいいですがね」

沖が愛想笑いを浮かべているのを見ながら、ふとあずさは思い浮かんだことを口にした。

「もしかして神林の方にそういう特注の鍵を付けにいったりしませんでしたか。今年の初めとかそのくらいの時期に」

覚えていない、あるいはそんな客はいない、という答えを予想していたあずさは、しかし古畑の返事に仰天することになった。

「神林？　ああ……そういや一軒あったなあ。玄関じゃなくて自分の部屋のドアに付けてくれっていうの。マンションじゃなくて一軒家だじ。よっぽど家族と折り合いが悪かったんかねえ」

「それって……もしかして高槻さんって方だったりします？」

「あれ、なんだい、高槻さんの知り合いかい。いや、こりゃいかん。ベラベラと余計なことまで言っちまった」

口を開けたままでいるあずさをよそに、古畑はすっかり緊張も解けた様子で沖とまだ話し込んでいる。沖からは、詐欺や空き巣の下見かもしれないからよく注意するように、といった内容の助言が与えられていた。

「わかりました。それじゃともかく戸締りは厳重にして、知らない番号の電話には出るなと女房にも言っておきますよ。いやあ、まさか自分の家に鍵を増やすことになるとは思わなんだな」

古畑はそう言いながら立ち上がり、それじゃあこれで、と二人の公僕に頭を下げた。しかしあずさはそれを引き留め、自分も椅子を引いた。

「古畑さん、大変申し訳ないんですが、もう少しお付き合い願えませんか。どうしても話をしていただきたいことがあるんです」

「なんだい今度は。そりゃ構わねえが、何のことだい」

「今の話を刑事課でもしてほしいんです。ある事件について、非常に重要な鍵になるかもしれないもんで」

「今のっていうとなんずら。怪しい奴のことかい」

「それもあるんですが……神林の鍵の件です」

「鍵の話だけに鍵になるってかい？　まあ、そんなにかからねえならお供しましょう」

不安を打ち明けてすっきりしたのか、古畑はすっかり饒舌《じょうぜつ》になっていた。対照的に黙り込んでいるあずさは、こちらへ、と愛想無く刑事課への道を先導する。このときになってようやくあずさの胸中に、夫が戻っていますように、という思いが湧いた。


刑事課のフロアにあずさたちがたどり着くのと、具樹が昼食のために自分のデスクに着席したのがほとんど同時だった。予期せぬ来訪者を見て具樹が少し目を見開く。あずさは窓口よりだいぶ手前で立ち止まり、他の警察官がこちらに来ないうちに、アイコンタクトで夫を呼んだ。

「なに、突然。どうしたの」

開けようとしていたコンビニの握り飯をデスクに放り出した具樹は、ぶっきらぼうに尋ねた。どうやらまだ夫婦喧嘩は継続中らしい。しかしそんなことを気にしている場合ではない。

「あなたにお客さん。この方、古畑さんというんだけど、鍵屋さんなの」

「鍵屋？　鍵……もしかして高槻さんの？」

「どうもそうみたい。話聞いてあげてくれる？」

必要最小限の会話だけで情報を伝えたあずさに対して口の中でサンキュー、と呟いた具樹は、古畑を相談室へと促した。あずさも少し迷ったがそれに付いていく。それで相談室の中で改めて当面の敵《かたき》役と対《たい》峙《じ》することになった。

「刑事課の六原です。古畑さんと仰いましたか」

具樹が口を開くと、成り行きに少し目を白黒させていた古畑が、ああ、と幾分間の抜けた返事をした。

「ええと、そいじゃ刑事さんがあんたの旦那さんかい」

「ええ、まあ、そういうことになります」

横を向いて尋ねた古畑に、あずさはもごもごと答えた。面と向かってそう聞かれると、他愛《たわい》のない痴話《ちわ》喧嘩をしている自分が少し恥ずかしくなる。それでもあまり長引いては古畑に申し訳ないと思い、これまでの経緯をあずさが説明することにした。具樹はすっかり仕事モードで鋭い目つきのままその話を手帳に書き留めている。

「それで、私がもしかして高槻さんのところか、って聞いたらそうだというので驚いて連れてきたの。鍵について聞きたいだろうと思って」

「わかった。ええと古畑さん、あなたのところに鍵の注文をしたのは高槻睦子さんで間違いないですか」

「ああ。神林の高槻睦子さん。自分の部屋のドアに特注の鍵を作ってくれって言われてせ。予算も気にしなんでいいからともかくピッキングとかが簡単にできねえようなやつ、っていう注文だったんで、あんまり出回ってないようなタイプのを選んで付けてやっただいね」

「実は今、警察ではその鍵のことが非常に問題になっているんです。いえ、あなたのお仕事がということではなく、合鍵の存在です。古畑さん、高槻さんに鍵を作ったとき、スペアキーを作成しましたか」

再び不安そうな表情に戻った古畑に具樹が尋ねた。古畑は少しの間萎縮したように黙っていたが、やがて首をゆっくりと横に振った。

「いや、作ってないです。というのも、注文のときに鍵は一本だけにしてくれ、スペアは作るな、と高槻さんに念を押されたもんですから」

「間違いないですね？」

「ええ……確かです」

古畑は深呼吸をするようにゆっくりと答える。

「では取り付けた後、合鍵を作ったりというのはどうですか。そういう注文を受けてはいませんか」

「いや、ありません」

「それでは誰かが、これは高槻家の誰かでも第三者でも構いませんが、合鍵を作ることは可能ですか。つまり、高槻睦子さんが持っているキーをこっそり複製するなんてことは」

「そりゃ、元の鍵がありゃできますよ。少し特殊だとは言っても普通に流通しているものだし、私じゃなくたって鍵屋はいくらもあります」

「元の鍵なしでは難しい？　例えば鍵穴《かぎあな》からとか」

「あの鍵のタイプだと元の鍵がないと無理でしょう」

今度は迷いなく否定した古畑を見て、具樹はふむ、と唸ると考え込んでしまった。脇でやり取りを聞いていたあずさもおそらく同じことを考えていた。即ち、睦子が肌身離さず持っていた鍵を複製することはどうしても難しい。合鍵は無かったと考えるべきなのだろうか。しかしそれならば犯人は一体どうやって
――？

「わかりました。古畑さん、最後にもうひとつ。この女性に見覚えはありませんか」

具樹が取り出したのは女性の写った写真だった。受け取ってしげしげと眺めている古畑の肩越しにあずさもそれを覗き見る。これが現在最も重要だと思われている女らしい。ナツミ、といったか。自分よりは少し年上のように見える。どちらかというと地味な印象だが、不美人というほどではない。年齢の割に化粧が薄いからだろうか。しっかりとメイクをすればそれなりに見栄えがする顔になるかもしれないな、と

あずさは考えた。

「見たことねえな。これは誰だい」

「赤木奈津美という女性です。実は警察の方で行方を捜していましてね。心当たりがあればと思ったんですが」

「ちょっと待ってくれ。そうすると何か、高槻さんとこの人との間で何か事件でもあったのかい。まさか俺が付けた鍵が原因とか……」

古畑は俄かに自分がここに連れてこられた理由に思いを至らせたらしかった。狼狽《ろうばい》している古畑に、具樹がいやいや、と宥めるような声を掛ける。

「別にあなたに何か原因があるとか、そういうことではないんです。確かに事件はありましたし、古畑さんが取り付けた鍵が問題にはなっていますがね。心配しなくても大丈夫ですよ」

「その、事件っていうのは……」

「今のところは何も言えません。申し訳ないですが」

具樹は柔和な顔つきのまま老人の質問をシャットアウトすると、立ち上がって深々と礼をした。これで質問は終わりということらしい。

「お忙しいところどうもありがとうございました。もしかすると、また改めてお話を伺うことがあるかもしれません。そのときはよろしくお願いします」

古畑はなおも困惑した表情のまま、それでも頷くとあずさの方をちらりと見た。まったく、刑事という職種はこれだから困る、とあずさは作り笑顔で古畑を部屋の出口へと促しながら心中で文句を並べた。聞きたいことだけは矢継ぎ早に質問して、それが終われば一切口を閉ざすのだ。捜査のためだとはいえもう少し愛想というものがあるだろうに。

言葉少なに並んで車に向かいながら、あずさは古畑に聞こえないように溜息をついた。クールと言えば聞こえはいいが、要するに愛想がないのだ。刑事だからというより具樹の性格の問題だろう。だから夕食に遅れるとしても取《と》り繕《つくろ》うこともなければ許しを乞《こ》うこともしない。

ふと頭の中に十数年前に流行っていた曲が浮かんだ。どうしてこんな男を好きになってしまったのだろう、という複雑な乙女心を歌った曲だった。頭を振ってメロディを忘れようとしているあずさのすぐ横で、なお落ち着きのない様子の古畑が大きく息を吐き出した。

四

カレンダーが六月に切り替わったところで、伊豆方面の旅館を端から調べていた青柳刑事たちが、ようやくそれらしい情報を摑んだという話が降ってきて、具樹は食べようとしていた昼食のパンを手帳とペンに持ち替えた。

ここのところずっと冷戦状態の妻はすっかり弁当を作ることを拒否してしまったので、毎日のようにコンビニで食事を済ませている。最近のコンビニは味も品揃えも格段によくなったとはいえ、流石に飽きてきたところだったので、口に入れ損ねたパンをさほど惜しいとも思わなかった。

「……女の方は背格好からしても赤木奈津美に間違いはなさそうだ。偽名を使っていたようだが、写真も見せて確認が取れている。男は四十代くらいで身長は百七十かそこら、痩せ気味だということくらいしかわからん。これに該当する男なぞ掃いて捨てるほどいるから、すぐには特定できそうにないな」

「名前はどうです。やはり偽名ですか」

具樹が刑事課長の話に口を挟むと、課長は小さく首を振って応じた。

「よくある名前だよ。宿帳には『田中健一《たなかけんいち》』とあったそうだ。偽名だろうな。しかし現実にいる田中健一には申し訳ないが、もうちょっとひねった名前を使えばいいものを」

当然その名前で全国のあちこちに照会をかけているのだろうが、赤木が偽名を用いている以上は田中と名乗る男もまた本名ではあるまい。具樹は手帳の隅に書き留めようとして少し迷った末に、単に「偽名を使っていた」とだけ記した。

「それから、従業員の話では二人は不倫のカップルに見えたということだ」

「そりゃ確かな情報ですか」

今度は横で聞いていた荒井が質した。

「どうやらその従業員が、二人の会話の一部を覚えていたらしい。部屋に向かう廊下で二人が何事か言い争っていたようで、赤木が『ばらされたいの？』と言っていたのが聞こえたと。どうも二人とも偽名のように見えたから余計に印象に残ったみたいだな」

「田中 某《なにがし》の奥さんにばらすぞ、という脅しだったってことですかね。まあ不倫なら偽名を使うのもわかる気がするけど」

「なんだお前、経験あるのか」

課長が荒井をからかい始めたので、具樹は愛想笑いを浮かべながら右手のペンを再びパンに持ち替えた。頭の中で、何週間も繰り返してきた想像がまたぐるぐると回り始める。金に困っていない四十路《よそじ》の女、身寄りは少なく友達もあまりいない。婚期は逃しかけているものの大して焦ってはおらず、打算に塗れた婚活よりも己の欲望に忠実に行動する。そんな女が旧友を襲ったとしたら、それは何が動機だろうか。それとも真犯人に利用されただけなのか。そして片田舎の廃工場に行き、そこで消息を絶ったのはなぜか。今も逃げているのか、それとも——。

やがて機械的に咀嚼《そしゃく》を続ける具樹の思考には余計なものが入り混じり始めた。ここ数日の間に妻に浴びせられた怒りの言葉の数々が、想像の中の赤木が動くのを邪魔する。諦めて時計に目をやると、昼休みの終了まであと十分ほどとなっていた。

具樹は胸ポケットに煙草が入っているのを確認すると、残ったパンを口に詰め込んでコーヒーで流し込み立ち上がった。一服するくらいの時間はあるだろう。エレベーターに向かいかけて少し立ち止まり、方向を階段へと変えた。面倒ではあってでも足を動かした方がいい。考え事をするときは身体も一緒に動かすといいと聞いたことがあった。

署の建物の陰に隠れるように設置された喫煙所は、午後の仕事に向けてニコチンを摂取する者たちで混雑していた。警察官には未だに喫煙者も多くいるが、このご時世にあって煙草呑《の》みたちはまるで網にかかった魚のように喫煙所の僅かなスペースに詰め込まれる破目になっている。いい加減禁煙すれば、とも思うが、明確なきっかけがないと一歩踏み出すずくが出ないものである。

なんとか空いている隙間《すきま》を見つけると、具樹は八百度で燃えながら煙を撒き散らしている煙草の森を抜けてそこへ身体をねじ込んだ。胸ポケットから取り出した煙草にライターの火を近づけ、大きく息を吸い込む。疲れた身体と空回りする脳の隅々《すみずみ》までニコチンが行きわたり、軽い眩暈を感じた。

しばし頭の中から赤木の幻影を追い出す。意識を周囲に向けると、そこかしこで交わされている会話が耳に入ってくる。仕事の話から男特有の下世話な話まで、世の中の話題を凝縮したような言葉の渦である。しばらく周囲の話を聞くともなく聞いていると、ふと意識がある会話に引っかかった。

「お前な、遅いんだよいつも。今日の報告書だってもう随分前のだろう」

「いやあすみません。ここのところ酷い風邪で寝込んでたもんですから……」

「それは知ってるよ。それにしたってもうちょっとなんとかならんか。国道の死亡事故の調書だってまだだろ。俺が上にどやされちまうわ」

「今日の午後にはやりますから、すみませんでした」

どうやら交通課の連中らしい。具樹とさほど変わらない年頃の男が係長あたりに叱《しか》られているようだった。どちらも顔を見かけたことがある程度で、名前までは判然としなかった。何もこんなところでやらなくてもよかろうに、と少し顔をしかめて灰を落とそうとした手が、次に聞こえてきた台詞に止まった。

「あとな、誤字脱字ももう少しなんとかしてくれ。こないだの神林のやつも加害者の名前のところ、全部ツキが空にある月になってたぞ。確かタカツキは高槻市《たかつきし》の高槻だろう。しっかりしてくれや」

「あの、すみません。神林の高槻って、高槻賢一郎ですか」

思わず具樹がそちらに尋ねると、突然会話に割って入られた係長らしき男は、怪訝な顔で思わぬ闖入《ちんにゅう》者《しゃ》に視線を向けた。

「おう、そんな名前だったけど。どうした。知り合いか」

「ああすみませんね。刑事課の六原です。実は今追ってる事件の関係者に高槻賢一郎が含まれてたもので、つい。高槻が事故かなんか起こしたということです?」

「そうだよ。まあ大した事故じゃない。子供に軽くぶつかって、打撲程度の怪我《けが》をさせたというくらいのもんだ」

「すみませんがもう少し詳しく教えてもらえませんか」

具樹がなおも聞くと、最初は面倒くさそうに斜めに構えていた係長も少し背筋を伸ばして具樹に相対した。

「そういうことなら事故の報告書をコピーしてやるから自分で読みな。おい、佐々木《ささき》、後で焼いといてやれや」

「わかりました。午後イチで刑事課に届けますんで」

佐々木と呼ばれていた男も心なしか少し真面目な顔になって答えた。もっともその表情には、説教を中断してくれた具樹の登場に感謝する意味合いもあったかもしれない。具樹は二人に礼を言うと、指のすぐ近くまで火が迫っていた煙草を灰皿に放り込んだ。微かにジュッ、と音がして、ようやく頭の中心までニコチンが到達したように感じながら人混みの外を目指して歩き出した。


約束通り佐々木が昼休みの終了を告げるチャイムと共に持参した資料を見ながら、具樹の頭は再び全力で回転を始めていた。

資料によれば事故があったのは五月二十四日の木曜日、午後三時過ぎのことだった。高槻賢一郎が国道一四三号を安曇野方面から松本へ向けて走行中、六助池の近くで横断歩道を渡っていた小学生に接触してしまったのだという。横断歩道や歩行者の存在に気付くのが遅れ、急ブレーキをかけたが間に合わず、結果その少年にぶつかったものらしい。衝撃そのものは軽かったようで、小学生は転んで肘《ひじ》を打った程度で済んだ。高槻は最初小学生の怪我の具合などを確認したようだが、少し経ってから救急と警察に通報し、事故から三十分ほどで交通課が現着した、とあった。

高槻が運転していたのは白のハイエースで、松本駅前のレンタカーショップで借りていたものだと記載されていた。確か高槻は普段ルノーのコンパクトカーに乗っていた筈である。何か用事があって借りたのだろうか。

具樹は自分の手帳を取り出して事件の関連の書き込みを確認した。五月二十四日というと、殺された高槻睦子の葬儀が行われた翌日である。妻を火葬にした翌日に安曇野へレンタカーで出かける用事というのは何だろうか。あれこれ想像を膨らませてみるが今一つピンとくるものがなかった。あるいは溜まっていた仕事の関係か。いずれにしても賢一郎本人に確認する必要がある。

藤田と連れ立って高槻家に向かいながら、二人はこの事故の意味するところを話し合った。勿論なんということはないのかもしれない。単純に仕事か何かの関係で必要があってレンタルした車で、事故を起こしたのは妻を失って動転していたからという可能性も充分に考えられる。しかし二人の間ではもうひとつの可能性も探ってみるべきだ、という結論に達していた。

高槻家には丸岡麗美が一人、どこかぼんやりとした様子で留守を預かっているだけだった。聞けば賢一郎は駅前の司法書士事務所にいるという。考えてみれば平日の昼間なのだから当たり前である。妻を亡くしてからしばらくは事務所を閉めていたというだけのことで、これが通常なのだ。

「駅前通りの、最初の信号の角にあります。高槻司法書士事務所という看板も出ていますのですぐにわかると思いますよ」

麗美に教えられて具樹たちは苦笑しながら再び車に乗り込んだ。賢一郎に会うなら最初から事務所を訪ねるべきだった。松本署からは駅前なら十分もかからないが、神林を経由するとなると三十分近く時間を無駄にしたことになる。しかしそのお陰で検討すべきことを話し合う時間は充分に確保できた。

「赤木奈津美と賢一郎の接点は報告されていなかったか」

藤田が顎をこすりながら助手席で思案していた。

「今のところ何も出てきてはいないですね。赤木が高槻家を訪れたことがあった筈ですが、そのときも賢一郎は仕事で帰宅が遅く、会わなかったようなことを言っていたと思います」

「そうだったな。やはり線としては薄いか。だが一応辻褄は合うと思うんだがな」

「そうですね」

具樹も同意した。国道一九号が近くなるにつれて車が増え、やがて具樹たちの進み方も断続的になってくる。慢性的に渋滞気味のこの道路は、拡幅が少しずつ進められてはいるが、いつになっても混雑が改善される様子を見せなかった。この時期にしては珍しい重苦しく垂れこめた厚い雲を眺めながら、具樹は前のトラックのブレーキランプが消えるのを辛抱強く待った。

「賢一郎と赤木に繋がりがあって、賢一郎がハイエースで安曇野へ行ったのは赤木を匿《かくま》うためだった。事故を起こした当日は、赤木を一時的な隠れ家だった廃工場から別の場所へ移すために足のつきにくい車を借りて行動したが、運悪く事故を起こしてしまった。しかし逃げたのでは却ってまずいと思い、素直に届け出ることにした――。もし家族に共犯者がいたとすれば、何らかの方法で合鍵を作り、赤木に渡しておくこともできたかもしれない。理屈は通りますね」

「わざと第三者と共に外にいるタイミングで襲撃させれば、自分が疑われることも無くなるからな」

二人がたどり着いた「もうひとつの可能性」を証明するのは、それほど難しくはないように思えた。松本方面から山を越えていく国道一四三号は、山の中で上田《うえだ》方面へ続く本線と、安曇野市豊科へ抜ける県道に分かれる他はほぼ一本道である。そしてその県道の豊科の上り口周辺にはコンビニをはじめとして何台か防犯カメラが設置されている筈だ。これを確認できれば、高槻の運転するハイエースが事故当日にどのような行動をしていたかおおよそ見当がつく。

ようやく動き出したトラックに続いてしばらくのろのろと一九号を北上し、途中で東へと折れる。駅方面に向かう裏道へと入って少し速度を上げると、フロントガラスに水滴が二つ、三つと落ちてきた。

「降り出したな。縁起がよくねえじゃねえか」

藤田がぼやいたが、果たして雨が降ると捜査がうまくいかないというジンクスがあるのかどうか、具樹は聞いたことが無かった。


高槻司法書士事務所に到着したのは午後三時を回った頃だった。僅かに数台分だけ確保された駐車場に車を入れて降り立つと、相変わらずぽつぽつと鬱陶しい雨粒が顔にかかる。二人は足早に事務所の玄関を入った。

三階建てのビルの二階に入っている高槻の仕事場は、お世辞にもあまり繁盛しているようには見えなかった。まるで小説に出てくる探偵事務所だ、と具樹は室内を見回した。そこかしこにファイルの山ができており、少々埃っぽいようにも感じる。それでも応接セットの周りだけは辛うじて片付いているのは、こんな場所でも客が来るということを示していた。

「どうぞ、おかけください」

デスクでパソコンを叩いていた賢一郎は、具樹たちをソファへ促すと、自分も立ち上がって移動し、向かいのソファに腰かけた。ただその表情はあまり快《こころよ》いものではない。半分くらいは捜査の進捗《しんちょく》に期待しているのだろうが、それよりは「またあんたたちか」という感情が強く顔に出ていた。

「今回は少し違うことを聞きたいんですがね」

藤田もまた賢一郎の表情に気付いたらしく、先回りするように質問を始めた。

「五月二十四日、奥さんの葬儀の翌日ですが、どちらにおられましたか」

「いや、その前後のことはよく覚えてないんですが……」

言葉を濁そうとした賢一郎を制し、藤田は更に言葉を重ねた。

「安曇野へお出かけではなかったですか」

「ああ……ご存じなんですね。確かに安曇野へ行きましたよ。そして帰りに軽い事故を起こしました。そのことですね」

「やはりそうですか。安曇野へは何をしに？」

「仕事です。ずっと事件や葬儀の関係で依頼人を待たせていましたからね」

あっさり認めた賢一郎にやや毒気を抜かれたのか、珍しく藤田がうーむ、と唸って黙り込んでしまった。

「なぜわざわざハイエースをレンタルしたんです。普段はご自分の車ですよね」

「その日の仕事の内容に必要になる可能性があったからです。まあ最終的には不要だったんで、自分の車で行けばよかったと後悔しましたよ。慣れない車だからということもあったと思います、あの事故は」

「差し支えなければその仕事の内容というのを教えてもらえませんか」

「随分気にしますね。まだ疑っているというわけだ」

賢一郎は苦笑しながら答えた。いや、苦笑というよりも呆れた、と言った方が正しかったかもしれない。それでも藤田には一向にその表情を気にする様子はなかった。

「個人情報の問題がありますから詳しくは言えませんが、その依頼人というのは地主さんでね。土地を貸して別の人が家を建てたんですが、その人が蒸発してしまったもんで、家の解体ができるように法的な手続きを手伝ってたんです。不在者財産管理人というんですが、ご存じですか」

「名前くらいは」

具樹も同様に、なんとなく知っている、という程度だった。確か行方がわからなくなってしまった人の財産について、裁判所に申し立てて財産管理人を選任してもらう制度だった。財産管理人は任された財産について、必要に応じて処分ができるのではなかったか。自由にできるわけではないだろうが、例えば今の地主のケースなら、滞納していた借地料を支払うのに必要であれば建物を売却することもできる、というようなことだろう。

「その件では私が財産管理人に選任されたんです。それで建物内にある残置物、要は家財道具やなんかの荷物ですね、その中に価値のありそうなものがあれば一旦持ち帰って鑑定してもらおうと思いましてね。ただ中に入ってみたらゴミの山でしたよ」

賢一郎は逐一細かい専門用語や制度の説明を丁寧にしてやる義理は無い、とばかりに少し早口で説明を終え、腕を組んでソファにもたれかかった。これまで意識することもなかったが、考えてみればこの男は法律の専門家である。弁護士ほどではないにせよ、下手なことをすれば細かく突っ込まれることも考えられた。

「お話はわかりました。まあそれについては後々確認させていただきます。その地主さんの連絡先なんかは？」

「流石にそれはここでは言えませんね。先ほども言ったようにこちらにも守秘義務がある。申し訳ないがご勘弁を」

藤田は少し不満そうにしながらも、わかりました、と繰り返して手帳を閉じた。今はともかくハイエースの確認が先である。事故があってからかれこれ一週間以上が過ぎている。証拠を集めるにはとにかく初動捜査が肝心だと言われるのは、時間が経つほどにあらゆる証拠が薄まっていくからに他ならない。物的な証拠は少しずつ失われ、目撃者の記憶も朧《おぼろ》になっていく。このことを考えるとき、具樹の頭にはいつもエントロピー増大の法則、という単語が思い浮かんだ。熱力学の第二法則。あらゆるものは拡散して薄まっていくのだ。

二人は賢一郎に礼を言うと事務所を後にして、文句のひとつも言いたそうな司法書士の視線を避けるように階段を下った。

「そういえば、今日神林の方の家に行ったとき、車が一台も無かったですよね」

具樹はふと思いついたことを口にした。

「ん？　そうだったか。それがどうした」

「丸岡麗美は車に乗らないんでしょうかね」

「ああ、そう言われてみればそうだな。賢一郎は例のルノーでここまで来てるし、光由も畑に行くのに軽トラかなんか乗ってたろ、確か。そうなるとあの家の女たちの車ってもんは無いのか」

「よく考えたら被害者の車だってあってもよさそうなもんですけどね。あのあたりはバスも無いし、車が無いと相当不便だと思うんですが……一人一台乗っててもおかしくないですよ」

助手席でシートベルトをしめながら、藤田も唸り声で同意した。

「まあ女二人で普段家にいたのなら一人一台は無いにしても、あと一台は欲しくなるわな。普段の買い物なんかはどうしてたんかな」

「何か事情があるのかもしれないですね。後でもう一度寄って聞いてみましょうか。あのおばちゃんの方ならまた訪ねても嫌な顔はしないでしょうし」

「そうだな。だがとにかくレンタカーだ。スマイルレンタカーって言ってたか。一本向こうの通り沿いだからすぐだわ」

具樹は頷いてキーを捻った。自分たちなどはこうして僅か数百メートルの距離の移動でも車に頼ってしまう。勿論司法書士事務所の来客スペースに停めっぱなしというわけにもいかないので当然なのだが、思い起こせば免許を取得してからというもの、ちょっと近所に行くにも車を使うのが常であった。

運動不足になるわけだな、と思いながら、具樹は混雑している駅前通りへと車を突っ込んでいった。ここを走っている車のほとんどが自分と同じように近所の買い物レベルから酷使されている筈である。地方都市の背負った業のようなその車の群れに交じって、刑事二人を乗せたタイヤが微かに軋んだ音を立てながら交差点を南へと折れた。


二人がスマイルレンタカーの松本店に入っていくと、店内では中年の女性の店員が暇そうにパソコンの画面を眺めているところだった。仏頂面と形容していいようなそのつまらなそうな顔が、具樹たちの姿を入り口に認めると一瞬にして満面の笑みに切り替わる。

「いらっしゃいませ」

女は立ち上がりながら声を掛けてきた。この変わり身の早さは刑事たちも見習うべきだろうな、と思いながら具樹は警察手帳を取り出して名乗る。案の定満面の笑みを浮かべていた店員はまたも僅かな時間で元の表情に戻っていた。

「ええと、刑事さんですか。どのようなご用件でしょうか」

「ある事件の捜査でね、お宅の車の一台について、確認させてほしいんだが」

藤田が該当のハイエースの特徴を告げる。賢一郎が手帳に控えたナンバーを読み上げ、五月二十四日に高槻という男が借りて事故を起こしたものだ、と説明すると、少しパソコンを叩いた後に、今丁度駐車場にあります、と店員が答えた。

店員に連れられて裏の駐車場に回ると、確かに白いハイエースが隅の方に駐車されている。聞けば賢一郎がレンタルした後、他に二度貸し出した履歴があるということだった。

「修理には出したんですか。事故の後で」

具樹が車のフロント回りをチェックしながら尋ねると、女は首を振った。

「いえ、接触は軽いものだったようですし、ほとんど傷もつかなかったんです。だからそのまま貸し出してます」

「このお店では車内の清掃やなんかはどうしてます？」

「そうですね、余程汚れていたりすれば別ですが、そうでなければ月に一度くらいですかね。足元のマットは毎回綺麗にしていますけど」

「高槻さんが借りた後は？」

「清掃ですか？　まだしていないです。皆さん綺麗に乗られてましたので」

女はめんどくさそうに、投げかけられた質問に答えていった。受付に貼ってあった料金表を見る限り、割と安価でレンタルしている店のようであったから、経費もできる限り浮かせたいということらしい。だが今回に限ってはそれが吉と出たようだった。

鑑識に車内をチェックさせたい、という依頼に対して、店員は責任者へと連絡を取り、明日までに終わらせてもらえるなら、と条件付きでＯＫを出した。今のところ明日まで予約は入っていなかったようで、これも好都合だった。

具樹たちは回答に満足して早速鑑識を手配する。それから高槻賢一郎の貸し出しと返却の資料を打ち出してもらうと、レンタカーショップを後にした。結局最後まで店員は無愛想なままだったが仕方あるまい。仕事柄そういう態度には慣れている。市民のために働いているとはいっても関係のない人間からすれば鬱陶しいだけだということは充分に承知していた。

二人はそのまま安曇野へと車を走らせた。賢一郎がレンタカーを走らせた筈の道は峠道で、安曇野側の登り口にコンビニが一軒ある。まずはそこの防犯カメラを調べるつもりだった。協栄興業の廃工場周辺から奈津美を乗せてきたとすればそこに映っている可能性もある。

コンビニでの対応はレンタカーショップに比べれば多少ましだった。

「ああ刑事さんですか。どうもご苦労様です。二十四日の映像だとまだ残っているとは思いますけど」

愛想よくとはいかないまでも、それなりにフレンドリーな態度で対応してくれた店長は、該当する日時のデータを呼び出すと具樹にパソコンの前を譲った。窓の無いコンビニの事務室は少しひんやりとして季節を忘れそうになる。具樹が時間をずらしながら確認していくと、やがて大写しになっている駐車場の向こうの道に目的の車らしきものが現れた。

「右からですね。協栄興業の方だ」

具樹が呟くと、後ろから覗き込んでいた藤田が頷いたのが気配でわかった。画像を拡大してみると賢一郎らしき人物が運転席に座っているのがわかる。本来は店舗の駐車場を捉えたものなのではっきりとは認識できなかったが、どうやら他に乗っている人物はいないようだった。

「ああでも……一人のようです。賢一郎が言っていた通りかも」

「画像が粗《あら》いし、防犯カメラを意識して隠れさせたということもあり得るけどな」

藤田がそう返したが、それほど真剣味は感じられない。鑑識の結果を待つ必要があるにせよ、賢一郎が奈津美を匿っているという仮説が薄らいでいるのがわかった。

「時間は？」

「一時半くらいですね……ん？」

藤田の問いに答えた具樹は、自分で発した言葉に少し戸惑った。ここからまっすぐ松本へ抜けたとすると、事故現場までは十分もかからず着いてしまう距離である。事故があったのは三時過ぎだから、時間が合わないのではないか。

「あの道沿いって特に店とかは無いですよね」

「確かにちょっと時間がかかり過ぎだな。寄るようなところも無いだろう」

「強いて言うなら日帰り温泉がありましたけど……あとは途中で上田方面に折れると何かありましたっけ」

「いや、安曇野市の斎場くらいか。青木村《あおきむら》まで抜ければ何かあるかもしれんが、それだと逆にもっと時間がかかってるだろうしな」

「念のため後でもう一度確認してみますか」

藤田が再び頷いた。具樹は頭の中でこの周辺の地図を思い浮かべた。県道の登り口から山道に入ると、数十メートルで付近の集落へ続く交差点がある。そこからしばらく登ると、「山神《やまがみ》の湯《ゆ》」という日帰り温泉施設があり、それを過ぎるとあとはほとんど何も無い。脇へ逸《そ》れる道は林道がある程度である。それから上田方面と松本方面へ分かれる丁字路があり、あとは事故現場まで完全に一本道だ。仕事帰りにひとっ風呂浴びたのでなければ、特段時間がかかる要素はない筈だった。

店長に礼を言って事務室を出る。いずれにしても廃工場からまっすぐ松本方面に向かったという可能性は低くなった。お礼の代わりに缶コーヒーを二本購入すると、二人はそれを飲みながら付近の防犯カメラを探してしばらく歩き回った。日が傾き、山際の集落の家々が長い影を落としている。

「想像力が豊かなのも考えもんだな」

藤田が愚痴をこぼしながら、近くにあった自販機のゴミ箱に飲み終わった缶を放り込む。僅かに残っていたコーヒーの飛沫《ひまつ》が地面に飛び、まるで血痕《けっこん》のような跡を残した。

賢一郎が妻の葬儀の翌日にレンタカーを借りていた、という新事実は結局捜査陣を落胆させる結果に終わることとなった。赤木奈津美を乗せていた痕跡は鑑識の捜査では発見されることはなかった。

山道で時間がかかっていたことについて、賢一郎は、「山道の途中で仕事の電話があったので待避所で電話したが長くなった。それでついでに煙草を一本吸った。妻のことを考えてしばらく気力が湧かなかったのでつい時間がかかった」と語った。

それでもなんとか糸口を摑みたい警察は、かなりの人員を投入して山道沿いやそこから分かれる林道を端からチェックして回った。もしかすると赤木の死体をそのあたりに投棄したのではないかと疑ったからだ。しかし死体を遺棄した痕跡もまた何も見つかることはなく、捜査員の疲労を蓄積させるだけの結果に終わることとなった。

赤木が一時的に潜伏していた筈の協栄興業からほど近い住宅街では、今も刑事たちが聞き込みを続けているのだろう。それでも何ひとつ女の行方に繋がる情報は上がってこない。

「生きてたらとっくにどっかに逃げちまってるんだろうな」

まるで道筋の見えない捜査にぐったりとしながら、藤田が助手席でぼやいた。

「逃げてるとすれば、やはり犯人だからということなんでしょうかね」

「身柄さえ押さえればいくらでも聞き出せるんだがな。いや、愚痴はよそう」

「どこかで根本的な勘違いをしているのかもしれませんね、我々は」

具樹もそう応じながらハンドルを回す。軽いデジャヴを感じた。あるいは本当に同じようなシーンを何度も繰り返しているのかもしれない。このところ車内で交わす会話もずっと堂々巡りをしているような気がする。

「もう一度密室の方を考えてみるべきですかね」

「考えて答えが出るのかね」

投げやりに返ってきた返事に、ははは、と乾いた笑いを漏らしながら、具樹は何日か前にあずさが連れてきた老人のことを思い出していた。

五

このところしばらく、松本平には梅雨を思わせるようなどんよりとした雲がかかったままとなっていた。時折ぱらつく雨は湿気《しっけ》を街中に漂わせ、道を行く人々に公平に纏わりついた。長期予報によれば梅雨入りはもう少し先のことらしいから、さしずめその前哨戦《ぜんしょうせん》といったところだろう。

具樹はオールバックの髪の毛を撫でつけながら、蟻ケ崎台の急な坂道を登っていた。湿度が高いせいか髪型も今一つ決まらない気がする。男の自分ですら苦労しているのだから世の女性たちはなおのこと大変だろうな、と思いながら藤田の背中を追いかけた。車を停めさせてもらったコンビニから坂を登ること数分、藤田が「ここか」と立ち止まった。具樹が顔を上げると、目の前には一見普通の民家のような建物が鎮座《ちんざ》していた。しかし入り口はガラス戸になっており、敷地の片隅に電光掲示板が立っている。流れてくる光の粒が丁度「古畑キーサービス」と店名を形作っているところだった。

「思ったより地味ですね」

具樹が素直な印象を口に出すと、藤田も同意した。

「被害者はなんでまたこんな小さな鍵屋に来たんだかな。しかもわざわざ神林から」

「近所にあるならともかく、もっと大きいところでもよさそうなもんですけどね」

見渡すと事前に古畑から聞いていたように、駐車スペースは僅かに一台分が空いているだけだった。一般的な住宅を改造した店舗なのだろう。三台ある駐車場のうち二台は営業用の箱バンと黒い軽自動車で占められている。確かに車で乗り付ければ他の客は停められなくなってしまう。電話で古畑が言っていた通りだった。

年代物のやや黒ずんだガラス戸を開けると、上の方でベルがからん、と音を立てて来客を告げる。二人は中へ入り、こんにちは、と声を掛けた。

「どうもご苦労さんです。どうぞ」

奥から現れた古畑が刑事を招いた。具樹はそれに従って雑然と商品が並べられた店内を通り抜け、居住スペースへと上がり込んだ。

「汚いところですみませんね。どうしても夫婦揃ってマメな方じゃねえもんで」

古畑が言い訳をしながら座布団を勧める。畳敷きの八畳間は家主が言うように物が散らかっていた。妻の方は気配が無いところを見ると、どこかへ出かけているらしい。それを尋ねると、古畑は、丁度昨日から親戚の家で葬儀があって、と答えた。そうするとこの散らかり具合も古畑一人の手によるものなのかもしれない。

古畑くらいの年代だと、あまり家事をしないという男も多い。それでも家のことも一通りできるようになっておかないと、もし妻に先立たれてしまえば、さぞ日々の生活にも難儀するだろう。具樹は相変わらず家事のボイコットを続けているあずさのことを考えて少し憂鬱になった。

「古畑さん、今日は高槻さんの家の鍵について聞きにきました」

藤田が座布団に腰を下ろすとそう切り出した。

「あの鍵は本当に合鍵を作ってはいないんでしょうか」

「刑事さんもやけにこだわるじゃねえかい。作ってはいませんよ」

古畑もどっこいしょ、と刑事たちの正面に腰を下ろしながら答えた。両者を隔てるテーブルの上には何日か分の新聞と、飲みかけの茶のペットボトルが置いてある。自分一人になってしまうとわざわざ急須《きゅうす》で茶を淹れようという気にもならないのだろう。具樹にもその気持ちはよくわかった。

「こだわりますよ。何しろあの鍵の謎が解けないことにはね。捜査が進まないんです」

「一体何があったんですか、高槻さんのところで。正直訳のわからない状態で捜査だと言われてもね。こっちも困りますわ」

勿体を付けたように腕組みをしながら古畑が言い、少しの間和室に沈黙が降りた。具樹は藤田と顔を見合わせると、おもむろに口を開いた。

「高槻睦子さんが殺されました。しかも現場は、古畑さん、あなたが取り付けた鍵により密室になっていたんですよ」

「殺され……なんですって。嘘ずら」

古畑は息を飲んで目を見張った。

「睦子さんは鍵を取り付けてもらってから、ずっとそのキーを首から下げていました。それこそ肌身離さず。その状態で亡くなったもんですから、他に合鍵があったとしか考えられないんですがね」

「それは……しかし、何かの間違いじゃねえかい。ちょっと詳しい状況がわからねえけども、鍵以外の原因でドアが閉まってたとか」

「いや、鍵がかかっていたのは警察で確認してます。何しろ犯行現場になった睦子さんの部屋に入るのにそのドアを破壊せざるを得なかったので、間違いはないでしょう。それに部屋の中にも誰も潜んではいませんでした」

具樹は事件の経緯をかいつまんで説明しながら、自分でも信じられない、という気分になっていた。改めて言葉にしてみるとやはり訳がわからない。合鍵の存在が無ければ説明ができないのだ。

「以前に署へお越しいただいたときには、睦子さんが持っていたキーが無ければ合鍵を作るのは無理だろうということでしたよね。しかしそうなると元のキーを用意した古畑さんしか合鍵が作れなかったということになるんですよ」

見開いていた目を今度はしっかり瞑《つむ》ったまま、古畑は考え込んでいるようだった。再び沈黙がその場を支配する。ややあってふう、と大きく息を吐いた老人は、それによって空気が抜けて少し萎んでしまったかのように身体を縮め、恐縮したトーンで、

「作りました」

と吐き出した。

「えっ。合鍵をですか」

「はい。作りました」

「誰に渡したんです。睦子さんですか」

身を乗り出した藤田の勢いに、古畑は益々身を硬くしたようだった。

「そのお母さんです。申し訳ない。黙っている約束だったので」

「お母さんというと丸岡麗美さんですね。間違いない？」

「はい。いや、名前ははっきりとは憶えてねえが、多分その人です」

「一体どういうわけです」

具樹も膝《ひざ》を前に進め、古畑を見据えた。

「元々、高槻さん、睦子さんでしたか、その人が一人でうちを訪ねてきて、自分の部屋に鍵を付けてくれ、と注文したんです。他の人には絶対に入られたくないから合鍵も作らねえで、キーは一本だけにしてくれって。それで家に行って取り付けたが、それから少し経って、今度はお母さんの方がうちに来ただいね。ほいで『娘の部屋の鍵の合鍵を作ってくれ』って。最初は勿論断りました。そりゃ取り付けたばっかでデータも残ってたし、作ろうと思えばキーが無くてもできましたけど、だからっていくら家族でも勝手にはできねえ。だけども話を聞いているうちに……」

「麗美さんはなんと？」

「『娘は精神的に病んでいるんだ』と言ってました。『このままだと万一部屋の中で自殺を企てても家族が救えなくなってしまう』と。その上封筒に入った金をね、渡されたもんで。奥さん、なかなか美人だったずら。それがこっちに封筒を押し付けながらえらい勢いで泣くもんで、つい……」

「作ってしまった、と」

藤田が後を引き取ると、古畑は小さく頷いて肯定した。自分が何か大変なことをしでかしたのかもしれない、という意識があるのだろうか、敬語と方言が入り混じってなんともバランスの悪い喋り方になっている。

「それで麗美さんからは口止めをされていた、そういうことですね」

「そうです。他の人に知られては困る、というのもそうだが、何より睦子さん本人に知られると家族の仲が大変なことになるから、だそうで。でも人が死んだとなりゃあ……」

具樹は重大な告白を終えて少しほっとした様子の鍵屋の主人をそのままに、早くも腰を浮かせていた。丸岡麗美が合鍵を持っていた。やはりもうひとつのキーが存在したのだ。この情報を取り入れると事件の様相が一気に変化してくる。

「ともかく合鍵を押さえよう。古畑さん、話してくれてありがとうございました」

藤田はまだ少し放心している古畑に声を掛けると、くたびれたスーツの内ポケットから携帯を取り出した。蟻ケ崎台から神林の高槻家に向かうとなると三十分はかかるだろう。誰か他の捜査員を向かわせた方が早い。一刻を争う事態というわけではないにせよ、気持ちの上では少しでも早く合鍵の存在を確認したいということだろう。それは具樹も同じだった。

挨拶もそこそこに店を出て、急坂を駆け下りる。一歩踏み出す度に革靴の中で僅かずつ足が滑《すべ》って摩擦熱を感じた。後ろから電話を終えた藤田も早足で具樹の背中を追っていた。

「丸岡麗美か。確か後妻だったよな」

「そうです。実の娘じゃないとすれば……」

エンジンをかけながら具樹は言いかけたが、そのまま口を閉じた。予断は禁物だ。血が繋がっているかどうかと、殺意には何の関連性もない。わかってはいたが、脳裏には初めて会ったあの事件の日の、鮮血のような色の服を纏った麗美の姿がちらついていた。


「丸岡麗美は確かに合鍵を持っていました。これは押収して現在詳しく調べているところですが、現場のドアの鍵に間違いはないようです」

会議室には荒井のやや掠れただみ声ともいうべき声が響き渡っていた。

「麗美によりますと、被害者が勝手に鍵を取り付けたため、数日後に鍵屋を訪ねて作らせたと言っています。これは被害者がその頃精神的に参っていたようなので、万一のことを考えて作らせただけで実際には使っていないと。確かに鍵はビニールで包装されたまま机の抽斗の奥に仕舞い込まれてありました。作った鍵屋の古畑に聞いたところ、自分が渡したときと同じ状態に見えるとのことです。なので開封したり使用した形跡が本当にないか、現在確認中です」

「なんだってまた今まで言い出さなかったんだ。本人はなんて言ってる」

「疑われそうで怖かったのだと。本当に使ってはいないが、現場が密室だったと聞いて疑われる可能性が高いと判断したようですね」

「だったら捨てちまえばよかったようなもんだが」

報告を聞いた刑事課長が呟くように言った。

「一応、処分することも考えたようですが、もし合鍵の存在が知られたときに既に捨てましたじゃもっと怪しまれるだろうと判断したらしいです。まあどこまで本当か、なんとも言えませんが」

荒井の嗄《しゃが》れ声《ごえ》が再び響いた。具樹も手元の資料にある鍵の写真を見てなるほど、と一人頷いた。確かに写真で見る限りは開封されてないように見える。だとすれば万一合鍵が発見されても『使ってない』と言い張ることができる、というのは理に適ってはいるだろう。だが所詮はビニールの簡易的な包装である。破いて開封しても、使用後に同じように包装し直すことは可能なのではないか。

合鍵の発見により、捜査本部はまた少し活気を取り戻していた。今や行方の摑めない赤木を捜すよりも家族に犯人がいると仮定して捜査を進めるべきだ、という意見が大半を占めているようだった。確かに犯行に合鍵が使われたとすれば、たとえ赤木が実行犯だとしても鍵を赤木に渡したのは高槻家の誰かだというのが一番しっくりくる。あるいは赤木が犯行に及んだ後、誰かが施錠だけしたのか。いずれにしても関わっている者が判明すれば、赤木の行方もそこからわかる可能性がある。

具樹は目を瞑ってもう一度事件の日を思い起こした。別の捜査員が安曇野での聞き込みが徒労に終わっていることを報告していたが、もはや耳にはほとんど入ってこない。

あずさはあの日、睦子が窓から転落するのを見た。奈津美、やめて、と叫びながら、何かを振り払うようにして後ずさった睦子は、バランスを崩したように後頭部から地面に落下し、そして死亡する。そのとき賢一郎はあずさたち市職員と一緒に庭にいた。これは確かだ。光由は少し離れた畑に、そして麗美は宅内の一階のトイレにいたことになっている。あずさが咄嗟《とっさ》に家の中に入り、階段を発見して駆け上がる。そして二階の睦子の部屋にたどり着いてドアを開けようとしたとき、既に鍵はかけられていた。しばらくして後ろから麗美が階段を上ってくる。事情を話すと麗美は驚いてそのまま外へ——。

なかなか考えはまとまらなかった。誰が合鍵を持っていて、誰が実際に犯行に及んだとすれば説明がつくだろうか。

気付くとまた違う刑事が説明をしているところだった。協栄興業の廃工場の中を再度確認していたところ、僅かに赤木のものと思われる血痕が発見されたというのだ。見つかったのはかつて機械類が置いてあったと思われるフロアの片隅で、ＤＮＡ鑑定の結果、赤木の母親と親子関係にあることがわかったという。赤木奈津美が一人っ子であり、その祖母が安曇野に来ていた可能性を排除できることを考えれば、この血痕が赤木のものであることは間違いなさそうだった。

やはり赤木奈津美は殺害されたのだろうか。発見された血液が僅かであることから断定はできないが、その可能性は高い、というのが刑事たちの共通した見解である。具樹もこれには異論が無かった。

しかし、もしそうだとすればなぜ赤木は殺されたのか？

合鍵を手に入れられるかどうか、という点で考えると、赤木には自身で入手することは非常に難しいだろう。そうなると家族の誰か、例えば麗美が合鍵を赤木に渡していたということだろうか。赤木が直接手を下したが、ある意味共犯者ともいえる麗美とトラブルになり結局殺害された。あるいは動機に関わる何らかの理由があり、犯人である誰かが赤木をも手にかけたということか。

どの推理も今一つ説得力に欠けるような気がした。これだ、という感触が無い。自分の感覚がおかしいのかもしれない、と具樹は頭を振った。

やがて捜査会議がお開きとなり、捜査員たちがそれぞれに部屋を出ていく音がして、具樹はようやく目を開いた。部屋の隅の蛍光灯が僅かに点滅している。さっさとＬＥＤに切り替えればいいものを、と全く関係のないことを思いながら立ち上がると、具樹も藤田の後を追った。

六

その日の終業を告げるチャイムが鳴ると、あずさは早々に帰り支度を整え始めた。普段なら作りかけの書類を最後まで仕上げるくらいのことはサービス残業の範囲内でやっていくが、今日ばかりは遅くなるわけにはいかない。

ところがそういう日に限って滑り込みで仕事ができてしまうものである。あずさがパソコンをシャットダウンしようとマウスを滑らせたところで、目の前にある電話が空気を読まずに鳴り響いた。しかもコール音を聞く限り外線電話である。つまりそれは少なくともあと五分は残業をしていかなければならないことを意味していた。

間の悪いことに西條も千夏も席を外している。原田は電話から少し遠い位置に座っているため、あずさが取らざるを得なかった。内心舌打ちをしながら、三コール目で受話器を上げる。受話器の向こうからは、少々ヒステリックな女の声が聞こえてきた。

「うちの隣の家の敷地にあるマンホールが溢《あふ》れてるんですよ」

女はあずさが名乗りもしないうちにまくし立てた。

「汚水だと思うんだけど、今日は気温が高いからか臭くて仕方ないんです。私、前にも市役所に電話して相談してるんだけど、全然改善されないのよ。どうなってるの」

「ええと、以前にご連絡いただいたのはいつ頃ですか」

あずさは諦めて話を聞くことにした。定時を過ぎているので、と断るわけにはいかない。そんなことを言えば間違いなくこのタイプの相談者は逆上してこじれるばかりだろう。

「去年の夏です。そのときは役所から人が来てくれて、お隣に指導してもらったみたいだけど。しばらくはよかったんですけどね、またこういうことになるってことは指導が足りないんじゃないですか。もう一回話をしてほしいんですけど」

「わかりました。いずれにしても現場を確認させてもらいますから、名前と住所を伺ってもよろしいですか」

あずさが努めて冷静を装いながら尋ねると、女はとにかくすぐに来て、と言い置いてから住所氏名を答えた。女の自宅は並柳《なみやなぎ》だという。

「とにかく臭いんですよ。窓を開けていられないの。さっき家の中を掃除していて、埃っぽいから窓を開けたら臭ってきて。風向きのせいもあると思うんですけどね。仕方ないので窓を閉めたまま掃除するしかないんだけど、これじゃあ明日布団を干せないでしょ。だから今日中にはなんとかしてほしいんです」

すぐに見に来い、という割には、女はだらだらと不平不満をあずさにぶつけてきた。これではいつまで経っても受話器を置けない。それでも時折質問を挟みながら聞きだしたところによれば、隣人というのは外国籍の家族らしく、古い借家のため未だにトイレが汲《く》み取《と》り式であるらしかった。どうやら汲み取りを定期的にしていないため、便槽が溢れていると思われる。汲み取りさえ業者に依頼してもらえれば、少なくとも明日の朝一番で解消する筈であった。

女の愚痴が夫のことにまで及び始めたところで、あずさはともかく見に行きますので、と言って少し強引に話を終わらせた。溜息をつきながら顔を上げると、いつの間にか西條が帰ってきていたらしい。

「あずさちゃん、なんかまた嫌な時間に受けちゃったね」

西條が同情するように声を掛けた。

「私、今日は遅くなれないんですが……どうしましょうか」

「いいよ、わかった。俺が行ってこよう」

「えっ。いいんですか」

あずさは少し驚いて西條の顔を見た。まさかこの男が助け舟を出してくれるとは思わなかった。普段なら、そりゃ大変だね、ご苦労さん、とかなんとか言って自分は関係ないと言わんばかりに他のことを始めるところだろう。

「たまには俺だって部下を思いやるさ」

あずさの表情に思考を読み取ったのか、西條が苦笑しながら答えた。

「どうも恰好を見ると、あずさちゃん今日はデートでしょ。そりゃ遅くなれないわな。住所は並柳って言ってた？　そう、なら往復するだけで一時間コースだ、渋滞してる時間だしね。流石にそんなに待たせたら相手も怒るよ。旦那さんか別の人か知らないけど」

相変わらず余計なセクハラめいた発言を織り交ぜられたことは敢えて気付かなかったことにして、あずさは西條に礼を言った。だが正直なところ、ありがたい、という感謝の気持ちよりも、デートだということを見抜かれた苛立ちと、西條にも意外といいところがあるんだな、という感心が勝っていた。もっともこれからの時間を本当にデートと呼ぶべきかどうかは疑問符が付くところではある。

「おい、原田。出られる？　一緒に並柳まで行ってくれや」

まだ固まったままのあずさを尻目に、西條は向かいの席の原田に声を掛けた。こちらも相変わらず、男には有無を言わさぬ構えである。あずさは原田にも申し訳ありません、と詫《わ》びると、今度こそパソコンをシャットダウンすることに成功した。

何日も前から念を押してあっただけに、流石の具樹もこの日は時間通りに松本駅前に立っていた。あずさが近づいてくるのを認めると軽く右手を挙げる。

「ごめんね、私が遅れるとは思わなかった。帰り際に苦情の電話が飛び込んできちゃって」

「まあお互いそこは言いっこなしだ。大丈夫だったの？」

「うん、遅くなれないって言ったら西條係長が代わりに対応してくれることになった」

「へえ、意外といいとこあるね」

具樹も同じような感想を口にする。こういうどうでもいいようなところで同じ感想を持つところがどうしようもなく夫婦だな、と思う。とはいえ、今のところまだ二人は冷戦中だった。普段通りに振る舞っているつもりでも会話のペースがどことなくぎこちない。

あらかじめ目星をつけていたレストランへ向かう道中では、結局ほとんど無言のままだった。金曜の夜だけあって地方都市の駅前も大いに賑わっている。信州大学の学生らしき一団が、居酒屋の前で大笑いしながら何事か話をしていた。まさかこの時間から既に酔っぱらっているわけではないだろうが、喧《やかま》しいものである。この年代なら友人たちと一緒にこれから宴会をするというだけで気分が盛り上がっているのだろう。自分が学生だった頃を思い出してあずさは懐かしくなった。思えば自分もそうだった。意味もなく笑っていられるのは若者の特権だ。

目当ての店に入ると、少人数用の個室がメインになっているせいか、あるいは値段が少し高めの部類だからか、店内は外の喧騒《けんそう》からは程遠い落ち着いた雰囲気だった。通されたのがかなり奥の方だったこともあり、席に座ると駅前通りの大騒ぎは全く聞こえない。案内をしてくれた店員にその場でビールを二杯と目についた料理を適当にいくつか注文すると二人はボックスシートに収まった。

しばらくメニューを眺めながら無言の時を過ごす。やがて飲み物とサラダが届いたところで、あずさが口を開いた。

「ともかく、お疲れさま」

「ああ、あずさも」

軽く触れあったグラスが小気味よい音を立てた。

「それで？　今日はどういうことでまた飲みに行こうってことに？」

「うん。ちょっと私たち最近うまくいってないから」

「そうだな。俺が忙しいせいか。ごめんな」

「そうやってすぐ謝るけど、それで済ませようとしてない？」

あずさはそう言ってすぐに後悔した。ああ、まだ棘がある。まるでハリネズミだ。自分にも非があるのはわかっているのに。

「いや、そんなつもりじゃ……本当に悪いとは思ってるよ。ただどうしてもああいう事件が起こるとな。職業柄なかなか」

案の定、具樹は困った顔になっている。いや、半分はまた責められるのか、といううんざりした気分かもしれない。

「違うの。私も謝らなきゃいけないと思って。ちょっと長いこと拗《す》ねすぎたと思う。ごめんなさい」

「いや、そんなことは」

「私からお願いしたいのはひとつだけ。夕飯が家で食べられないなら、一言でいいから連絡してほしい。仕事が忙しいのはわかっているからそれは仕方ない。でも折角作った料理を捨てるのはやっぱり辛いから」

「わかった。約束するよ」

ようやく夫の表情が少し和らいだところで、次の料理がやってきた。クラッカーに何種類かの具材をのせた前菜の盛り合わせだった。

「それじゃあこれをもって喧嘩は終わりにしよう」

あずさが改めてグラスを掲げると、具樹も笑ってそれに応じた。今度は先ほどよりも柔らかな音がしたが、中身のビールが少し減っていたせいなのか、それとも気持ちの問題なのかはわからなかった。

「今日は結局その話をしに誘ったの？」

「そう、多分この喧嘩はきちんと話をする機会が持てないのも原因だと思って。でもちゃんと面と向かって話したら三分で終わっちゃった」

「じゃここからは久しぶりのデートだ」

具樹が少しはにかんだように笑った。よく見るとその目の下にはうっすらと隈《くま》ができている。ああ、やっぱり大変なんだな、と改めて実感した。

「ごめんね、忙しいのに無理に帰ってこさせて」

「いや、たまにはこうでもしないと抜けられないからな。嫁さんからどうしても早く帰れって言われてるからって言ってきたよ。まあここのところ捜査も行き詰まってたし」

「まだ見つからないの？　赤木って人は」

「うん、ダメだね。情報の欠片も出てこない」

具樹は前菜を放り込んだ口の中で、旨いな、と呟いた。あずさもひとつ取って齧ってみる。夫の好きそうな味だった。チーズの旨味《うまみ》と何かのピクルスの酸味がビールによく合う。

「それでも合鍵が発見されたんだ。だからそっちの方から今進めてるところだよ」

「合鍵？　あったの？」

「うん、家族の一人が隠し持ってた。ただ今のところ使った形跡はないようだけどね。もし合鍵を使って現場を密室にしたなら一応事件の流れは説明できる」

「てことは私あのとき犯人と鉢合わせしてたかもしれないってこと？」

「そうなるな。というか実際気付いてないだけでニアミスしてたのかも。何もなくてよかったよ」

あずさは事件の日のことを思い出して少し身震いした。現場らしき部屋に鍵がかかっていることを確認して、当然中に犯人がいるものだとそのドアにばかり注目していた。しかし既に犯人が合鍵を利用して現場に鍵をかけた後だったのなら――不意に遭遇していたこともあり得たのだ。

「被害者の、ええと睦子さん、死因は窓から落ちたことなの？」

「そうだけど、どうして？」

「いや、私も襲われてた様子は見たけど、犯人を見たわけじゃないから。例えば単純に突き落としたとかじゃなくって、他の方法で襲ったとかってこともあるかもしれないなって。それが遠隔操作できるような方法だったら、とか」

「ああ、なるほどね。可能性はゼロではないだろうけど。ただ少なくとも遺体の所見には何も怪しいところは無かったな。落下したとき以外の外傷も、毒物や薬物の反応も無し。それに現場は当然念入りに捜査したけど、特段変わったことも無かった」

あずさが思いつく程度のことはやはり想定して捜査しているということだろう。やはり探偵小説とは違って日本の警察は優秀である。

「それにしても目の前で奥さんが死んじゃうっていうのは辛かっただろうなあ、旦那さん。かなり憔悴《しょうすい》してたでしょう」

ふとあずさは思い出して口にした。あのとき賢一郎は救急車に乗り込むまでずっと妻を抱きかかえて呼び掛けていた。あまりに突然すぎる別れ。それを思えば自分たちの喧嘩など些細なものだったと今更ながら改めて反省する。夫が刑事である以上、いつ自分が同じ立場に立たされるともしれない。ちゃんと一緒にいられるときを大切にしなければならない。

「俺たちも何度も事情聴取したからね。やっぱりかなり参ってたと思うよ」

「そりゃそうだよ。奥さんの亡くなった後のいろんな手続きもしなきゃいけないし」

家族を失った人たちが訪れる職場にいる身としては、実感が籠った発言だった。

死亡届を提出に来るのは家族ではなく葬儀業者であることもよくある。それだけ家族は打ちひしがれて気力が出ないケースも多いのだろう。死亡届の用紙は半分が医師の死亡診断書になっている。そこに無機質な言葉で記載された内容を見ていると、きっと色々な思いが頭をよぎるに違いない。市の窓口に死亡届が提出されると、代わりに火葬許可証が発行される。そして火葬場で火葬にしてもらい、許可証にスタンプを押してもらうと今度はそれがそのまま埋葬許可証となる。最後に埋葬許可証を墓地の管理者に提出すれば遺骨は墓の中に納まることとなる。

ただただ一枚の紙を介して自動的に進められていくその手続きは、まるであの世への切符のようだ、とあずさはいつも思っていた。当然悪用されては困るからほとんど改竄《かいざん》の余地がない手続きになっているのだろうが、どうしても無機質で冷徹な印象が拭えなかった。もっとも賢一郎のようにショックを受けている家族にとっては、迷う余地がない方が却っていいのかもしれない。

「ちゃんと仲直りできてよかった」

あずさはグラスを置いていたテーブルにできた水滴の輪を指でこすりながら呟いた。

「もしこれで喧嘩したままあなたが何か大変なことに巻き込まれたら、間違いなく後悔してただろうから」

「おい、頼むから縁起でもないこと言わないでくれよ」

具樹が苦笑しながらメニューを開いた。

「ほら、あずさの好きなやつ頼みな。それこそ後悔のないように」

迷った末にチーズがたっぷりのったピザを注文すると、あずさは皿に残った最後の前菜をつまんで夫の口に押し込んだ。


二人がゆっくりとイタリアンを堪能《たんのう》して店を出ると、駅前通りは先ほどにも増して賑やかになっていた。時計を見るとようやく八時になろうかというところである。随分のんびりしたつもりだったが、店に入ったのがそれだけ早かったということだろう。少し駅前をぶらぶらしてから帰ることに決め、通りの人混みの中へと歩き出した。

すれ違う酔客たちが口々に大きな声で何事か喚いている。日常で溜め込んだストレスを少しでも発散しようというのだろうか。具樹に話しかけるあずさの声も必然的に大きくなっていた。

「明日の朝のパンを駅ビルのパン屋で買おうよ。明日も朝からお仕事でしょ」

「ああそうしよう。でもその前に本屋に寄りたいな。確か昨日くらいに発売の新刊があったから」

「なあに？　マンガ？」

「いや、文庫だよ。ＳＦの」

松本駅前のロータリーに差し掛かると、いつにも増して多くのタクシーが客待ちをしているのが見えた。その向こうには駅前交番の灯りがある。中では警察官が一人、外を通り過ぎる人たちをちらちらと気にしながらパソコンに向かっているようだった。

「市民の平和を守るっていうのは大変だね」

あずさが呟くように言うと、具樹は、

「どうしたの、突然」

と妻の顔を見た。あずさが無言で交番を指差す。

「ああ、交番勤務は大変だよ。ご存じの通り」

「あなたも死にそうな顔してたもんね」

何年も前に具樹が交番勤務だった頃を思い出し、あずさは感慨深げに言った。思えばあの頃からずっと夫は忙しい。不規則な生活の交番時代が終わっても結局、刑事課でまた昼夜を問わず働いている。それを思えば市役所というところは同じ公務員でも全く違う。

「今となっては懐かしい――」

言いかけた具樹が前から歩いてきた男とぶつかりそうになり、足を止めた。

「あっと失礼――おや、こんばんは。こんなところで」

具樹の声にあずさもそちらを見ると、見覚えのある老人だった。

「おや、確かこの前の役場の姉さんかい。こんなところで。はぁるかぶりじゃねえかい」

「あ、えーと……先日はどうも」

顔に覚えはあるが、名前が思い出せなかった。少し酒が入っているせいかもしれない。確かに最近窓口に来た男である。あずさが言い淀《いよど》んでいると、男は笑って、

「ほれ、お墓の件で。曽根原です」

と名乗ってくれた。

「ああごめんなさい。曽根原さん、そうだ、お骨の件で。その後どうなりました？」

「いやあ、変わらねえじ。鍵はしっかり持ってるし。それでも時々中を覗いてみるようにはしてるだわ。流石にもう増えたりはしてねえな。減ってもくれねえが」

曽根原は陽気に笑って見せた。

「まぁあれだ、仕方ねえから一緒に供養しといてやるってもんかいね。警察に行った方がいいかとも思ったんだが、なんとなく行きそびれちまって……」

「ああ、まあお時間あるときにでも、というかその……」

あずさは少し慌てて具樹に目配せした。具樹も苦笑しながら軽く頷く。聞かなかったことにしといてくれ、というあずさの意図がなんとか伝わったようだった。刑事である夫のことだ、おそらく先月話した骨壺事件のことだと察しているに違いなかった。曽根原もまさかこの隣に立っている男が警察官だとは思っていないだろう。

「今日はお出かけですか」

あずさは少しほっとしながら話題を無理やり変えた。変なところで守秘義務違反に問われたらたまった

ものではない。

「いやあ、今帰ってきたとこだ。塩尻の方でな、週に二回ばか将棋サロンに通ってるだわ。女房も死んじまって家にいてもつまらねえからなあ」

「ああそれはいいですね。やっぱり外へ出ないと健康にもよくないって言いますから」

「ふんとになあ。おらもここんとこだいぶ足が弱ってきてせ。車で塩尻まで行くのもこの歳になるとしんどいもんでさ、電車使ってな、駅まではできるだけ歩くようにしてるだわ。墓参りも歩いていくし」

「へえ、ご自宅蟻ケ崎って言ってませんでしたっけ。岡田のお墓まで歩くっていうと結構距離ありますよね。私もそれくらい歩かないとなあ」

「やっぱり役場だとあんまり動かねえずら。姉さんも歩かねえと」

薄くなった白髪頭をくりくりと撫でながら笑う曽根原に、あずさがそれじゃあ、と会釈をして立ち去ろうとしたところで、具樹が、あの、と声を発した。

「大変失礼ですが、そのお骨が増えたっていうのはいつの話です？」

「えっ。ありゃ女房の一周忌だで……先月の二十四日だが」

曽根原が驚いたように答える傍で、あずさもまた驚いて夫の顔を見ていた。先ほどまでとは違い、少し鋭い目つきになっている。何を言い出すのだろう。さっきの目配せが通じていなかったのだろうか。

「もしかしてその日も将棋サロンに行きました？　電車で？」

「ああ、行ったじ。平日だったで子供らも納骨したらそれですぐ解散したし、一人で家にいるのもちょっと嫌だったもんで……」

「それじゃあお墓の鍵を開けたのはいつですか？　具体的に何時頃？」

「確か二時半頃だったと思うが。納骨の前に墓の周辺の掃除に来て、そんときだわ。それで一回車で家に戻って、小一時間くらいしてまた皆で来たんだが」

曽根原は突然会話に割り込んできた男のペースにつられたのか、思わず、という感じで律儀に答えている。あずさはすみません、とか失礼、などと取り繕いながら具樹を引っ張って曽根原から離れた。老人はまだ不思議そうな顔をしながらこちらを眺めていたが、あずさは気にせずに具樹の腕を取って駅ビルへ向かった。

「ちょっと勘弁してよ。どういうつもり。私が相談内容をあなたに喋ったって問題に——」

「こないだの骨壺が増えたって言ってた人だよな」

具樹はあずさの苦情を全く意に介していないように考え込んでいた。眉間《みけん》には皺がより、視線は足元に落ちたままである。左手の二本の指は忙《せわ》しなくこめかみを叩いていた。

「そうだけど……あれ、そういえばさっき、あなたから挨拶してたよね。知ってたの？　曽根原さんのこと」

「いや、こないだの鍵屋さんと間違えたんだ。古畑さん。似てただろ」

そう言われてあずさは思わず黙り込み、自分が具樹の元へ連れて行った古畑老人の顔を思い浮かべた。確かに印象が似ている。古畑の顔をはっきりと思い出せるわけではないが、薄くなった白髪頭や背格好は曽根原も古畑も共通していた。つまり曽根原からしてみれば、具樹に勘違いで挨拶をされたが、たまたまその隣に知っている顔があったのであまり疑問に思わず返事をしたということだろう。

「ごめん、悪かった。今の人の連絡先は控えてる？　……そう、控えてるならいい。なんでもないんだ。行こう、確か本屋もパン屋も九時までだろう」

具樹はようやく考え込むのをやめてまっすぐ歩き出した。

「ちょっと待ってよ。どういうことか説明してってば」

あずさも急いで追いかけたが、具樹は手をひらひらさせて何でもない、という意思表示をするばかりだった。

「大したことじゃないよ」

こうなると夫は教えてはくれまい。仲直りしたばかりだというのにまたしても不満が溜まりそうになる。仕方なくそのストレスを忘れることにして、飲み込んだ文句を大きな溜息と共に吐き出した。

「そういえばあの厚着の変なストーカーはいないみたいね」

「ん？　ああ、古畑さんがつけられたっていう。まあ毎日いるわけじゃないだろう。それに一応交番が駅前広場の巡視を強化している筈だよ」

そう言われてあたりを見回すと、交番にいたのとはまた別の、中年の警察官がロータリーの向こうを歩いていくところだった。

「やっぱり交番は大変だ」

改めて口を衝いて出たあずさの感想は、雑踏の奏《かな》でる雑音に紛れて具樹の耳には入らなかったようだった。

第四章　幻影と推理

一

睦子が死んでからというもの、私にとって夜は安息の時間から恐怖そのものに変貌を遂げていた。一人ベッドで横になるのが怖い。目を閉じるのが怖い。死んでいった前の妻や睦子の顔が浮かんでくるのがどうしようもなく恐ろしかったし、それ以上に己の罪の意識と闘わなければならないのが酷く苦痛だった。そうだ、私が妻も睦子も殺したのだ。

妻とは見合い結婚だった。当時は農家の後継ぎだからといってそれほど敬遠されるような時代ではなかったし、私自身学生の頃からそれなりに女性と交際することはあった。しかしどういうわけか学校を卒業して家業を手伝うようになった頃からぱったりと女性に縁が無くなってしまい、三十路《みそじ》が見えてきた頃になると親が慌ててあちこちから見合いの話を持ってくるようになった。

最初に写真を見たときには、綺麗な顔立ちの人だな、と思ったのをよく覚えている。かず子《こ》という名前だった。当時から自分の顔の造形は棚に上げて面食いだった私は、何枚か渡された見合い写真の中から迷わずかず子を選んだものである。

　妻がどうして私を気に入ったのかはわからないが、話はうまくまとまり、かず子は私のところへ嫁入りすることになった。当時は私の父母と、それから祖母が健在で、五人目の新しい家族が増えたことで皆大いに喜んだものだった。それがなかなかの器量よしであればなおのことである。私も親戚などから随分と「別嬪《べっぴん》さんを貰ってよかったな」などとからかわれた。

　かず子は農家ではなく職人の家の子だった。かず子の父は左官屋を営んでおり、それなりに腕はよかったようである。幼少の頃から家に出入りする職人たちを遊び相手に育ったので、どちらかというと気が強い女だった。結婚してからもおかしいと感じることがあればたとえ私の両親が相手でも遠慮なく意見を言ったので最初は面食らったが、幸いにも両親は嫁の意見だろうが正しいものは正しい、と聞きいれるだけの分別はあったから、表面上はそれなりにうまくやっていけていたと思う。

　ただ、農業の手伝いという意味では、はっきり言ってかず子はそれほど戦力にはならなかった。いや、なろうとしなかったというのが正しいだろうか。今でこそ農家の嫁だからといって農業を手伝う時代では無くなったが、当時の世間は『農家に嫁入りしたのなら農作業も当然やるべきだし、その上で子育ても家事もしっかりこなせ』という風潮が当たり前だった。しかし妻は、たとえ農家の嫁であっても一個人であるのだから、自分が好きなように生きる権利がある、と主張して憚《はばか》らなかった。結局うちの家族が皆折れてかず子は農作業を免除され、家事の合間には自分の趣味である手芸などに精を出していた。

　風向きが変わったのは睦子が生まれてからのことだった。表面上はうまくやっていたとはいえ、やはり家業を手伝わない嫁に対して不満を抱えていた両親だったから、生まれたのが娘だったことでだいぶがっかりしたらしい。まだ産後の床にあるかず子に向かって、次こそは男の子を頼むね、と発言し、これが火種となった。

両親の心無い一言に烈火の如く怒ったかず子は、それから何かにつけて私の家族を敵視するようになった。元々ヒステリックなところのある女である。些細なことで声を荒らげ、父も母も腫物《はれもの》に触るように接することが多くなった。私は完全に両者の間で板挟みとなり、次第に私の心も荒《すさ》んでいった。夫婦の夜の営みも目に見えて減っていって、もはや二人目の子供など望むべくもない状態が続いた。

睦子がまだ小学校に上がらない頃だっただろうか。相変わらずぎすぎすとした中で、父が病《やまい》に倒れた。あるいは心労もあったかもしれない。何しろ身体の頑丈さが取り柄だった私でさえストレスで参っていたくらいである。父の生来の持病が悪化するには充分な環境だったと思う。父は入院し、しばらくしてそのまま亡くなった。

父の通夜の席で、かず子は睦子を寝かせるからという口実で早々に親戚の集まる場を後にした。小一時間ほどしてトイレに行こうと私が廊下を歩いていると、かず子のいる寝室から呟くような声が聞こえた。

「やっと面倒なのが一人いなくなったわ」

流石に私もこれには激昂《げきこう》した。

睦子が寝ているのも構わず寝室の戸を開け放ち、かず子の元へ歩み寄るとその頬を平手で打った。妻に手をあげたのは初めての出来事だった。

「お前、なんてことを言うんだ！　まだ通夜も半ばだというのに！」

驚いて固まっているかず子を私は怒鳴りつけた。

「そんな調子だから親父《おやじ》も心労で倒れたんだ！　いい加減にしろ！」

「だって本当のことでしょう！　いつもいつも私ばかり目の敵にされて！　この子が生まれたときだって男の子がよかったなんて、どの口が言うのよ！」

妻も負けじと言い返す。

「目の敵にしているのはお前の方だろう！　何かといえばヒステリーを起こして当たり散らして！　そんなんだからお前……」

そこで私は睦子が目を覚まして怯えているのに初めて気が付いた。横になったまま枕《まくら》を抱きしめて嵐《あらし》が過ぎるのをじっと待っている娘を見て、妻への怒りがすっと引いていくのを感じた。結局それ以上は言葉を発せず、睦子の頭を撫でて私は部屋を出た。

翌日からかず子の様子が少しずつ変わり始めた。それまでのヒステリックな様子はなりを潜め、かわりにじっと塞ぎ込むことが多くなったようだった。当初はよい変化だと気楽に考えていたものだが、鬱々《うつうつ》としている妻を見ているうちに事はそう単純ではないと気付かされた。

私はかず子に通夜の日のことを何度も謝り、なんとか元気を取り戻してもらおうと手を尽くした。しかしかず子はやがて家事もできなくなり、一日中床に臥《ふ》せっていることが増えた。医者にも連れて行ったが、精神医学がまだそれほど発達していない当時のことで、かず子自身が精神科に偏見があって受診を嫌がったため、内科で診てもらうのが精一杯だった。かず子はほとんど食べなくなり、かかりつけの医者もあれこれ試したものの最後は匙《さじ》を投げた。

かず子はみるみるうちに痩せ細り、やがてそれが元で腎臓《じんぞう》の病を発症しあっけなくこの世を去った。入院させたときには既に手遅れだった。死ぬ間際まで虚《うつ》ろな目をして世話をする私をじっと見つめていたのは、無言の非難だったのかもしれない。

今でも目を閉じるとこちらを見ている痩せこけたかず子の顔が浮かんでくる。そして声にならない声で私を責めるのだ。あんたのせいだ、あんたが悪い、あんたの家族がいけない……。

私が味方になってやっていれば。私が両親の失言をきちんと叱っていれば。私が手をあげなければ。私が無理やりにでも精神科に連れて行けば。妻を最後まで苦しめてしまったという後悔はいつまでも消えることがなかった。

それから何年かして今度は母が他界し、私は睦子と二人だけになった。睦子は母譲りなのか気分の振れ幅が大きく、癇癪《かんしゃく》を起こしたかと思うと次の瞬間には塞ぎ込んでしまうという具合でなかなか手を焼いた。それでも小学校の高学年くらいになると少しずつ落ち着いてきて、友達を家に連れてきたりして元気に遊びまわる姿が見られた。

娘に手がかからなくなってくると、私も流石に寂しさを感じるようになった。昔ながらの広い農家住宅は一人で管理するには骨が折れたが、それ以上に己の孤独を増幅させるようで、あまり丁寧に掃除などする気にもならなかった。

麗美と出会ったのはそんな折のことだった。娘を寝かしつけた後で時々通っていた居酒屋にたまたま居合わせたのが最初だった。普通だったら二回りも年下の娘に声を掛けようなどとは思わなかっただろう。だが私はすっかり寂しさに打ちひしがれていて、半分自棄《やけ》のように麗美に話しかけた。

「珍しいですね、こんな居酒屋に若い女性が一人で」

「あら、そうですか？　でもここのお魚は美味しいって評判なんですよ。私も友達に聞いて、どうしても来てみたくて」

薄暗い居酒屋の灯りの下でもそれとわかるほど美しい女だった。柔らかな話し方は女王や皇族を思わせる気品があり、こんな店には場違いに感じた。

気が付けば、私は彼女に夢中になっていた。これだけの女なら同世代の恋人くらい当然いるものだろうと思ったが、意外なことにそうではなかったらしい。なんでも出身は東京だが、学生時代に旅行で訪れた信州が気に入って、大学を卒業後単身こちらへ引っ越してきたのだという。今でこそ都会からの移住というのも珍しくなくなったが、その頃はまだ一般的ではなかったので私も大いに驚いた。東京にいた頃の恋人とはそれを機に別れたらしかった。

麗美の方がどうして私なんかと結婚までする気になったのかは未だにわからない。二十以上も年上の、間違っても二枚目ではない、その上娘までいる中年の男のどこに惹かれたのか。私は幾度となく妻に尋ねたものだが、その度に妻は、「さあ、どうでしょうね」などとはぐらかすばかりだった。

二度目の結婚生活はただひとつの点を除いては平穏なものだった。新しい妻は穏やかで優しく、どこか抜けているところもあったがそれもまた可愛らしいと思えた。私の自責の念は少しずつ癒えて、ようやく夜もゆっくりと休めるようになっていた。ただ唯一の心配事というのは睦子のことである。思春期に差し掛かった睦子は、それまで以上に感情の波に弄《もてあそ》ばれているようで、新しい母親に対してもあるときは酷く口汚く罵《ののし》ったかと思えば、次の日には甘えるようにじゃれていたりする。それでも麗美は歳の近い娘をよく愛した。

「きっと大きくなれば落ち着きますよ。私も学生の頃はこんなもんだったわ」

私が娘についての不安を漏らすと、そう言って慰めてくれた。その目は愛娘《まなむすめ》を見る母親でもあり、歳の離れた妹を思いやる姉でもあった。

やがて睦子が成人し、恋人ができ、ある日我が家に家族が増えることになった。丁度その頃古い家を建て替えて新築したばかりだったこともあってか、あるいは麗美と離れがたいものを感じたのか、睦子は両親と同居したいと夫に訴えた。夫の賢一郎君は結局妻の実家で暮らすことを承諾したらしい。私は大いに驚いたものだが、同時に嬉しくもあった。麗美との間にはどうしたわけか子供はできなかったから、一人娘が結婚してしまえばこの家もまた寂しくなるな、と覚悟を決めていただけにありがたいことだった。

最初は賢一郎君も気詰まりではないかと麗美と二人で気をもんでいたものだが、彼は司法書士ということもあり松本駅前に事務所を構えていたのが幸いした。ほとんど一人で切り盛りしているその事務所は、自宅が気詰まりになれば羽を伸ばすにはもってこいであったようで、賢一郎君はさしてストレスが溜まった様子も見せずに壮年に差し掛かった我々夫婦と上手に付き合っていた。

異変が起きたのは睦子が四十を迎える間際のことだった。その頃睦子はまたヒステリーと抑鬱《よくうつ》状態を繰り返すようになっており、賢一郎君もだいぶ閉口しているように見えた。彼は睦子をなんとか精神科へ連れて行こうとしたのだが、睦子自身がそれを拒否した。

「私の頭がおかしいっていうの！」

夫に向かってそう怒鳴り散らしている睦子の姿を見たのも一度や二度ではない。その光景を見る度に、封印した筈のかず子の記憶が蘇り、私は酷く苦しんだ。かず子を殺してしまったという後悔と、娘が実の母親と同じような道を歩き始めているという事実は、昼夜を問わず私を苛《さいな》んだ。それでも賢一郎君がうまくコントロールしてくれることを信じて、私や麗美は睦子に説教したりすることはしなかった。今から思えばそれが過ちの第一歩だったのかもしれない。

ある日の夕方、私が農作業を終えて家に戻ってきたところ、風呂場から悲鳴が聞こえた。私が慌てて風呂場へ行くと、バスタオルで前を隠しただけの睦子が怯えるように洗い場でしゃがみ込んでいた。

「どうした！　何があった？」

「今、そこに……刃物を持って……」

睦子が指差したのは風呂場の窓だった。間髪を入れずに中へ飛び込む。靴下が濡《ぬ》れるのも構わずに窓の外を覗くと、そこには生垣のレッドロビンが夕方の冷たい風に揺れているばかりだった。

落ち着かせて話を聞いてみると、風呂に入っていたら窓の外に気配がしたのだという。最初は私か麗美が何か庭仕事でもしているのかと思ったが、どうも様子がおかしい。それで窓を細く開けてみると、そこには刃物を持った人物が佇んでいたというのだ。睦子の状態は尋常でなく、ぼんやりしていたりパニックを起こしたりと不安定で、聞き出せた断片的な情報を繋ぎ合わせて判明したのがそのような内容だった。

もしかすると何かを見間違えたのかもしれない。私も賢一郎君もそう考えた。何しろ家の周囲にはそれらしき人影も、足跡も何も残っていなかったのだ。私が言うのもなんだが、若い娘とは言えない睦子の入浴を覗き見ようとする輩《やから》がいたとも思えない。まして私が丁度家に戻ってきて、農作業の道具を片付けたりするのに敷地内をあちこち歩き回っていたタイミングである。当然そのときも不審者など見かけてはいない。結局被害らしき被害もあったとは言えず、警察には届け出ないことにした。

睦子は余程怖かったのだろうか、どこかの鍵屋を頼み、自分の部屋に鍵を取り付けてしまった。そうして鍵を細い鎖に繋ぎ、肌身離さず携帯するようになった。最初はまるで家族をも疑っているように見えて気持ちのいいものではなかったが、それで安心したのか、睦子はまた少しずつ精神の安定を取り戻したようだった。

ところが数ヵ月して、またしても睦子が何者かに襲われた。

今度は私が畑に出ている間の出来事で、麗美も出かけていて家には睦子と賢一郎君が残っていた。賢一郎君の話によれば、睦子は具合があまりよくないとのことで、リビングのソファで横になっていたという。賢一郎君は二階の自室で本を読んでいた。そこへ睦子の悲鳴が届いた。慌てて下に降りてくると、やはり一回目のときと同じように怯えている睦子がおり、窓の外に刃物を持った女がいた、と訴えたのだ。そこで賢一郎君が家の周囲をすぐに見て回ったが、やはり誰も発見できなかった。

ただそのときは、リビングの窓の前の地面に踏み荒らされた跡があったという。雑草が少し生えていたので足跡までは判別できなかったが、私も後で確認したところ確かに誰かがそこにいたらしい。もっとも家族の誰もが行き来する場所であり、例えば私が以前に踏んだ跡かもしれないと言われれば否定はできなかった。

今度は警察にも届け出たものの、睦子の癇癪や抑鬱といった症状を聞いた警察官には「気のせいじゃないのか」とあまり熱心には取り合ってもらえなかった。そしてまたしても睦子の精神は安定を失い、それどころか益々抑鬱的になっていった。


あの日のことは、そのとき見た光景も、自分自身の精神状態がおかしくなっていたことも、全てはっきりと覚えている。だが本当にその記憶は現実にあったことなのか信じられないのも事実だ。白昼夢であってくれればいいとさえ思う。

よく晴れた昼下がりのことだった。

私は全てその日で決着をつけるつもりでいた。これ以上睦子が苦しむのはもう耐えられない。私の唯一の血の繋がった家族だ。私がやらなければならない。そう決心して私は睦子の部屋を訪ねた。今にして思えばその考えもまた異常だった。周りの状況も、その後のことも、何ひとつ考えてはいなかった。睦子をこの苦しみから解放してやらなければならない。ただその思いだけが私を突き動かしていた。

睦子の部屋をノックしてしばらくすると、ゆっくりと這うような音を立てて中で人が動く気配がし、かすかな声で誰何《すいか》するのが聞こえた。

「父さんだ。開けてくれないか」

私が答えると、少し躊躇ったように動きが止まり、ややあってまだ新しい鍵が開いた。私は間髪入れずドアを開けて中に入った。部屋では睦子が感情を失ったような顔でこちらを見ていた。いや、もしかすると何も見てはいなかったのかもしれない。その虚ろな目はかずに子にそっくりで、私は眩暈がして座り込みそうになるのをじっと堪えた。

「睦子、終わりにしよう」

私が一歩近づくと、睦子はそこで初めて怯えた様子で少し後ずさった。外では賢一郎君が帰ってきたのか、車の音が聞こえたような気がした。そして睦子が何事か喚き始めたが、私の耳にはもはや届いていなかった。

「いい加減にけりをつけるんだ。こんなことはもう終わりだ」

なおも何事か叫んでいる睦子に向かって、私は決意の一歩を踏み出した。開け放たれた窓からは柔らかな陽《ひ》に照らされた北アルプスが優しく我々父娘《おやこ》を見下ろしていた。

二

「あずささん、お墓のこととかってわかりますか」

窓口で相談者の対応をしていた千夏が困った顔でこちらにやってきたので、あずさはパソコンを叩いていた手を止めて顔を上げた。

「またお墓？　まさか骨が増えたとか言わないよね」

窓口に座っている相談者に聞こえないように冗談を飛ばすと、あずさは立ち上がってそちらに向かう。

「そうじゃなくて、なんでも所有者を知りたいんだとかで。私ちょっと勉強不足で、司法書士とか弁護士を紹介すればいいんですかね」

千夏もあずさの後についてくる。窓口にいたのは背の高い中年の男だった。小太りで無精ひげを大量に生やしているので熊《くま》のように見える。

「こんにちは。お墓の所有者ですか？」

あずさがにこやかに尋ねると、男はそうです、とよく通る低い声で応じた。

「いや、実はね。私の実家が波田《はた》にあるんですがね。その敷地のすぐ隣に所有者のわからない古いお墓があるんですよ」

男は明快な話し方で相談内容を改めてあずさに説明した。

男の名前は北澤《きたざわ》といい、今は南松本駅にほど近いあたりにアパートを借りて住んでいるという。先日、市内の波田地区にある実家に顔を出したところ、高齢の母親から隣にある墓をどうすればいいか、と相談されたとのことだった。

「考えてみれば私が物心ついたときには既に放置された状態で荒れ放題でした。それでもお墓だから、ということでうちの家族が時々草刈りなんかはしてやってたんですがね。私や弟が家を出て、親父も何年か前に亡くなったので、今はおふくろが一人暮らしなんですよ。それでいい加減よその敷地の草刈りまではできなくなってきたし、かといって放っておけばやぶ蚊やら蛇やらが出るし……それでなんとか所有者がわかればちゃんと管理するように頼みたいと思いまして」

「そういうことですか。そうすると……まず確認したいんですが、お墓というのは完全に個人のお墓ですか。地域の共同墓地とかではなくて」

「ええ、そう聞いています。なんでも私の祖父の代の頃から既に所有者がわからなくなっているそうでね。昭和の初めの頃までは墓参りに来る人がいたようなんですが、それがどこの誰だったのかも今となってはわかりません」

「登記簿は確認されました？」

「先日法務局へ行って見てきました。ただ、よくわからないんですが所有者の名前だけが書かれていて、住所も何も無いんですよ」

北澤はそう言って鞄からクリアファイルを取り出した。中に挟んであった紙を見せてもらう。どうやらその墓地の登記簿謄本らしい。所有者欄には「高木寅次郎《たかぎとらじろう》」という名前だけが記載されている。それ以外の所有者に関する情報は何も載っていなかった。

「変則型登記ってやつですね。この高木さんという方に心当たりはないですか？　同姓の方が近くにいるとか」

「いや、近所にも聞いて回ったんですが誰も高木という姓には覚えがないと言うんです。実際その集落には高木という家は一軒も無いようでした」

「そうですか……」

あずさは顎に手をあてて考え込んだ。頭の中で民法や登記の知識をあれこれ引っ張り出してみる。変則型登記であることからも、名前からしても、この所有者がかなり昔の人物であることは間違いないだろう。そうするとこの墓地が登記された段階で、既に所有者がわからなくなっていた可能性もある。

「調べるとすると、まずは閉鎖登記簿と旧土地台帳ですね。それから市で保管している墓地台帳。そのあたりでこの高木寅次郎さんが住んでいた住所がわかれば、そこから戸籍を追えるとは思うんですが……」

閉鎖登記簿や旧土地台帳というのは、いずれもやはり法務局で閲覧できる、いわば現在の登記簿の前の情報に当たる。特に旧土地台帳が残っていれば、明治の頃の所有関係がわかる可能性もある。一方、墓地台帳は市が市内の個人の墓地について整理した資料で、こちらは昭和時代に整備されたものがほとんどだろう。正確には波田地区は平成の大合併で松本市に吸収された地域で、旧波田町の頃の資料ということになる。墓地に関する業務を取り扱っている環境政策課に行けば保管されている筈だった。

「名前だけでは戸籍は取れないんですか」

「通常は難しいですね。確か、本籍地と名前の両方が無いと原則として出してはもらえない筈です。逆にそれさえわかれば、寅次郎さんが既に亡くなられていても法定相続人を追いかけることができるんですが」

「でも、これ土地でしょう。固定資産税とか払ってるんじゃないんですか」

北澤は眉を顰めながら質問した。市役所に行けば簡単に判明すると思っていたのだろう。当然である。あずさもこの職場に入る前なら、同じように考えたに違いない。

「それが、地目が墓地だと固定資産税は課税されないんですよ。なので税の部署へ聞いてもわからないと思います」

「ええ？　そうなんですか……知らなかったなあ。それじゃどうすればいいんでしょう」

「ともかく、すぐに調べられることだけ調べてきますので少しお待ちください」

あずさはそう言うと一旦自席に引っ込んだ。そして基幹系ネットワークに繋がるパソコンで住民基本台帳システムを立ち上げる。高木寅次郎、と打ち込んでみたが検索結果はゼロだった。やはりこの寅次郎なる人物が亡くなって既に何十年も経っているのだろう。次に市内の地図情報が見られるＧＩＳシステムを起動した。こちらは登記簿の情報が反映されているので、市内で他に同一人物が所有している土地が見つかるかもしれない。もしそれが住宅だったりすれば、そこに寅次郎氏の末裔《まつえい》が暮らしているということもあり得る。

「これもダメか」

あずさは検索結果を見て溜息をついた。思った以上に難題である。高木寅次郎の名前で登記されているのは一件だけ、即ち件《くだん》の墓地のみとなっていた。

「ダメですね。すぐにわかる情報からは何も出てこないです。住民登録の記録も、他に土地を所有しているということもない。こうなると役所よりも聞き込みの方が有力かもしれません。墓石に彫ってある文字なんかは読めませんか」

「ああ、そういえば見てなかったな。読めるかもしれないです」

「もし墓石に彫ってある名前で読み取れるものがあれば、そこから調べられるかもしれません。あるいは寅次郎さんの名前があれば、生まれた日と死亡日がわかる可能性もありますね」

「帰ったら見てみます。ただ古い墓石だからな、判読できるかどうか」

「例えばですけど、どうしても所有者の手掛かりが無くて、かつ寅次郎さんの死亡が確認できれば、相続財産管理人制度を利用する手もあります」

「どういうことですか？」

あずさは窓口に置いてある司法書士会が作成したパンフレットを一部取ると、それを見せながら説明を始めた。

相続財産管理人は、死亡した者に相続者があるかどうかわからない場合、利害関係者が裁判所に申し立てることによって選任される。基本的には弁護士や司法書士が選ばれることになっており、選任された管理人は死亡した者の相続財産を適切に管理することとなる。つまり例えば金を貸している者が管理人に返還を請求し、管理人は相続財産の中からそれを支払うわけだ。今回のケースでいえば、北澤が相続財産管理人に対して土地の草刈りを要求し、管理人がそれを実施する、ということができるのだ。

「ただ、選任の申し立てには費用がかかります。予納金といって、主に管理人に就く弁護士なんかの報酬をあらかじめ裁判所に支払う必要があるんです」

「ああ、そういえば前に聞いたことがあるな。知り合いで金を貸した相手が蒸発しちゃって、残してった家財道具を売り払ってもらってそこから返してもらったとか、そんな話でした」

「それはおそらく不在者財産管理人という方ですね。似たようなものだと思ってもらえばいいですよ」

「どう違うんです？」

「そうですね……簡単に言うと、相続財産の方は『死んだ人の財産を綺麗さっぱり片付けてゼロにする』というのが最終目的です。一方で不在者財産は、『生きてるか死んでるかわからない人の財産を、その人が戻ってくるまでキープする』という役割ですね」

「なるほどねえ」

北澤は困りごとを忘れたようにあずさの話に聞き入っていた。普段あまり触れることのない制度だろうから、新鮮に聞こえたのかもしれない。

「ともかく、なんとなく道筋はわかりました。あとは要するに私がどこまでお金と手間をかけるか、ということですね」

「そういうことになります」

あずさは満足して頷いた。話のわかる男である。市でできること、できないことをきちんと今の会話で理解したらしい。相談者の中には、市ではできないと言っても無理を通してくれとごねる者も時折見られた。

「私の方でも、一応市の墓地台帳を当たってみますので、もし何か有益な情報がわかればご連絡します。ああそうだ、それとですね、もし地域に昔からある大きなお寺があったら、過去帳というものを見せてもらうといいかもしれないです」

「それは何ですか」

「お寺では昔から過去帳というのを備え付けていることが多いようです。宗派にもよるのかな。ちょっと私もその辺は詳しくないんですが、要するに昔の地域の檀家《だんか》さんの名簿ですね」

「つまりそこに高木さんの名前があれば、当時の住所とかがわかるかもしれないってことですね」

北澤も納得したように何度も頷く。

「住所がわかれば戸籍が取れるかもしれない」

「ええ、そういうことです」

「わかりました。その辺から当たってみます。また相談に来るかもしれません」

北澤は床に置いてあったリュックサックを手に立ち上がった。大柄だとは思っていたが、立つと百九十センチ近くありそうである。まさしく熊のような大男だな、と若干威圧されたようにあずさは一歩下がった。

深々と頭を下げた巨体にあずさもお気を付けて、と礼を返したところで、席に置いてあった自分のスマートフォンの着信音が聞こえた。

北澤が廊下を去っていくと、あずさは慌てて自分の席に戻り、電話に出た。

「ごめんね仕事中。俺だけど」

電話の向こうからは夫の声が聞こえてきた。どうも少し慌てているようである。

「どうしたの？」

あずさは向かいの席で「ありがとうございました」というジェスチャーをしている千夏に左手を振りながら、相談室の隅のブースに向かう。それほど広い部屋ではないのでどこにいても会話の内容は聞こえるのだが、自席で堂々と話すのも始末が悪かった。

「ちょっとまずいことになった。今日は遅くなると思う」

先日の終戦協定からこっち、具樹はようやくマメに帰宅時間を伝えることを覚えたらしい。しかし今日に限ってはそう単純な話ではなさそうだった。

「何かあったの？　大丈夫？」

あずさが不安の入り混じった声で聞くと、スマートフォンからは少しの沈黙が流れた。

「俺は大丈夫だが……例の事件のことでな」

「犯人が捕まったとか？」

「いや、丸岡光由、被害者の父親だけど、光由が自殺を図った。これから搬送先の病院へ行ってくる」

「お父さんが……でもなんで」

「それがわかるかどうかかな。もし光由が犯人だったとすれば、死んでしまえばこれで真相は完全に闇の中だ。助かることを祈るしかない」

具樹の声音には明らかに疲労と焦りが滲んでいた。

三

光由が服薬自殺を図ったらしい、という情報を受けて、具樹は大急ぎで搬送先の病院へと車を走らせた。こういうときに限って国道は工事の影響でいつにも増して渋滞していた。

「くそ、詰まってやがる。サイレン鳴らすか」

「いや、急いだところで我々にできることはないですし、他の連中も何人か向かってます。ともかく医者の腕を信じましょう」

いつもとは逆に焦る藤田をなだめて、具樹はハンドルを握りなおした。

そうは言いながらも具樹も落ち着かなかった。ボトルコーヒーを僅かずつ何度も口に運ぶ。頭の中ではまたしても疑問が渦を巻いていた。

「単純に、娘を殺されたショックで、ってことですかね」

「完全にシロだとは言い切れんからな」

藤田もコーヒーの缶を口に運んだ。

「娘を手にかけたのを悔いて、だとしたら、このまま死なれたら最悪だ」

その可能性は具樹も充分承知していた。もしそうなら犯人に死なれるどころか、睦子殺害の動機も方法も解明されないままとなりかねない。

「もし光由が犯人だとしたら、どうやって殺したんですかね。それに赤木奈津美との関係もわからないままだ」

「合鍵をこっそり作ってたんだろうが、不完全とはいえアリバイがあるからな、奴には」

「アリバイのことを一旦置いておくとすれば……合鍵を使ったか、もしくは被害者に招き入れられたところで睦子を襲い転落死させる。窓の外に何人か見えたので慌てて部屋を出てドアに鍵をかける。あずさが階段を上ってくる気配がしたので自室へ逃げ込み、窓から外へ降りて、警察が来る前に畑へ戻る。そんなところですか」

「随分綱渡りだな。それで誰にも見られてないってのは」

ようやく車の列の前の方が動き出したようだった。ずらりと並んだテールランプが順々に消え、やがて目の前の軽自動車が発進する。具樹もいい加減疲れ始めた右足をアクセルに乗せ換えた。

国道をしばらくのろのろと南下すると、線路との立体交差を過ぎたあたりから徐々にスピードが上がり始めた。南松本を通り過ぎ、村井《むらい》のあたりまで来ると光由が搬送された松本総合病院が見えてきた。国道から左折して少し行ったところである。具樹は病院の駐車場に車を入れると、エンジンを切るのももどかしく外へと降り立った。

受付で手帳を示して尋ねると、光由は今ＨＣＵにいるという。示された方へと早足で歩きながら、具樹はあずさに電話を入れた。

ＨＣＵの待合室には麗美がぼんやりと座っていた。具樹たちが声を掛けると、おもむろにこちらを振り返ったが、その顔は憔悴し、泣きはらしたように目が充血しているのが見て取れた。

「どうもお疲れさまです。夫はまだ治療中です」

「どんな具合ですか」

「おそらく死ぬことはないだろうと。飲んだ薬が精神安定剤だったようです。お医者さんはかなりの量飲んでも死ぬことはない薬だから大丈夫だと。でも私……」

麗美は両手に顔を埋め、嗚咽を漏らした。普段の優雅さの欠片も見られない。その姿はいつもより何倍も小さく見えた。

「医者がそう言うなら大丈夫ですよ。他に刑事が来ましたか」

「ええ、何人か。しばらくかかりそうだと聞いて、先ほどどこかへ行かれました」

消え入りそうな声で麗美が答えた。しかし話の内容はしっかりしている。普段の話し方と比べるとむしろ今の方が情報の伝え方が上手になっているとさえ思えた。

「丸岡さん、申し訳ないんですが、詳しい経緯を教えてもらえますか」

藤田が尋ねると、麗美は顔から手を外してまっすぐにこちらを見据え、絞り出すように答えた。

「賢一郎さんが処方されていた精神安定剤をこっそり持ち出して飲んだみたいです。家には私と夫だけでした。夫が自室にいたので、私お茶を淹れて持って行ったんです。でも部屋をノックしても返事が無くて。ドアを開けたらベッドに横になっていたので最初は昼寝をしてるんだと思いました。だけどお茶をサイドテーブルに置こうとしたときに、薬のゴミが散乱しているのを見つけて。それで救急車を呼びました」

「遺書やなんかは？」

「取り乱していたので気付かなかったです。見た覚えはないですが」

「何時頃ですか」

「今から……そうですね、一時間くらい前だと思います。薬を飲んだ時間はわかりませんけど」

具樹がメモを取っていると、ＨＣＵのドアが開いて看護師が丸岡さん、と呼び掛けた。

「医師から説明があります。中へどうぞ」

「失礼ですが、我々も聞かせていただいても構いませんか」

「ご自由にどうぞ」

麗美は心ここにあらずといったように一言答えると、看護師についてＨＣＵの中に入っていった。刑事たちもそれを追って入り口をくぐる。六つほど並んだベッドの一番端に通されると、そこには口から、半透明で親指ほどの太さのあるチューブが突き出た光由が横たわっていた。

一瞬、具樹は腐った臓物をぶちまけている腐乱死体を想像した。チューブの中からは真っ黒な液体が溢れ出し、床に置かれたバケツに滴《したた》っている。ただ、その黒は人体の腐敗液など問題にならないほどの漆黒だった。傍らでその様子を見守っていた医師が立ち上がり、予想よりも多い付添人を見て少し眉をあげた。

「すみません。警察の者です。細かい事情は後でお話ししますが、奥さんに了解は取っています。容態は？」

「とりあえずはバイタルは安定してます。意識はないですが、これは間違いなく薬の影響で眠っているせいでしょうから、安心してもらっていいと思いますよ。発見が比較的早かったようですし」

「その黒いのは？」

具樹が尋ねる。見つめていると吸い込まれそうになるその黒く粘《ねば》り気《け》のある液体は、まるでこの男が抱える心の闇そのものが吐き出されているかのようだった。自殺を図るほど弱った心にはこれだけのどす黒い澱《おり》が沈んでいるとでもいうのだろうか。

しかし医師は足元のバケツに目をやり、不審げに見つめている刑事たちに少し笑ってみせると、「ただの炭です」と答えた。

「要は消臭剤なんかで使う活性炭と同じ理屈です。胃の中の薬の成分を吸着させて吐き出させているんですよ。既に吸収してしまった分はご本人の身体が分解してくれるのを待つしかないんですが。何しろ薬ですからね、解毒薬があるわけでもなし、ということです」

「はあ、そういうもんですか」

藤田が隣で納得したように頬をこすっている。

「大体吐き終わりましたので、これで管を抜いたら病室へ移します。意識を取り戻すまで数日かかるかもしれませんので、何日かは入院することになると思ってください」

「どのくらいかかりますか。意識は戻るんですよね」

「なので身体がどのくらい頑張ってくれるかですね。おそらく、二、三日くらいで薬は代謝されると思いますので、意識が戻るのはその後でしょう。まあまず間違いなく回復しますからご安心ください。今回飲んでしまった薬は大量摂取しても命に関わるようなものじゃないです」

麗美がおろおろとしながら問いかけると、医師は柔和な顔で諭《さと》すように答えた。

「それよりも自殺を意図したのだとすれば、精神的なケアが重要です。入院中は意識が回復すれば精神科の受診もしてもらいますが……結局我々がどんなに手を尽くしたとしても本人がこういったことを繰り返すのでは意味がないですからね」

「そうですね」

なんとはなしに具樹が同意すると、医師は後を看護師に任せて去っていった。こういう大きい病院の救急部門というのはさぞかし大変だろうな、と思う。事故や急病の患者だけでも相当に負担が大きいだろうに、加えてこういう自殺未遂や急性アルコール中毒といった本人の行動に起因するケースや、場合によっては必要が無いほどの軽症患者も運ばれてくるわけだ。救急車の使い方についてはこのところ何度もニュース番組などで話題に上っている。それだけ不要不急の利用も後を絶たないということだろう。

看護師がチューブを抜き取るのを見届けると、具樹たちも一度帰ることにした。このままここにいてもやれることは少ない。麗美への聞き取りも先ほど先着した刑事たちが後ほどやる、と連絡が入っていた。具樹は看護師に部屋の番号を聞いて手帳に控えると、麗美に対して、また様子を見に来ますので、と伝え病室を出た。

「オーヴァードーズってのはああやって処置するんですね」

「うん、知らんかったな。まさか炭とは」

すっかりがらんとした待合ロビーの脇を通り抜けながら、藤田も唸った。最新の医療というのはともすればその仕組みすらよくわからないことも多いが、炭で吸着する、と聞けば理系音痴の人間でも簡単に想像がつくだろう。

「単純なだけに効果的ってことなんかな」

「あるいは他にどうしようもないってことなんですかね。さっきの医者も言ってましたけど解毒薬みたいなものなんてないんでしょうし」

「しかし今回は胃にある程度残ってそうだったから、ってことだろ。もう体内にかなり吸収されちまった後とかだと手の打ちようがないんかね」

「さあ……あとは輸血して血を全部入れ替えるとかじゃないですか。確か昔、ローリング・ストーンズのキース・リチャーズがそんな治療を受けたとかなんとか、聞きましたけど」

「ロク、ストーンズなんて聴くのか。知らんかったな」

「たまにですけどね。有名な曲よりスローなやつが好きです。ワイルド・ホーセズなんか最高ですよ」

「渋いとこ突いてくるじゃねえか。俺は断然ホンキー・トンク・ウィメンだな」

藤田が笑いながら助手席のドアを開けた。具樹にしてみれば、逆に藤田が古いロックを聴くことの方が意外だった。てっきり演歌好きかと思っていたのだが。

「解決したら打ち上げにカラオケのあるところにでも行きますか」

「無事に解決してくれりゃいいけどなあ」

刑事たちの嘆きはすっかり日の落ちた六月の曇り空に消えていった。具樹はエンジンをかける前にスマートフォンを取り出すと、妻に「思ったより早く帰れそうだ」とメッセージを入れておくことにした。


それから三日ほどの間、具樹たちは毎日松本総合病院まで足を運んだ。あの晩麗美が事情聴取に応じた内容は、具樹と藤田が簡単に聞いたこととほとんど変わらなかったらしい。結局詳しいことは光由が目を覚ましてからでないとわからないということになった。

光由の自宅にも捜査の手が当然入ったが、大した発見はされなかった。遺書らしきものも見つかっていない。ベッドの脇にあった薬のシートも麗美が供述した通りの状況で、賢一郎が「自分が処方されていたもので間違いない」とそれを裏付けた。

「普段は自分の部屋の書棚の一番上に置いてありました。そこに小物や薬なんかを入れておく小さいレターケースを置いてますので、その中に」

そう言って捜査員に賢一郎が見せたレターケースには、確かに同じ種類のオレンジ色の錠剤がまだ十数日分は残っていた。そこから考えると、光由が持ち出したのは残っていた量の三分の二程度だったようだ。

「もしかすると自殺をするつもりまではなかったのかもしれませんね」

「確かに自殺するなら全部飲みそうなものだしな。躊躇ったのか、あの量で充分死ねると思ったか……まさかオレンジ色だからって健康食品と間違えたわけでもなかろうし」

「薬が多量に飲んでもそうそう死なないものだと知っていたなら、現実逃避して寝てしまいたかったということもあり得ますよ」

具樹が言いながらペットボトルのお茶を一口飲むと、腕組みをしていた藤田がうむ、と同意を返した。入院病棟の談話室は閑散としていて、あまり周囲に聞かれる心配はなさそうだった。

「もし光由が犯人だったとしたら、単純に自殺しようとして失敗した、っていう素直なセンもあるだろうが。何しろはっきりと目を覚ましてもらわんとどうしようもないな」

丸岡光由は昨日から何度か目を開けてはいるらしかった。ただ、まだ意識ははっきりしていないようで、しばらく訳のわからないことを口にしていたかと思うと、また寝てしまうという状態だと医師から説明を受けていた。

「どうも誤嚥性肺炎《ごえんせいはいえん》を起こしているようで、昨日から発熱があるんですよ。薬はもうそろそろ代謝されているとは思いますけど。熱が引くまではどちらにしても朦朧《もうろう》としているでしょうし、話をするのは難しいでしょうね」

ＨＣＵにいた医師とはまた別の、比較的若い女性の医師が先ほどそう言っていた。それでも現代医学の力を信じて足しげく通っている具樹たちだったが、今のところはまだうわ言すら聞けていない。

結局更に二日経って、光由がようやく目を覚ましたときには、具樹たちはすっかり病院の中を探検しつくしてしまっていた。

「何か言っていましたか」

たまたま光由と同じ病室に行くという看護師について廊下を歩きながら藤田が尋ねると、看護師は少し困ったように首を傾げた。

「それが、少し幻覚を見ているようなんですよね。夜中に目を覚ましたんですけど、それから二回ほど、『看護師に嫌がらせをされている』と奥様に訴えていたようで。まだ完全に回復したわけではないかと……あ、勿論我々は嫌がらせなんかしてないですよ」

看護師は慌てたように付け加えて少し笑った。キツそうな顔立ちだと思っていたが笑顔になるとなかなか可愛らしい。ナースでこれならさぞかしモテるだろうな、と不謹慎なことを考えながら具樹は廊下を進んだ。

「それは熱のせいですか」

「なんとも言えないですね。多分、退薬症状といって、薬が抜けるときに起きる症状が原因じゃないかと思いますけど。まあ熱もまだ完全に引いてはいないですから。本来ならせめてもう一日待っていただいた方がいいと思いますよ」

「いやまあ、ダメ元でね。どっちにしてもそういう状態なら明日も来ざるを得んでしょうな」

藤田の言う通り、少なくとも医師がよいと言わない限りは無茶な尋問はできないだろう。できるならすぐにでも署に引っ張っていきたいところだったが、犯人である明確な証拠が無い限りはそういうわけにもいかない。ましてまだ体調が回復しきっていないなら尚更《なおさら》である。

「丸岡さん、入りますね」

看護師が先に立ってベッドを取り囲んでいるカーテンを開ける。中では光由が上半身を起こしていた。枕元には麗美が椅子に腰かけている。読みかけだったらしい文庫本に栞《しおり》を挟むと、麗美が立ち上がって看護師に場所を空けた。

しばらく具樹たちはカーテンの外で待った。どうやら検温の時間だったらしい。看護師が渡した体温計を、光由は自ら受け取って脇《わき》の下《した》に挟んだ。とりあえず受け答えはできるらしい、とそれをカーテンの隙間から見た具樹は少し安堵した。

「七度丁度ですね。よかった、だいぶ下がってきたみたいです」

差し出された体温計を見てそう言うと、点滴の様子を確認した後、看護師は他の患者のベッドへと向かった。

「こんにちは。まだ大変なときにすみませんね」

藤田がおもむろに声を掛けると、光由はそこで初めて予期せぬ来客に気付いたように具樹たちの方へ顔を向けた。

「ああ、確か、刑事さん。どう、されましたか」

光由の声は酷く掠れて小さく、聞き取るのが精一杯だった。

「救急搬送されたと聞きましてね。心配しておりました。ともかく意識が戻られてよかった。具合はどうです」

藤田が再び声を掛ける。この状況を見て具合はどうですもないもんだ、と具樹は心の中で苦笑した。それもこれも、この刑事という職業の持つ業のようなものだ。

「見ての、通りです。ご心配を、おかけしまして」

光由はゆっくりと、なんとか絞り出すように答えた。横で聞いていた麗美が少し背中をさすり、あの、と割り込んだ。

「すみませんが、事情聴取はせめて明日になりませんか。夫はまだ回復しきっていませんので」

「いや、そうですね。申し訳ない、こんなタイミングで。ロク、出直すか」

「ええ」

しかし具樹たちが立ち去ろうと踵《きびす》を返したところで、光由の掠れた声が二人を呼び止めた。

「待ってください。いいですよ、短時間なら」

「あなた、無理は……」

「いや、いいんだ。刑事さんたちが、いるということは、睦子の事件が、まだ解決しないんだろう。役に立てるなら」

具樹たちは顔を見合わせて少し考えたが、もう一度ベッドの傍へ戻ることにした。

「わかりました。では短時間で済ませましょう。単刀直入に伺います。なぜ自殺などしようとしたんですか」

「死のうと思った、わけじゃない。ただ、あまりにも、辛くて、目覚めたくないと、思ったんだ」

光由は切れ切れになりながらもしっかりとした口調で語った。

「前の妻は、病気で亡くし、一人娘にまで、先立たれた。もう血の繫がった者は、誰も残っていない。その現実が、怖かったんです」

「あの薬がどういうものなのかはご存じだった？」

藤田の問いに光由は少し首を傾げた。

「睡眠薬の、ようなものだと、聞いていました。なので沢山飲めば、当分起きなくて、済むかな、と」

「医者によれば、あの薬は大量に摂取しても死ぬことはないそうです。それは知っていましたか」

「それは……知らなかったです。だから、そうですね、全く死を覚悟しない、ということは、無かったのかも、しれません。死んでもいい、くらいの、つもりだったのかも」

随分他人事のように話すな、と具樹は聞きながら思った。自殺を図るほどの精神状態というのは案外そういうものなのかもしれない。きっぱりと死んでやろう、というのではなく、もうどうなってもいいや、という自暴自棄の結果なのだろう。首吊りや練炭自殺といった、死ぬためにそれなりに準備が必要なものはまた別だろうが、電車への飛び込み自殺などは疲れ果てて自分でもあまり意識せずにふらふらと飛び込んでしまう、などという話もどこかで聞いたことがあった。

藤田がこちらを向いて、どうする、と目で訴えかけてきた。光由が犯人であってもそうでなかったとしても、このまま聴取を続けたところで、私が犯人でした、という言葉は出てこないだろうというのは想像がついた。かといってこの老人を相手に取調室でやるような尋問をするわけにもいかない。

具樹が首を横に振ると、藤田はほっと息をついて立ち上がった。

「わかりました。ともかくお大事にしてください。我々は今日のところは失礼します。おそらくまた来るとは思いますが」

「お役に立てず、すみません。それから、刑事さん、隣の病室の、前を通るときは、気を付けてください。暴れる患者が、いますので」

具樹たちは再び顔を見合わせた。病室を出て隣の部屋を通り過ぎざまに覗くと、そこは入院患者のいない個室だった。

「なるほど、確かにまだ少しおかしいようだな」

「霊的な何かとかじゃないといいですけどね」

「オバケが怖くて刑事が務《つと》まるかよ。ただ……」

言葉を切った藤田に、具樹が、なんですか、と聞くと、彼はにやりとして答えた。

「どうせ出るなら美女にしてもらいてえもんだ。それもできるだけ薄着のな」

四

その日の昼食を外で済ませ、あずさが市民相談室に戻ってきたのは、時計の針が十二時四十分を回ったところだった。

今日も夫は遅くなるだろうか。先日の丸岡光由の自殺未遂騒ぎ以来、具樹はもう一週間以上、毎日のように遅く帰る日が続いている。本当は昼くらいには連絡が貰えるとありがたいのだが、こればかりはどうしようもない。市役所だって終わり際に仕事が突然降ってくることなどいくらでもある。ましてや刑事ならそんなことは日常茶飯事だろう。

「そう。重要参考人か。まあでも俺の推理通りなら、そのまま逮捕になるよ。うん、それじゃ。課長によろしくね」

あずさが自分の席に戻って腰かけたのと、西條が隣で電話を切るのがほとんど同時だった。心なしか得意満面、といった様子でにやにやと笑っている。また何か自慢話でもしていたのだろうか。捕まると面倒だ、と西條の方へ視線を向けないようにしてパソコンのスリープを解除したところで、正面にいる千夏の表情に気が付いた。

少し口をぽかんと開けて、斜め右を見つめている。

その千夏の目線の先に西條がいることに思い当たり、思わずあずさもそちらを見た。

「係長、今の話……」

「ああ、聞こえちゃったよね。でもそう、そういうこと」

一体何の話だ？　千夏がここまで興味を惹かれることを西條が言うとなると、急な異動でもあったのだろうか？　よく見れば原田までもが西條に注目している。

不審に思う気持ちが表情に出たのだろう、西條は自分に向けられた部下たちの目をひとりひとり見返すと、ふう、と満足げに息を吐きながらおもむろに口を開いた。

「神林の事件、どうやらカタがつきそうだよ。刑事課の連中が重要参考人を確保したようだからね。そのまま逮捕になるだろう」

「どういうことですか？」

あずさが聞き返すと、西條ではなく原田がデスクの向こうから、それが、と返した。

「係長、例の神林の事件についてわかったみたいなんだよ。それで、警察がその推理の通りに犯人を逮捕したんだって……」

「いやあ、原田君、それは正確じゃないな。逮捕じゃなくて重要参考人として任意同行したんだ。逮捕はこれからだよ。それに事件がわかったというより、可能性の高い仮説を思いついたっていうべきだ。少なくとも、現段階では、ね」

「どういうことでしょう」

あずさは焦《じ》れったくなってもう一度尋ねた。鼓動が僅かに速くなっているのが自分でもわかる。具樹たち警察よりも早く、この男は事件の謎を解いたというのだろうか。

「犯人がわかったんですか？」

「まあいいだろう。最初から話すよ」

西條のにやにや笑いが顔中に広がった。注目されるのが快感で仕方がないといった様子である。普段ならいちいち苛々させられるところだが、今のあずさはそれどころではなかった。

「まずそもそも、今回の事件には明確な謎が三つあった」

西條はゆっくりと話し始めた。

「ひとつ目に、密室の現場で犯人はどうやって睦子を突き落としたのか。二つ目には睦子が今際《いまわ》の際で呟いた、奈津美、という人物は事件にどう関わっているのか。そして三つ目に、その犯行を実行したのは誰なのか。それぞれに納得のいく説明がなければ、事件は解決したとは言えない。そこでそれぞれについて、可能性のある説明を考えてみたわけだ」

西條は勿体ぶるように腕組みをして椅子に寄りかかった。

「まずひとつ目。これは一言で言えば犯行の方法だ。まず警察から聞いている事件当時の情報をもう一度整理してみようか。事件があった五月十八日の金曜日、高槻家では賢一郎と丸岡光由がそれぞれ出かけており、家には被害者とその母親の麗美が二人で留守番をしている状況だった。賢一郎は病院に、光由は畑に行っており、我らがあずさちゃんと原田君は賢一郎と昼過ぎに自宅で待ち合わせたために神林へはるばる向かっているところだった。

さて、賢一郎があずさちゃんたちとの約束の時間に合わせて帰宅する。愛車のルノーを駐車スペースに停めたのとほとんど同時に市役所の公用車が庭に入ってくるのが見えた。賢一郎はそのまま職員を待って、一緒に玄関に向かって歩き出す。そうしたところ二階の開け放してある窓から悲鳴が聞こえた。続いて、奈津美、やめて、という声。これは明らかに被害者の睦子の声だ。戸惑ってそちらを見ると、睦子が窓に向かって後ずさりながら近づいてくる。何かを振り払うようにしながらなおも後ろに下がり、そして

……落ちた」

あずさは当日の光景が脳裏に浮かび、顔をしかめた。人が転落死する瞬間など当然見るのは初めてであった。いや、勿論できるならこの先も二度と見たくない。

「その頃、家の中では、麗美が一階のトイレに籠っているところだった。麗美はトイレの中で悲鳴を聞くが、最初は少し不審に思った程度ですぐには動かない。ところが悲鳴がなおも続き、やがて誰かが階段を駆け上がる音がしたので、不安になってトイレから出ることにした。まあこれは本人がそう言っているだけで他に証明するものは無いけどね。一方で落下して後頭部を強く打ち付けた被害者は、夫の腕の中で、奈津美、と呟いて死亡した。正確にはその時点で死亡したかどうかはわからないが、少なくとも意識は失ったようだから大差はないだろう。原田君が慌てて警察や救急に電話をしている横で、賢一郎は妻を抱きかかえて動いていない。一方であずさちゃんは勇敢にも犯人がいると思われる二階の部屋に向かって玄関

から階段を駆け上がって行った。そうだね？」

西條に確認され、あずさが頷く。

「あずさちゃんは無人の階段を上り、現場と思しき部屋の前に行く。そこは二階の廊下の一番奥にある睦子自身の部屋だったが、そこには鍵がかかっている。被害者が落下してからあずさちゃんがそこに到達するまで、時間にして一分かそこらだろうか。あずさちゃんはまだ部屋の中に犯人がいる、と考え、部屋のドアを見張ることにした。やがて麗美が階段を上ってやってくる。あずさちゃんに事の次第を聞いた麗美は血相を変えて外に飛び出していった。以降、原田君が呼んだ警察が到着して階段を上ってくるまで、あずさちゃんは誰も見ていない。そして刑事たちが睦子の部屋の鍵を確認して強引に扉を破ると、そこには誰もいない空間が広がっていた。まあこんなところだろうか。ああ、あとそのとき被害者の首には自室の鍵がかけられたままだった、ということも触れておく必要があるかな」

今度は西條は原田を見た。原田も同意して頷く。鍵そのものが本物かどうかを確認したわけではないものの、それらしい物が首から下げられていたのは原田も見ている筈だった。

「さあ、この状況で犯人はどうやって被害者を襲い、そして現場から離れたのか。真っ先に考えられる可能性はやはり合鍵の存在だろう。被害者が下げていた鍵が偽物にすり替えられていたというのも無いわけじゃないが、その後病院へ運ばれて遺体となって戻ってくるまでにもう一度本物にすり替えるのはほぼ不可能だろうし、戻ってきた鍵が本物であることは警察で確認している。もっと言えばすり替えるチャンスがあったならそのときに合鍵を作ればいい話で、あまり現実的ではないだろう。よって鍵を使って正当に部屋に施錠したのなら、それは合鍵を使ったものだろうと推測できる。ここまではいいよね」

あずさたちは一様に頷く。

「現実に合鍵は確かに存在していた。それは麗美が作らせたもので、包装が開封されておらず使用した形跡がなかったとはいえ、存在していた以上は何らかのやり方で使った可能性は充分あり得るだろう。しかし犯人が合鍵を使ったと仮定すると、色々と矛盾が生じてくるんだ。

もし犯人が合鍵を持っていた場合は、そいつの動きはこういうことになる。まず被害者の部屋に招き入れられたか、あるいは合鍵を使って解錠して侵入した。そこでナイフを振り回すか何かして睦子に襲い掛かる。睦子は窓の方へと後ずさりしてそのまま転落してしまった。当然このとき、犯人はどうなったかと思い窓の外を見るだろう。そうなれば庭に、それも玄関の前に三人の目撃者がおり、慌てふためいているのがわかった筈だ。しかも明らかに睦子の悲鳴を聞かれていて、それには何者かによる襲撃を臭わせる内容が含まれていたことにも気付くだろう。さあ犯人は一刻も早く現場を去らなければならない――さて、このとき犯人は、果たしてわざわざ部屋に鍵をかけるというひと手間をかけるだろうか。少しでも早く逃げなければ誰かがここにやってくるかもしれない、という状況で？　通常あり得ないよね。

更に犯人が逃げるルートも限られている。階段を下りて玄関へ向かうというのは心情的にも無いだろう。いつ誰と鉢合わせるかもわからない。となると、二階の他の部屋、しかも家の裏側にあたる部屋に飛び込み、その窓から逃げるというのが一番あり得る選択肢だ。表側に逃げられないのならそうする他無いだろう。ところがこれについても、重要な証言が得られている。事件のあった時間に、高槻家の裏側、畑数枚離れたところにある家で、ガーデニングをしていた男がいたんだそうだ。その男が言うには、事件の前後に家の裏側で不審な動きをしている人物なぞ見ていない、というわけだ。見逃した可能性はゼロじゃないが、五十メートルと離れていない場所で二階から飛び降りた人物がいたとして、果たして気付かないだろうか。しかもその証言者は睦子の悲鳴は聞いているんだ。何かあったのかな、とそちらを気にするのが当然だ。そんな中に犯人がのこのこ現れたのなら、やはり見ている筈なんだ。つまり結論は、犯人は裏からも逃げていない、ということになる」

西條はそこまで喋ると、ひと息ついてデスクの上にあった水のペットボトルを開け、一口飲んだ。その間にあずさも今の話を頭の中で反芻する。確かに西條の言う通りだった。階段を下りてきたならあずさと鉢合わせた可能性が高い。裏から逃げたというのがその証言者によって否定されるなら、これはもうどこへも逃げていないことになる。

「他の部屋に隠れてやり過ごした、っていう可能性はないですか」

千夏が反論した。しかし西條はあっさりと首を振り、再び喋り始めた。

「それも勿論可能性としてはなくはない。が、やはり非常に厳しいと言わざるを得ないだろうね。これが超豪邸の長い廊下というならわかる。あずさちゃんが上ってくる前にどこかの部屋に飛び込み、通り過ぎたのを見計らって階段へ逃げる。玄関は出られないから、更にどこかに隠れておいて……まあ家族の誰かが犯人だとすれば、そこからあたかも何も知らなかった風に出てくる、というのもアリだろうな。まあどっちにしても一般的なサイズのあの家ではそれは難しいだろうね。いくらあずさちゃんが現場の鍵に気を取られていても、ほんの数メートル後ろで誰かが部屋から抜け出そうとすればわかった筈だ。違うかい」

あずさはまたも頷くことしかできなかった。その通りだ。自分が二階で右往左往している間に、別の部屋から人が出てきたらわかっただろう。

「さあ、こうして犯人が現場から逃亡したという可能性は非常に低いものとなった。ではそうなると、犯人はどこへ行ったのか。警察が散々家の中を捜索したが誰も隠れていなかったとなると、論理的に導かれる答えはひとつだ。即ち、犯人はそもそも現場の部屋にはいなかった」

「いなかった？　でも、それでどうやって睦子さんを襲うことができるんですか」

「ここから先はあくまで消去法による推測だ。これまで検証してきた内容から考えると、襲撃方法として考えられる条件がいくつか浮かび上がる。まず犯人がその場にいなくても襲うことができること。そして被害者の言動からして、ある程度犯人が意図して被害者を襲え、しかもその行為が被害者からすると奈津美という人物によるものに見えること。これはつまり、危険な動物などを部屋の中に放すという方法ではないことを意味するね。更には密室、正確に言えば窓だけが開いた部屋から痕跡を消すことができること。これらの条件に当てはまるのは、俺はひとつしか思いつかなかったな」

「何ですか、それは」

原田が間髪入れずに尋ねる。もはや雰囲気にのまれて自分で考えることを放棄しているらしかった。それはあずさも同じである。西條の口から発せられる情報の波に溺《おぼ》れ、考えをまとめることが難しくなっていた。

「もう少し皆にも考えてほしいんだけどな。だけど……そう、この条件を満たすもの、それは、ド、ド、ド、ドローンだ」

「ドローン……」

あずさと千夏がほとんど同時にオウム返しに呟いた。

「そう。カメラと、ナイフのような凶器を装備したドローンだ。犯行の流れはこうだ。犯人は被害者が窓を開けているのを確認すると、人目につかないところに自身は隠れ、ドローンを操作して現場の窓から侵入させる。このときはまだぎりぎり庭には誰もいないから見咎《みとが》められることはないだろう。カメラで現場の映像を確認しながら、犯人はドローンに付けたナイフか何かで被害者を襲撃する。被害者からすれば、仮にドローンを知らなかったとしても、それが人工的なものであり、しかも自分を襲おうとしていることには間違いなく気付いただろう。最初は身を躱《かわ》すが、犯人は映像を見ながら襲撃を繰り返すのだからその狙いは正確だ。これで被害者も、この空飛ぶ凶器が何者かに操られていることがわかる。睦子は過去に二度、奈津美という人物に襲われたことを思い出し、また奈津美の仕業だろうと推測したんだろうな。これはさっきの二つ目の謎の答えでもあるね。そしてやめて、奈津美、と叫びながら窓の方に後ずさりし、ついに落下した」

「でも、そのときには庭には私たちがいました。窓からドローンが逃げていくのは見ませんでしたけど」

「そう。あずさちゃん鋭いね。しかしそのときの様子をもう一度思い出してほしい。窓から人が落ちたんだ。それも後頭部から。当然みんな被害者に注目する。その上落ちた場所は建物にほど近い場所ということになるから、全員がそこに集まったとしたら、真上の現場の窓は死角になるんじゃないか？」

そう言われて、原田があっと息を飲んだ。言われてみれば、睦子が落下した直後、三人は皆睦子の周りに集まっていた。そして倒れている睦子に注目していたのだ。もしそのタイミングで窓からドローンが出てきて、屋根の上の方へ逃げてしまえば気付かないのではないか――？

「どうやら俺の推測は当たっているみたいだね」

西條は相変わらず顔中が口になったように笑みを浮かべていた。

「犯人はおそらくカメラを通して、窓の向こうに人がいることはわかっていただろう。しかし犯人の意図とは異なり、睦子はナイフの一撃を受けることなく転落してしまった。カメラ越しに庭にいる人たちが落下した被害者の方へ駆け寄るのを見て、咄嗟《とっさ》に窓からドローンを脱出させたんだ。おそらく危険な賭けだっただろうが、果たしてそれは成功した。誰にも見られずに凶器は姿を消し、現場は密室のまま残されたわけだ。まあこの場合は密室ではなかった、というのが正確かもしれないけどね」

「それじゃあその犯人は誰なんですか。やはり奈津美という人が？」

「いや、千夏ちゃん、それは難しい。なぜなら、赤木奈津美という人物は、睦子が部屋に鍵を取り付けたことや、日中そこに一人で籠っていることを知らなかった筈だからだ。睦子と奈津美が仲がよかったのは随分前のことで、当然その当時は睦子の部屋にも鍵が付いていない。そして睦子が精神的に不安定になって部屋に鍵を取り付けるようになったのは、そもそも奈津美に襲われたことが原因だ。そうなると睦子が奈津美にそのことを言うわけがないのだから、奈津美はわざわざドローンで睦子を襲う理由が無いことになる。何しろドローンが飛び込んでいった先で、例えば睦子が誰かと一緒にいる可能性もあるんだからね。そうなれば襲撃はうまくいかないだろうし、そんなリスクを冒すよりは、もっと直接的に自分の手で襲撃する方を選ぶのが普通じゃないか」

「それはそうですね」

「そもそもドローンを操作するにしても、コントロールが利く範囲にも限界がある。そりゃ二キロかそこらなら操作できるだろうが、そうなると今度は現場に向かわせるまでと逃げた後、それだけの距離を飛行する必要が出てくる。となれば、目撃されるリスクも大幅に上がるわけだ。そう考えると、犯人は現場近くで操作していた、というのが自然だろうね。そして家の周囲では少なくともそういう怪しい人物は全く目撃されていない」

「それじゃあ……」

「もう一度考えてみようか。襲撃があったタイミングで、現場の近くにいて、かつ操作端末を手にしていても見咎められる心配がない人物。事件の関係者でそういう人がいなかったかな」

あずさの脳裏に一人の顔が思い浮かんだ。だとすれば——。

「丸岡、麗美……」

「そう。あずさちゃん、お見事。俺は被害者の母親、丸岡麗美が犯人だと推理する」

西條は芝居がかった様子で両手を広げた。

「それが一番合理的だ。第三者が犯人である可能性はさっきも言った通り低い。賢一郎は明らかにドローンを操作できる状況になかった。光由はかなり離れた畑にいて、草刈りをしていた。まあこれは一応、草刈り機の音だけさせておいて、ドローンを飛ばすという工作を考える余地はあるだろうが、さっき言った目撃リスクの点でおそらく光由ではないと俺は見ている。結局、唯一、家の中にいて、誰に見咎められる心配もないのが麗美なんだ」

相談室は水を打ったように静まり返っていた。各々が自分なりに考えをまとめようとしているらしい。

ややあってあずさが口を開いた。

「理屈はわかりました。しかしそうなると、奈津美さんはどこへ消えたんでしょうか。事件の後に姿を消しているんですよね、確か。事件と関係なかったならどうして」

「さあ、そこからは完全に推測の世界だね。ただこれもそう大きく外れてはいない筈だけど。事件後に赤木奈津美は自宅を後にして姿を隠した。最初はホテルに潜んだが、そこもすぐに抜け出して安曇野にある廃工場へ向かう。ここまでは警察の捜査で判明しているところだ。そして捜査の中では廃工場にある焼却炉に使用した形跡があった。更に廃工場からは赤木奈津美の血痕も見つかっている。この材料から導き出される答えは何か？」

「まさか……焼却炉で？」

「それしか考えられないだろう？」

西條はあずさに向かって頷いた。横では原田と千夏がよくわからないといった表情で二人を見ていた。考えてみればあずさは夫から、西條は警察内部の知り合いから、それぞれ廃工場での捜査の成り行きを聞いていたが、原田たちが承知しているのはあくまで高槻邸での一件だけであろうから無理もない。しかしあずさにはこの同僚たちに詳細を説明するだけの余力がなかった。脳が西條の話を理解しようとしてフル回転している。

「赤木奈津美は廃工場に潜んでいる間に殺され、焼却炉で焼かれたんだ。骨になるまでね。そして犯人、俺は麗美だと思っているけど、犯人はその骨を遺棄したんだ。見つからなくて当然だよ」

「遺棄っていうと、山の中とかですか」

「いや、千夏ちゃん、そうじゃない。よく思い出してほしい。最近どこかで人骨が見つかったことがなかったかい?」

「いえ……そんなニュースは何も――」

千夏が言いかけたところで、あずさはあることに思い至った。

「岡田の、曽根原さんのお墓――?」

「そう。まさにそれだ」

「でもそんなところに……それこそ山の中にでも捨ててしまえばよかったんじゃ」

「実はそこに俺が麗美犯人説を推す一番の根拠があるんだ。順を追って説明しよう。麗美は娘を手にかけた後、何らかの理由で赤木奈津美もまた殺害する必要が出てきた。そこで理由をつけて赤木を廃工場へ向かわせた。使われていない焼却炉があることを知っていたんだろうね。そして睦子の葬儀の翌日、自分も工場へ行き、そこで赤木を殺害。焼却炉で遺体を処理し、骨にしたそれを遺棄するために手近な山へ向かった。豊科から松本へ抜けるあの山だね。大口沢《おおくちざわ》といったかな、確か。しかしそこである事情により骨を山へ捨てるのが難しくなってしまった。そこで予定を変更し、手近な墓地の中へ入れてしまうことにしたのさ」

「事情って？」

原田が尋ねると、西條はそちらを一瞥してふん、と鼻を鳴らすと、もう一度あずさの方へ向き直った。

「それはね、麗美が車の運転が得意ではなかったということだ」

「どういうことですか？」

「思い出してほしいんだけど、最初に高槻家に行ったとき、庭に車は何台あった？」

「ええと……賢一郎さんの乗っていたルノーだけです」

「そう。あの家にはそのとき麗美と睦子の二人がいたにもかかわらず、賢一郎がルノーに乗って戻ってくるまで一台も車が無かったんだ。おそらくルノーと、光由が乗っている軽トラックの他には車を所有してなかったんだろうね。つまりそれは、あの家の女性陣は普段車の運転をしないことを意味するわけだ。

ところが葬儀の翌日に限っては、車が一台余ることとなった。なぜなら賢一郎が仕事のためにレンタカーを借りたからだ。さて、その日自由にルノーを借りることができるようになった麗美は、慣れない外車に苦労しながらも安曇野まで向かった。そしてさっき言ったように赤木奈津美を殺害する。それから山へ向かったが、問題が発生した。大口沢の周辺は交通量も多く、道端《みちばた》に捨てるわけにはいかない。麗美が想定していたような人気《ひとけ》のない山の中に捨てるには、途中から荒れた林道に入っていく必要があるんだ。ただでさえ慣れない運転のところに、細い林道を登っていく勇気は麗美には無かった。なにしろ脱輪でもすれば全てがパーだ。かといって歩いて山へ分け入るのも難しい。そこで思いついたのが墓地だったというわけだ」

「骨壺はどうしたんですか？　急な思いつきだったなら用意してあったわけじゃないんですよね？」

「おそらく安曇野市の火葬場へ行って廃棄物置き場でも漁ったんだろうね。大口沢の信号から左に折れてすぐのところに、安曇野市の斎場、葬祭センターがある。以前に聞いた話だと、永代供養なんかにした後で残った骨壺を、自分で処理するのが嫌で葬祭センターに持ち込んで処分してもらうケースがあるらしい。そういうものがセンターのゴミ置き場に積んであったんだろう。勿論センターで購入したという可能性もあるけどね。葬祭センターは葬式や火葬関係の物品も取り扱っているようだから。

さて、これで謎解きも終わりだ。麗美はそうして骨壺に入れた赤木の骨を、松本に戻ってくる途中で最初に目についた墓地に持って行った。どこの墓も鍵がかけられているか、あるいは納骨室の蓋が重くて開けられなかったが、ひとつだけ南京錠が開いたままになっている墓があった。曽根原さんが何かの折にうっかりかけ忘れたんだろうね。麗美はその曽根原家の墓の中に骨を入れると、開いたまま放置されていた南京錠を閉めて立ち去ったというわけだ。たまたまその後で曽根原家の納骨があったのですぐに判明したが、そうでなければずっとわからないままだっただろう」

「つまり曽根原さんは、納骨のときには南京錠がかかっていたので、自分でかけ忘れたことに気付いていない、ということですか」

「そういうことだろう。人間の記憶なんてそんなものだ。ま、とにかく警察は麗美を重要参考人としてさっき任意同行したそうだから、このまま逮捕になるだろう」

西條は推理を披露し終えると、もう一度ペットボトルに口をつけた。

気が付くと庁舎の中もだいぶ賑やかになってきたようだった。食事を終えた職員が談笑しながら、三々五々職場へと戻る声が聞こえてくる。窓からは暑いくらいに強い日差しが安楽椅子探偵の背中を捉えて短い影を落としていた。

「動機は何だったんでしょう」

千夏がぽつりと呟くと、西條は初めて首を横に振った。

「わからないね。そればっかりは警察が聞き出すのを待つしかない。まあこういうのは大方遺産相続絡みだと相場が決まっているもんだ。ましてや麗美と睦子は血が繋がってない。そこで何かトラブルでもあったんだろう。だがどうでもいいことだよ。動機がわかったところで何か得があるのかと言われれば、そんなものは無いのさ。結局世間が殺人に動機を求めるのは、自分とは縁遠い世界の出来事だと思いたいからなんだ。あの悲惨な事件の動機はこうだった。だから自分の身に起きることじゃない。特殊な環境だからこそ起こった事件なのだ、と。こういうの、なんて言ったかな、正常性バイアスだったっけ」

もはや口を開く者はいなかった。

あずさも麗美とはほとんど話をしていないので、とてもショックだったというわけではない。それでも自分が関わった殺人事件が、思いもよらない形で解決したのは不思議な気分だった。それに何より、西條が具樹たちよりも鮮やかに謎を解いてしまったのを目の当たりにして、なんとも複雑である。

夫になんと言えばいいのだろう。

あずさはスマートフォンを手に、ぼんやりと立ち上がった。その背中に千夏が、大丈夫ですか、と声を掛けてきたが、ゆるく頷いただけでそのまま市民相談室を後にした。

五

松本署の刑事課の取調室の中は薄暗く、充満する空気にまでうっすらと色が付いているようだった。事務机の向こうに座る丸岡麗美の顔つきは逆光でわかりづらい。しかし少なくともその双眸《そうぼう》から涙の筋が頬に伝っているのは具樹にもわかった。

「なあ、さっきの話ちゃんと聞いてたか？　理屈で考えてみろ。お前しかいないだろう。違うか？」

荒井警部補の、ハスキーを通り越して潰れたような声が、何度目かもわからない台詞を吐いた。

「家の中を片っ端からひっくり返したって構わねえんだ、こっちは。だけどそれじゃ互いに無駄が多いだろう。ドローンはどこに処分したんだ。家の中じゃないならもう捨てちまったか」

「だから、わからないんです」

震えるような微かな声が応《こた》える。麗美は両腕で自らの肩を抱くようにして、努めて落ち着こうとしているように見えた。

「ドローンなんてもの、私は見たことも触ったこともありません。私、機械には疎《うと》いんです。そんなよくわからないものを動かせるわけない」

「じゃあ他に誰がやれるんだよ。教えてくれよ。あの二階の部屋を密室状態にしたまま、被害者を襲うことができるもの。ドローンじゃなかったら何だ」

「それは……刑事さんが言うならそうかもしれませんけど」

「それしかねえんだよ。そしてドローンを使う理由があるのは、睦子が鍵をかけて部屋に一人で閉じこもってることを知ってる人間しかあり得ねえ。家族以外にそんな奴がいるのか？」

「……多分、いないと思います」

「そうだろう。で、家族の中で、賢一郎はアリバイがある。お前の旦那も畑仕事をしてた。消去法でお前しか残らんだろう」

「でも、違うんです……」

「ったく、埒が明かねえ」

机の手前側の椅子にふんぞり返るようにして座っている荒井は、吐き捨てるように言って黙り込んだ。

麗美を今日の昼前に任意同行してからもう三時間になる。これまで何度も話を聞きに行く度、常に麗美が纏っていた気品のある雰囲気は、すっかりどこかへ消え去っていた。そこにいるのはオオカミに睨まれた赤ずきんである。後ろの壁にもたれて取り調べを聞いている具樹は、ちらりと腕時計に目をやって密かに溜息をついた。

埒が明かない。まったくその通りだった。

一番の問題は、警察が証拠を摑みかねていることだろう。西條の推理を聞いて喜び勇んで麗美に任意同行を求めた警察だったが、それに繋がる証拠は今のところ何も出てきてはいない。今も麗美の自宅では、他の捜査員が家宅捜索令状を持って目的のものを捜し回っている筈である。

しかし何も出てはこないだろう、という予感が具樹にはあった。

もし仮に麗美が犯人なら、ドローンを処分する時間はこれまでに充分すぎるほどあった。だとすれば、ここにこだわっていても麗美を落とすのは難しいのではないか。

麗美を重要参考人として任意同行する、と決定したとき、警察内部には「小一時間も問い詰めれば落ちるだろう」という楽観的な雰囲気があったのは事実だった。そのために特に強面《こわもて》で押しの強い荒井が取り調べの担当に選ばれている。

しかしその考えはこの半日ですっかり吹き飛んでしまった。

このままだと麗美は落とせない。思った以上に芯《しん》の強い女だ。

具樹は荒井に目配せをすると、取調室を出て廊下に据えられた長椅子にどっかと腰を下ろした。

「ロク、納得いかねえか」

ずっとそこに座っていたらしい藤田が、片方の眉を上げるようにしながら、隣に座った具樹を見やった。黙って缶コーヒーを手渡してくる。それをありがたく受け取ると、ひと息に飲み干した。

廊下は静まり返り、時折部屋の中から聞こえてくる荒井警部補の声が微かに響くだけだ。蒸し暑さのピークにある昼下がりの空気はどんよりと動かず、具樹はそれが余計に重苦しく感じた。

「はっきり言えば、納得はいってないですよ」

具樹は長椅子に前のめりに腰かけたまま、飲み終えたアイスコーヒーの缶を手の中でくるくると回した。

「少なくとも丸岡麗美は完全に否認してますよね。それに西條さんの推理に則《のっと》るなら今のところドローンを使った証拠は何も出てきてない。少なくとも何か決定打になる証拠が無いと、逮捕できるのかどうか……」

「俺は可能性があるとすりゃ合鍵の方だと思うがな。ドローンなんて御大層なもん持ち出さなくたって、あの麗美の持ってた合鍵さえありゃあなんとでもなる。だからあれが使われたって証拠が出てさえくれば一発だ。だが上はどうもそう考えてはいねえらしい」

藤田が足を組み替えながら言った。具樹も少し曖昧な声を出しながら頷いて同意する。

あずさからは何度か、具樹の精神状態を推し量るようなメッセージがスマートフォンに届いてはいたが、具樹としても別段西條に先を越されたことが悔しいわけではない。

ただ、どこか釈然としない思いがずっと胸の奥で燻《くすぶ》り続けている。

「もう三時間にもなるか。あのおっとりしたおばちゃんがよく粘るもんだ」

藤田は苦虫を噛み潰したような表情を作った。

証拠か。具樹は左手の指でこめかみを叩きながら考えを巡らせた。

「合鍵を使ったにしても、結局疑問はいくつも残りますよね。被害者がどうして麗美を赤木だと思ったのか。犯行後に部屋に鍵をかけたのはなぜか。当の赤木は結局どこに行ったのか。何ひとつ解決しないんですよね。だったらまだ西條さんのドローン説の方が説得力がある」

「ま、それはそうだな。だからドローンが正解だったとしてもそれはまあいいんだが、どっちにしてもこれじゃあなあ」

もう一度腕時計に目をやり、それから意味もなくスマートフォンを取り出して画面を見る。今時計で確認した通りの時刻が待ち受け画面に表示されている。

ぼんやりとそれを眺めていた具樹は、ふと思いついてスマートフォンのロックを解除した。動画サイトを開き、検索窓にカーソルを合わせる。隣でその様子を眺めていた藤田が、画面を見て軽く噴き出すようにして笑い声を上げた。

「ロク、顔に似合わず可愛いもの好きだな。犬だの猫だの。そんな検索履歴ばっかりかよ」

「え？　ああ、これですか。まあ暇潰《ひまつぶ》しですよ。それに女の子の出てくるような動画ばっかり見てると嫁さんの視線が冷たいもんで」

「ああ、ちげえねえ。俺も若い頃はよく喧嘩したもんだ。男の悲しい性《さが》ってのはなかなか理解されんもんだな」

具樹は愛想笑いで返しながら、そこにドローン、と打ち込んだ。Ｗｉ－Ｆｉの繋がらない署内ではモバイル通信の容量をだいぶ食うだろうが、あまり気にならなかった。何しろ今月は忙しすぎて、まだ使用制限のかかる三分の一も使っていない。

検索結果に出てきたドローン撮影の動画をいくつか試しに再生してみる。どこのものともしれない美しい風景が画面に広がり、時折ドローンの動きに合わせて回転したり上下したりしていた。

「こうしてみると、確かに人を襲うことくらいはできそうだな」

横から覗いていた藤田が呟く。

「これだけクリアに見えるんですからね。――ああ、こっちの動画だともっと細かく動いてます。慣れた人間ならかなり機敏に動かせますね」

「これ、例えばナイフを取り付けたりはできるんか？」

「そうですねえ、おそらく……これなんかどうかな」

画面をスクロールしながら、ドローンが荷物を運ぶ様子を撮影したらしい動画を見つけてタップした。ドローンが撮影した映像ではなく、ドローンの飛行の様子を地上から別のカメラで映したものである。

画面の中では、三十センチほどのサイズのドローンが、その下に荷物を括《くく》り付《つ》けて飛び上がるところだった。ローターの音を響かせ、科学の粋を集めた飛行機械が空へと舞い上がる。荷物の重さがどの程度かはわからないが、少なくともナイフよりは圧倒的に重いことだろう。

「なんだ、結構パワーあるな。これなら確かにナイフくらい何の問題もないか」

画面の中でドローンは風切り音を立てながら、右へ、左へと自由自在に飛び回る。

ふと、具樹は得体のしれないひっかかりを感じて動画を止めた。

それからシークバーを操作して少し前に戻し、もう一度再生する。ドローンがまた飛び回る。音量を最大にしてみる。動画の撮影者は何も喋らない。

「どうなんだろうな。光由がいた畑からじゃちょっと遠すぎるか。電波が届かんかな？」

藤田が独《ひと》り言《ご》つ。

そうだ。光由。彼は今、病院に一人でいるのだろうか。退院はしていない筈だった。まだ体調が回復しきっていないのだろう。

そのとき、具樹の頭にあるアイデアが閃《ひらめ》いた。思わず腰を浮かせかけ、目を閉じてもう一度考える。ドローンの動画。光由の入院。そして廃工場の焼却炉。

具樹が、そうか、と小さく口にしたのと、藤田がやおら立ち上がったのが同時だった。

藤田はふうっとひとつ息を吐くと、具樹の肩をぽんと叩いた。

「よし、行くか」

「どこにです？」

「そりゃ証拠探しだろ。このままじゃこれ以上麗美を拘束できねえだろうしな」

「だったら」

具樹は立ち上がると、手の中の空き缶を握って少し凹《へこ》ませた。

「行きたいところがあるんですが。いいですか」

隣の敷地から聞こえてくる重機の動き回る音が徐々に静かになっていき、やがてそれに隠されていた従業員たちの解放感溢れる笑い声が聞き取れるようになった。

これで仕事も一段落してあとは帰るだけというところなのだろう。現場仕事はそう残業してもいられない筈である。そこへいくと同じ現場でもこっちの現場はなんと不毛なことか、と思い具樹はちらりと時計に目をやった。長針がもうじき頂点に到達する。午後五時の太陽は薄い雲の向こうでなお輝きを放っていた。

ここのところすっかり日が長くなった、と月並みな感想を浮かべ、具樹は北アルプスへと視線を移した。ゆっくりと傾きかけた日差しが薄茶色に汚れた窓ガラスを通して差し込み、二人の刑事が舞い上げた大量の埃をキラキラと輝かせている。

かつて協栄興業という名で営業していたその廃工場の事務所は、今や具樹たちの基地としていま一度活躍の場を与えられているところである。具樹はズボンの裾に大量に纏わりつく埃の塊を手で払いながらもう一度時計を見た。

「五時か。来ませんね」

「まあ今日来るとは限らんしな。もう数日かかるかもしれん」

「そりゃそうですけどね」

具樹はわざとらしく溜息をつこうと息を吸い込みかけて、途中でそれをやめることにした。何しろこのもうもうと立ち込める埃である。こんなところで深呼吸でもしようものならけたたましい音を立てて咽《むせ》るのが関の山だろう。できるだけ浅く呼吸をするように気を付けながら、具樹は適当な話題で場を繋ぐことに決めた。

「どうして刑事になろうと思ったんですか」

「なんだよ、藪《やぶ》から棒に。前に話さなかったか」

藤田は焼却炉と敷地の入り口が両方見渡せる窓の傍で、これまた埃塗れの椅子にもたれかかりながら外を眺めて笑った。服が汚れるのは張り込みを開始して早々に諦めたらしい。潰れた会社が放置していった事務用のありふれた椅子は、既に藤田の身体に馴染んでいるように見えた。

「前に聞いたときはしこたま飲んでましたからね。話の八割くらいは覚えてないんですよ。何か格闘技をやってたんでしたっけ」

「うん、空手な。つっても別にそんなに強かったわけでもねえ。単純に道場に通わされてたからなんとなく続けてただけだ」

「でも小さい頃から警察に入るまでやってたんですよね。充分すごいですよ」

「大会に出ても大して勝てやしなかったさ。それでも他になりたい職業もなかったからなあ。今と違って猫も杓子《しゃくし》も大学へ行く時代でもなかったし、何より俺自身そんなに頭もよくなかったし。かといってサラリーマンもいまいち、ってわけだ。俺らの頃は『でもしか教師』なんてのがあったが、俺も同じだよ。でもしか刑事さ。ま、空手のお陰で柔道や剣道やらされることには違和感なかったけどな」

「俺は柔道も剣道も苦痛で仕方なかったですよ。元々体育会系じゃないし」

「俺からしてみりゃロクの方が大したもんだよ。なんでそんな奴が完全に体育会系社会の警察なんか選んだんだか」

藤田は腕組みをしながら背もたれをしならせて深くもたれかかった。座面の下で背もたれの継ぎ目が大きな音を立てて不満を申し立てる。一瞬、壊れるのではないかと具樹は心配になった。勝手に入り込んで拝借している身としては、いくら放置されていた椅子とはいえ壊すのは気が引ける。

「俺の場合は学生時代に彼女のお父さんに勧められたんですよ。これからの時代は警察も体力だけじゃやっていけない、君みたいなタイプの人材も必要なんだ、とかって言われて。丁度リーマンショックのあおりで就活市場は最悪でしたからね。そういう意味では俺もでもしか刑事かもしれないな」

「学生時代の彼女って今の嫁さんか？」

「そうです。彼女のお父さんがやっぱり警察で。ずっと白バイに乗ってました」

「まだ現役かい」

「いや、身体を壊して早く退職しました。今は全然別のことやってます」

「そうか。そういう生き方もいいなあ。俺もそろそろ早期退職考えねえと」

藤田は冗談めかして言ったが、その目は口元ほどには笑っていなかった。あるいは本気で考えるところがあるのかもしれない。長年事件を追いかけていると体力だけでなく精神的なエネルギーも消耗するのは、具樹も充分実感していた。

「この仕事やってると時々何のために頑張ってるんだろうって思うんだよ。特に今回みたいなケースはな。死んだ被害者のためだって言っても、そりゃ要するに残された遺族のためみたいなもんだ。だけど、もしかするとこの事件だって身内が犯人かもしれねえわけだ。じゃあ逮捕して、それで喜ぶのは誰なんだろうってな。法のため、正義のためだなんて言っても、そんな実態のよくわからねえものに命を捧《ささ》げるってのは、俺みたいに学の無い奴からすれば全くピンとこねえしさ」

「まあわからないでもないですけどね」

具樹が同意すると、藤田は自嘲気味に少し笑いを漏らした。

「うちの嫁さんなんかも時々言ってますよ。相談ごとが解決したところで大して感謝もされないって。役所の仕事なんかも余程市のため、街のためと思わなければやってられないんでしょうね。目に見える成果が出る仕事じゃないって意味では警察も似たようなもんかもしれない。ちゃんと出来上がったものがあって目で見て納得できるって意味では、その隣の工場の連中の方が羨ましいですよ」

「そうだな。役所なんて書類と向き合うばかりで俺にはとてもできねえだろう。今だって報告書上げるのに四苦八苦してんのに」

藤田が笑いを漏らす度に周囲の埃が粉雪さながらに踊っていた。ふと具樹はあずさと出会った日のことを思い出した。あの日は丁度雪のちらつく寒い日だった。あれからもう何年になるだろうか。学生の頃思い描いていた自分の未来は、遥か記憶の彼方《かなた》に霞《かすみ》がかかって既に認識することなどできそうになかった。果たして過去の自分が納得できるような人生を自分は生きているのだろうか。

ポケットが細かく振動した。スマートフォンを取り出すと、画面にはあずさからの着信画面が表示されている。

「おや、噂をすれば。嫁さんからです」

「いいぞ、出て」

「すみません……もしもし？」

具樹が受話ボタンをタッチすると、電話の向こうからあずさの声が聞こえてきた。心なしか早口になっている。

「ああ、うん……それで？　……そうか、やっぱり再交付か」

昼に頼んでおいた調べものの結果だった。思った通りだ。これで道筋が見えてきた。具樹は電話を切ると、小さく拳《こぶし》を握りしめた。

「睨んだ通りか」

「ええ。間違いないです」

「だとすりゃ、俺らが今張っている奴は――」

藤田が言いかけたところで、敷地の入り口から女がやってくるのが視界に入った。

「ロク、来たぜ。犯人だ」

「まさか初日で見つかるとは。ついてますね」

「ついてるのか、それとも常習犯かな」

立ち上がりながら藤田は尻についた埃を払うと、ゆっくりと事務室の入り口へ向かった。

「さあ気合入れて行くか。これが最後のピースになる筈だ」

具樹も無言で頷くと、藤田の後に従った。気付けば夕日が赤みを増している。それは事件のエンディングを飾るかのように、二人の影を埃塗れの床に落としていた。

六

「その後、義母《はは》の様子はどうですか」

高槻賢一郎が、具樹と藤田の前にコーヒーを置きながら尋ねた。

「やはり逮捕されるんでしょうか」

「今のところはなんとも言えませんな」

藤田が早速カップに口を付けながら答える。昨日から続いている、麗美の重要参考人としての取り調べは、かなり長いものになっていた。さぞかし昨日の夜はぐったりして帰ってきたことだろう。それでも二日目となる今日も呼び出しに応じたところからすると、まだ精神的には力が残っているのかもしれない。

だが具樹の中では確信があった。

取り調べは今日が最後になる筈だ。

「それで、今日はどういう捜査ですか。義母のアリバイとか、それとも凶器探しとか？　昨日うちの中を散々引《ひ》っ掻《か》き回《まわ》していった刑事さんから聞きましたが、ドローンを使ったんじゃないかと疑われてるらしいですね。ただ捜してもらってもいいですが、おそらくうちの中からは見つからないかと――」

「まあともかくおかけください」

具樹が促すと、賢一郎は口を噤《つぐ》んで忙しなく歩き回っていたのをやめ、二人の刑事の向かいに腰を下ろした。どうやらドローン説については既に賢一郎も知っているらしい。

昼下がりの高槻家のダイニングに一瞬の静寂が訪れる。思えばこの事件の始まりも、ここのテーブルであずさと向かいあっていたのだった。具樹は姿勢を正し、雑念を頭から追い払っておもむろに口を開いた。

「ドローンによる攻撃があったとすると、ひとつ納得がいかないことがあります」

「といいますと？」

賢一郎が微かに眉を顰める。

「事件があったあの日、あなたは市の職員と共に転落死する睦子さんを目撃した。そのとき、本当にドローンは見かけなかったんですか。窓から飛び立って行った筈なんですが」

「それどころじゃなかったですからね。妻の方が心配で、上なんて気にしてませんよ」

「たとえ上から大きな音がしても気付かなかったと？」

「音？　いや、音なんて何もしませんでしたが」

「そこですよ」

具樹が間髪入れずに言葉を被せると、賢一郎は一瞬表情が固まった。

「高槻さん、ドローンの実物を見たことは？」

「いや、ドローンで撮った映像なら見たことはありますが……」

「そうでしょうね。ドローンが実際に飛んでいるところは、自分で所有していないとあまり見る機会はないでしょう。私も昨日、動画で初めて見たんですがね。それで気付いたんです。ドローンっていうのは、実は飛ぶときにかなり大きな音がするんですよ」

「……そうなんですか？」

「はい。あれはヘリコプターとかと同じように高速でプロペラを回すから、意外と大きい音がするんです。ましてや襲撃に使えるようなサイズだと尚更。しかし市の職員も、あなたも、そんな音は聞いていないと言う。つまりドローンによる襲撃、という説明はそもそも無理があるんですよ」

「そうですか……。しかしだとすれば、どうやって」

賢一郎が相槌を打つ。しかしその態度はどこか上の空のようにも見えた。具樹は続けた。

「犯人があの密室から逃げ出した、という説は散々検討して難しいという結論になりました。そして、ドローンによる遠隔攻撃も否定される。だとするともう答えはひとつです。最初からあの部屋には睦子さんしかいなかった」

「それは、どういう――」

「私が思うに、睦子さんは薬の影響で幻覚を見ていたんじゃないでしょうか。以前にも何度か、ナツミという人物に襲われたと口にしていましたね。それらが全て幻覚だったとしたら。そして事件当日も、部屋の中で襲われる幻覚を見たとしたら。そこから逃げようとして、誤って転落した、という可能性はあるんじゃないですか」

「何を言うかと思えば」

賢一郎が口の端を歪《ゆが》めて笑みを浮かべた。その口からふ、と息が漏れる。

「刑事さんもよくご存じでしょう。妻の遺体からは薬物は検出されていませんよ。薬の影響？　身体に残らない魔法みたいな薬とでもいうんですか？」

「逆ですよ」

「逆？」

「薬が身体から無くなったから、幻覚を見たんです」

一言ずつ区切るように発した言葉に、賢一郎の目が僅かに見開かれた。

「退薬症状といいます。きっとあなたはご存じの筈だ。精神科医から聞いているでしょうからね。いくつかの薬物では、体質にもよりますが、身体から薬が代謝されて抜けていく過程で幻覚などの症状が出ることがあるんです。今回睦子さんに起きたのもこれだ。彼女は薬物を摂取したんじゃない。普段摂取している薬物を、あの日だけ摂取しなかったんだ」

具樹はそこで言葉を切り、賢一郎の反応を窺った。

「それは、どういう意味でしょうか」

「最初から説明しましょうか。高槻さん、あなたは日頃から睦子さんに、ビタミン剤だと偽って向精神薬を飲ませていた。これは純粋に、彼女の精神状態を考えて、というところでしょう。本人が医者を拒否している以上、薬の処方を受けるわけにはいかない。だから自身が精神科を受診し、出された薬をそのまま睦子さんにこっそり与えていたというわけです。

ところがある日、たまたま薬を飲ませ忘れたときに、睦子さんが赤木奈津美に襲われた、ということを言い出した。一体どういうことか、とそれとなく主治医に確認すると、退薬症状といって薬が抜けるときに出る症状として、人によっては幻覚などが現れることもある、ということを教えてもらった。睦子さんの身に起きたのもこれだったんでしょう。体質と薬の相性もあるでしょうが、我々は実際に父親である光由さんにも同じ薬で退薬症状が現れたのを確認しています。娘にも同じことが起きたとしても不思議じゃない。

さて、それからしばらくはあなたも飲み忘れの無いように気を使っていたが、やがて二度目に同じことが起きたとき、これは利用できると思いついた。あなたは公的な立場の人間を目撃者にするため、市役所に相談に訪れ、そして職員が自宅を訪問する日を狙って向精神薬を睦子さんに飲ませなかった。あるいは本物のビタミン剤と取り換えたのかもしれないですね。果たして、あなたの目論見《もくろみ》通り睦子さんは退薬症状による幻覚を見た。そして——事故は起きた」

具樹がコーヒーを一口啜る。目の前にいる賢一郎は、能面のような無表情を作ったまま、微かに貧乏ゆすりをしていた。

「それは……つまり、私が犯人だと？　しかしどこにそんな証拠が」

「無いでしょうね。薬物反応も無い。睦子さんが見ていた景色を再現する術も無い。全ては憶測に過ぎません。ですが、もっとも筋の通る憶測です。そもそも、睦子さんが亡くなったのも、あなたの意図した結果じゃなかったんでしょう」

「そうですか。まあ仮に刑事さんの言う通りだったとしましょうか。それなら今回の件は事故だった、ということでよろしいんですね。だとすれば、一刻も早く義母を解放してほしいんですがね」

のっぺりとした無表情だった賢一郎の顔に、薄ら笑いが浮かんだ。具樹の隣で藤田が口を開く。

「ま、睦子さんの事件についてはこれ以上どうしようもありませんな。あんたが口を割らない限り、罪に問うことはできんでしょう」

「それじゃ話はこれで終わりでいいですか」

賢一郎が腰を浮かせたところで、具樹は両手のジェスチャーでそれを制した。

「いえ、もうひとつ大切なお話があります」

「これ以上何が?」

「赤木奈津美の行方について」

その瞬間、再び賢一郎の顔から表情が消えた。

「高槻さん、あなたは赤木奈津美をよく知っていますよね。おそらくは、不倫相手か何か。大方、睦子さんに退薬症状を起こさせたのも、第三者の見ている前で睦子さんが取り乱すことがあれば、今後の離婚調停に有利にはたらく、とでも考えたんではないですか。

いや、お返事は結構ですよ。我々の考えを説明させていただきます。睦子さんの事故の後、あなたは事故の真相を隠すことに決め、更に都合よく睦子さんが今際《いまわ》の際《きわ》に呟いた『ナツミ』を利用することにした。まずあなたは赤木奈津美に連絡を取り、一旦身を隠すよう電話で指示をする。実際に起きたことを説明して、警察が奈津美を犯人として追っている、とでも言ったんでしょう。奈津美は指示を受けて一度松本市内のホテルへ身を隠し、更にあなたに言われるがままにそこをこっそり抜け出して、安曇野にある廃工場へと向かった。そしてあなたは隙を見て奈津美の元へ行き——後頭部を殴って殺害した」

賢一郎の目元がぴくりと動いた。

「あなたは一旦死体を廃工場の中に隠した。これが五月二十二日のことです。そして次の日、妻の葬儀をいかにも神妙な様子で終えると、二十四日にレンタカーを借りて廃工場へ向かう。そして隠してあった奈津美の遺体をハイエースに積んできた棺桶《かんおけ》へと運び入れた」

「バカバカしい。何を証拠に——」

「バカバカしいですか？　しかしね、見た人がいるんですよ。ぐったりした様子の女性を、箱に入れてハイエースに積み込むあなたの姿を」

「まさか！　そんな筈は」

「ありませんか。見られたのに気付かなかった、と？　まあともかく、話を続けましょう。あなたはその遺体をどうしたのか。遺体を隠すのに一番いい方法は何か、と考えたあなたは、とんでもないことを思いついた。いっそ遺体を火葬にしてしまえばいい、というわけです。だから遺体をハイエースに乗せて向かった先は、安曇野市の火葬場だった。遺体を火葬するまでには当然手続きが必要になります。医者の死亡診断書を添えた死亡届を市に提出し、それと引き換えに火葬許可証が発行され、火葬許可証を火葬場に提出しなければ火葬はできません。しかしこの一連の流れの中に、あなたは唯一ともいえる穴を見つけたんだ」

「穴？」

「そう。一連の手続きの他の部分で不正に火葬許可証を得ようと思うと、何かしら書類の偽装が必要になる。しかしそれはリスクが高い。ばれたら一瞬でおしまいです。しかしあなたは思いついた。もし火葬許可証を紛失した、と言ったらどうなるのか？　普通ならそんなものを失《な》くす奴はいないでしょうが、実際に失くしてしまったら、これは市としても再発行せざるを得ない筈です。なければずっと火葬ができなくなってしまう。そして都合のいいことに、奈津美と性別も同じ、年齢もほとんど同じ人物の火葬許可証があなたの手元にはあった。妻の睦子さんの火葬許可証です。これを紛失したことにして、もう一度発行してもらえばいい。こうしてあなたは睦子さんの火葬許可証を二枚手に入れたんです。これは市役所にも確認して裏が取れてますからね。実際に再発行は行われたわけです」

具樹はひと息入れると、コーヒーを飲み干した。

「最近じゃ直葬といって、葬儀もやらずに自分で遺体を火葬場に持って行くケースも多いようだな。きちんと火葬許可証を持っていれば、遺体を自家用車で運ぶこと自体は何ら問題じゃない。火葬にするのも棺桶にさえ入っていれば問題ないそうだ。棺桶は今時ネットでも買えるらしいから、おそらくあんたはネット通販であらかじめ手に入れておいて、ハイエースに載せて行ったんだろう。火葬場の方でもたまにあることだから特に疑問は持たなかっただろうな。許可証に記された年齢や性別も矛盾はない。火葬場では奈津美の遺体を、可哀想な高槻睦子として火葬してやったというわけだ。ちなみに睦子本人は松本市の葬祭センターで火葬にされている。確認してみたが、葬祭センター同士で火葬した名簿の突き合わせなぞやるわけもないから、同じ人物が二度火葬されたことに誰も気付いていなかったよ。うまく考えたもんだな」

藤田がにやりと口の端を歪める。今や目の前にいる賢一郎は、俯《うつむ》いてがっくりと肩を落としたままだった。

「さて、こうしてまんまと奈津美の遺体を火葬にしてしまったあなたは、骨壺を持って一旦家に帰ることにした。当然最終的には山にでも散骨してしまう予定だったでしょうが、車体の大きいハイエースではなにぶん目立ちやすい。それに後々のことを考えれば、当然散骨する前に骨をすり潰して粉にする必要もある。骨壺に入っていれば持ち運びは楽なのだから、後日目立たない方法で山や川へ行こうと考えたんでしょうね。ところが火葬場からの帰り、大口沢を通り抜けて松本市へ入ったところで思わぬアクシデントにあってしまった。あなたは六助池の近くまで来たとき、下校途中の子供に接触してしまったんです。幸い怪我もほとんどしていないようだったが、かといってそのまま立ち去ると轢き逃げになる。そんなリスクは背負いたくはない。当然人身事故なので、警察に連絡をして現場に来てもらうべきだが、そこで困ったことに思い当たった。あなたはこのとき、火葬にした奈津美の骨壺を持っていた。つまり、あなたは警察を呼ぶ前に骨壺をどこかに隠す必要に迫られた。警察が来たときに万が一にも見咎められると厄介だ。そこであなたは子供をそこで休ませておき、近くに隠せそうな場所はないかと探した。そして見つけたのが墓地だったんでしょう。木の葉を隠すなら森といいますが、今回は遺骨を隠すなら墓、ってところですね。さて、手近な墓を見て回ると、その中でひとつだけ、南京錠が開いているところがある。そしてあなたは、直後に墓の所有者が中を改めるかもしれないなんてことには思い至らず、その墓に骨壺を入れることにした」

賢一郎の目は虚ろにテーブルの上を眺めているだけだった。もはや貧乏ゆすりも止まり、微動だにしない。

「今、丁度その骨壺の指紋を採取しに鑑識が向かっとるでしょう。賭けてもいいが、あんたの指紋がしっかり残ってるでしょうな。さて、高槻さん、ご要望の通り麗美さんは解放になるでしょう。その代わりと言っちゃなんですが、署までご同行いただきますよ」

藤田の声が朗々とダイニングに響いた。

終章　赤の女王の殺人

一

駅前のスポーツバーはいつにも増して混雑していた。あずさは久しぶりに早く帰宅することに成功した夫を伴って、犯人逮捕の祝杯を挙げるべくその店を訪れていた。

とはいえ世間は土曜の夜である。土曜にもかかわらず平然と出勤を要請されることがそもそもおかしい筈なのだが、職業柄既に慣れっこになっていた。バーの壁にある巨大なテレビにはグレーのユニフォームの選手が大きく映し出されている。丁度松本山雅のアウェーゲームがあり、ここに来れば応援もついでにできるだろう、というのもこの店を選んだ理由だった。

「それじゃあ、犯人逮捕おめでとうございます」

「いや、今回は色々ありがとうな。あずさのお陰も大いにあった」

二人は運ばれてきた飲み物を軽く触れ合わせると、渇いた喉《のど》に流し込んだ。周囲の客からは山雅のプレーに一喜一憂する観客たちのどよめきが度々起こり、それがおさまるとテレビから聞こえるチャントとそれぞれのテーブルでの会話が入り混じる。これだけ騒がしければあずさたちの話が聞かれる心配もなかろう。

「今日も事情聴取だったの？」

「ああ」

あずさが尋ねると、具樹は口の周りの泡《あわ》を手の甲で拭いながら頷いた。

「でもまあ概ねこっちで睨んだ通りだったようだし、本人も否認してはいないから割と早くカタがつくだろう」

「それにしても、ドローンの音か……。私も知らなかったな。西條係長の推理を聞いたときは、これで間違いないって思ったよ」

あずさが嘆息する。同時にまた周囲の客からどよめきが起きた。テレビに目を向けるとグレーのユニフォームが悔しがっているのが映し出されていた。どうやら惜しいシュートを放ったが得点にはならなかったようだった。

「西條説にはもうひとつ穴があったからね。だから俺としてはどうしても納得がいかなかった。それで色々考えたんだ」

「もうひとつ？　それもわかんなかったな。どこ？」

「赤木奈津美の遺体の処理について。西條さんは廃工場の焼却炉で燃やした、って言ってただろ」

「何が変なの？」

「あの焼却炉では人間の遺体を焼いても骨にならない」

「えっ。どうして……ああ、温度が足りないってこと？」

「その通り。そもそもあれはかなり古い焼却炉で、今の法律の基準では使用することさえ許可されないだろうシロモノだ。今焼却炉を自前で使っていいのは、内部の温度がプラスチックを燃やしても有害物質が出ないくらいまで上がるものだけなんだけど、古い焼却炉は大概基準を満たしてない。当然あれじゃ火葬したかのような骨だけにすることは無理だよ。せいぜい黒焦《くろこ》げ死体が出来上がるだけじゃないか」

「なるほどね。だから遺体を焼いたのは廃工場じゃないというわけか」

「そういうこと。それで我々はもう一人の犯人を捜してあの廃工場に張り込むことにした。廃棄物処理法に違反してあの焼却炉でゴミを燃やしていた犯人をね。あのとき現れた近所の婆さん、気の毒なくらい恐縮してたよ。まあ昔はどこの家でも燃やしてただろうからな、その頃の気楽さが沁《し》みついてたんだろうね」

「そのお婆さんは逮捕したわけじゃないよね？」

「流石に逮捕まではしないさ」

運ばれてきたつまみを手に取りながら具樹は笑った。

「しっかりお説教はさせてもらったけどね。何より俺の狙い通り、重要な目撃情報をくれたわけだし」

「赤木さんのこと？」

「というより、男がぐったりした人物を大きな箱に入れて、車に乗せて出て行った、ということだな。その乗せられた人物の顔まではわからなかったようだけど、犯人の顔はしっかり見ていた。あれが決定的な証拠になった」

「なるほどね」

「元々、睦子の事件については、事故を期待したものじゃなかった、と賢一郎は供述しているよ。第三者が見ている前で半狂乱に陥《おちい》る妻、という状況を作り出すことで、離婚に際して大義名分がつくれると考えたらしい。やはり、賢一郎は睦子と離婚し、不倫相手である赤木奈津美と再婚することを狙っていたんだな。

ところが賢一郎の計画に反して、事故は起こった。睦子は退薬症状の幻覚を思いのほか強く受け、赤木に襲われていると錯覚し、混乱の中で転落死を遂げる。賢一郎もこれには驚いただろう。殺すつもりはなかった、と供述していたが、実際のところこれを殺人罪にはできないだろうね。傷害致死になるかな。ともかくこれで賢一郎が赤木と再婚するためのハードルが期せずして無くなったわけだが、賢一郎はそれでは満足しなかった。ある理由があって赤木奈津美をも亡き者にしようと画策したわけだ」

具樹が目の前に置かれたフライドポテトをひとつつまみ、ビールと共に流し込んだ。酔いのせいだろうか、夫が少し饒舌になっていることにあずさは気が付いた。

手を伸ばして、具樹のポテトを自分の口に入れると、再び口を開いた。

「そうだ、わからないことがあったんだ。曽根原さんは結局お墓の鍵をかけ忘れてたの？」

「いや、よく聞いてみれば何のことはない、子供さんたちが来る前に墓を掃除して、そのときに南京錠を開けたんだよ。それで一旦家に戻って、もう一度みんなで奥さんの納骨に来たんだ。曽根原さんからしてみれば、まさかその僅か一時間足らずの間に骨壺を入れる輩《やから》がいるなんて思いもよらないからね。当然、『今までキチンと閉めてあった墓の中で骨が増えた』っていう言い方になるさ」

「そういうことか……別に完全に密室状態だったわけじゃないんだ」

あずさが納得と共に吐き出した溜息は、突如として沸き上がった店内の歓声に飲み込まれた。何事かと顔を上げると、どうやら山雅が先制点を挙げたらしい。そこかしこで酔客がハイタッチを交わしながら大声でチャントを歌っていた。

「おお、前田《まえだ》が決めたぞ。久しぶりだな、先制したのは」

具樹は少しの間テレビを眺めていたが、試合が再開したのを見届けると再び顔をあずさの方に寄せた。少しアルコール臭かったが、あずさは早く続きが聞きたくて構わず身を乗り出した。

「それで、高槻さんが骨壺を隠した後は何があったの？」

「うん。賢一郎は事故の後、無事警察の現場検証を終えると、警察が帰ったのを見て骨壺を回収に向かった。ところが墓に戻ってきた賢一郎は愕然《がくぜん》とすることになる。骨壺を隠した筈の納骨室に施錠がされているんだ。これでは骨を取り出せない。慌てた賢一郎は必死にそれまでの状況を思い出し、そして現場検証の最中に墓参りをしていた一家がいたことに思い当たった。他にも沢山墓は並んでいるし、慌てていたから自分が隠した墓の正確な位置も覚えていない。だから曽根原家を見かけたときにも、まさかドンピシャで自分が隠した墓の所有者だとは思いもしなかった、と供述していたよ。そして曽根原家が帰り際に車の方へ来たときに、聞くともなく会話が聞こえてきたのも思い出した。確か一人の老人が『家ではなくてこれから塩尻に行くから駅まで乗せてくれ』と言っていた。この近くに家があるのなら、きっとその老人が墓の管理者なのだろう。となると、あの老人の家を突き止められるかもしれない。そうすれば墓の鍵を盗み出すことも可能なのではないか――」

「そうか、曽根原さんがお墓参りをして、しかも南京錠をかけたとしたら、中に隠した骨壺に気付いた可能性もあるってことか」

「うん。あの骨壺には自分の指紋がべったりついているから、何が何でも回収しなければ、と考えたらしいね。もしくは最悪、曽根原さんの口を封じるつもりもあったかもしれない。ともかくそんなわけで、賢一郎は急いで駅に向かった。しかし時既に遅く、塩尻方面の電車は発車した直後だった。とりあえずレンタカーを返却した賢一郎は、事務所に戻って考えた。少なくとも家がこっちなんだから、当然塩尻から電車で帰ってくるだろう。となると、駅で待ち伏せて後をつけるしかない。何しろ自宅の場所がわからないのでは侵入のしようもないし、何より家に寄っていないのだから鍵はまだ老人が持っている理屈になる。

夜道なら場合によっては脅して奪ってしまうのもいいかもしれない。考えをまとめた賢一郎は、兎にも角にも駅で張り込むことにした。曽根原老人の顔ははっきり覚えてはいなかったが、髪や背格好はなんとか覚えていたんだな。しかもあの日は平日だったから、夜塩尻から松本へ電車で来る人物はそう多くない。それでいけると踏んだんだろうね。

果たして、曽根原老人は予想通り電車で帰宅した。そして賢一郎は幸運にもというべきかそれを発見し、尾行を開始した。曽根原さんはその日、駅からタクシーに乗ったんだ。これは供述が、曽根原さんの話と一致するから、やはり本人を見つけたということで間違いないだろうね。賢一郎はすぐに他のタクシーに乗り込み、『前のタクシーを追ってくれ』、とやったわけだ」

「待って、ちょっと待った。そのあたりの話が事件に何か関係あるの？」

「ああ、事件の本筋とはちょっと離れるかな。でも少なくともあずさにとっては重要なことだと思うよ」

訝しむあずさに、具樹はにやりと笑ってみせた。

「どういうこと？」

「まあともかく最後まで聞いてな。そうやってタクシーで追いかけた賢一郎だが、曽根原さんのタクシーが蟻ケ崎の住宅街へ入っていったところで、追跡がストップしてしまう。信号で引っかかったせいで見失ったんだ。こうなるとそれ以上はどうしようもない。賢一郎は一旦そこで追跡を中止して善後策を練ることにした。もう一度、墓での曽根原さんの台詞をよく思い出す。塩尻には何のために行ったのか？　確か週に何度か将棋サロンに行っている、と言ってなかったか。そうなるとまだチャンスはある。曽根原さんはまた同じ時間帯に駅に現れる筈だ。その帰りに同じように尾行するのだ。幸い賢一郎は一人でオフィスを駅前に構えているから、そのあたりの自由は充分に利く。それでしばらく毎日駅で張り込むことにしたというわけだ。

二度目のチャンスはすぐに訪れた。曽根原さんらしき人物が塩尻に向かったのを確認すると、先日と同じ時間帯の帰宅を待つ。また万一にも顔を見られると困るから変装することにした。そして夜になり、電車から降りた乗客たちを見回したところで、賢一郎はまたも思わぬトラブルに直面することになる。それは思った以上に同じような背格好の人物が多かったことだ。前回はたまたま一人しか該当する人物がいなかったが、今回は似たような人が複数いる。こうなるとどれが目的の老人なのか、賢一郎は見分けることができなかったんだ。しかも曽根原さんはこのときは徒歩で帰宅することを選んでいるから、『タクシーを利用する人』という見分け方もできなかった。それでともかく蟻ケ崎方面に向かううちの一人に的を絞り、その後を尾行してみた。しかしこれは途中で違う方へと曲がって行ってしまった。それからというもの、賢一郎は何度かチャレンジを繰り返しては失敗を重ねる。そうして出来上がったのが、『老人をストーキングする不審人物』の目撃情報というわけだ」

あずさは思わず息を飲んだ。それではあの厚着の不審者の正体も賢一郎だったということか。あの相談の裏にはそういう意味があったのか。まさかこの一件までも今回の事件に繋がっていたとは――。

「それじゃあもしかして、鍵屋の古畑さんがつけられたっていうのも？」

「そう、曽根原さんと間違われたんだ。何しろ俺も間違えたくらいだから、賢一郎が間違えても不思議じゃない」

「でもどうして真冬みたいな恰好をしていたの？　変装なら帽子とサングラスでも充分じゃない」

「あれにもちゃんと意味があったんだよ。あずさは賢一郎の見た目で印象に残ってることはないか」

「印象って言われても……痩せててちょっと不健康そうな……ああ、そういえば首に――」

そこまで言いかけて、あずさはまたしてもあっと声を上げそうになった。

「気付いたね。その通り、奴には首元に大きな痣がある。それを隠す必要があったのさ。それには首に何かを巻く必要があるが、あからさまにそこだけ隠しては却って目立つ。首に何かあるよ、とふれて回っているようなものだ。そこで賢一郎は考えたんだ。ならいっそ、首にはマフラーを巻いて、他も全て冬用のものを身に着ければどうか。間違いなく不審ではあるだろうが、その不審者の中身は逆に推測できない筈だ。かくして随分寒がりな謎の人物が誕生した。賢一郎はその恰好で何度かそれらしき人物を見つけては尾行していたわけだ」

「お墓にしてもストーカーにしても、ちゃんと意味があったんだね……驚いた」

「たまたま、神林の事件の関係者を尾行することになってしまったのは、賢一郎にとっては不運も不運というところだったね。古畑さんや曽根原さんのような見た目の高齢者はかなりの数いるだろうけど。正直俺も最初は、古畑さんが尾行された理由は高槻家の鍵のことじゃないかと睨んでた。だけど、前にあずさと飲みに行った日、古畑さんと曽根原さんを見間違えたときにふと思いついたんだ。もし犯人が骨を隠したまま取り出せなくなり、墓の所有者を捜して鍵を奪おうとしているんだとしたら？　犯人が尾行したかったのが古畑さんではなく曽根原さんだったのだとしたら？　――そうやって考えると、ようやく今回の事件の裏側にあるものが見えてきたんだ。骨を隠したのが一時的なことなら、何か想定外のことがあったに違いない。それは何か、と考えれば、その日賢一郎が起こした事故にも思い当たる。骨を持ってドライブしていたなら、その前にいたのは火葬場ではないか、という具合だね」

もはやあずさの耳には店の喧騒もほとんど届いていなかった。断片的に知っていた事実が繋ぎ合わされ、縒《よ》り合《あ》わされて一本の糸になった。あずさは自分のグラスを手に、ぼんやりと事件の真相を反芻した。恵まれているように見えて、あの一家の中には欲望と悪意が潜んでいたのだ。何の変哲もない普通の家族に見えたのに。

やがてあずさがぽつりと、動機は、と言いかけたところで、具樹が被せるように尋ねた。

「それよりひとつ聞いていい？　どうして今日はソフトドリンクなの？」

「ああ、それなら……飲んじゃいけない理由があるから」

あずさが視線を落としながら微笑《ほほえ》んだ。我々の中には悪意が芽生《めば》えることはあるだろうか。それとも波風の無い平凡な家庭になることができるだろうか。

そうだ、とあずさは先日から頭に浮かんでくるフレーズをまた思い出す。

平穏な日常が続くためには、努力がいるのだ。一日一日を丁寧に過ごして行かねばならない。

店の中がまた騒がしくなり、やがて酔客のざわめきは山雅の追加点を祝うチャントへと変わった。

「それじゃ家に戻ろう」

そう言って伝票を手にした夫の顔にはあずさの一番好きな表情が浮かび、きらびやかな灯りに照らされていた。

二

藤田が見つめる先には、打ちひしがれた一人の老人がいた。

「娘は私が殺したんです。私があんなことをしなければ、あの子が死ぬことはなかった。あの子が死ななければ、もしかしたらあの男も更に罪を重ねることもなかったかもしれない。この歳になって、なぜこんな思いをしなければいけないんでしょう。誰も裁いてくれやしない」

光由は嗚咽を漏らした。なんともやりきれない話だ。藤田は改めてこの仕事についてくる役回りを呪《のろ》った。ましてやこの男は遺族でもあり、加害者の親族でもあるのだ。更に妻の麗美が一度は犯人と疑われ、取り調べまで受けている。飲み込みきれないのも無理はなかった。

「あの日、私は何があっても睦子を精神科へ連れていく覚悟でした。前日に読んだ本で、精神疾患についてわかった気になっていた。とにかく早く医療へと繋げる必要がある、と書かれていたのを見て、無理やりにでも連れて行こうと思っていました。そうすればあの子の苦しみが終わる。親として辛い日々を全て終わりにして楽にしてやろうと。今思えばあまりにも強引だった」

光由は一度言葉を切って涙を拭った。煌々《こうこう》とあたりを照らしている病室の灯りとは対照的に、窓の外はゆっくりと長い昼の最後の光が消えていくところだった。

病室から食器を引き上げているらしい音が廊下から響いてくる。この場所には無念と怨嗟《えんさ》、歓喜と祝福、そういったあらゆる感情が眠っている。今またその中に、この小さな老人の後悔が加わって、目に見えない渦を巻いているようだった。

「私が睦子を連れ出そうとすればするほど、あの子は頑《かたく》なにそれを拒んだ。自分が病気だと認めたくなかったのかもしれません。それで私は激昂し、思わず娘に手をあげてしまった。なぜそこまでしてしまったのか、今でもわかりません。きっと生まれついての性なんでしょうな。私が生まれ持った業と言うべきなのか。それが原因で前の妻を失ったというのに、また同じことを繰り返してしまった」

光由の声はもはや聞き取りにくいほどに細く、絞り出すようになっていた。

「そのせいで睦子は益々部屋に籠りきりとなり、そしてついには――。死ぬなら私であるべきだった。娘の顔を殴るなど、正気の沙汰じゃない。私が殺したんだ。私が――」

あとは言葉にならなかった。

藤田はそのまま一礼すると、病室を後にした。

高槻賢一郎が自白した内容を伝えるだけのつもりだった。藤田は目を細めてエレベーターに乗り込み、誰もいない個室の中で細く長い溜息を吐き出した。自分にも近い年頃の娘がいる。とうに嫁に行ったが、あの子はうまくやっているだろうか。人間の持つ負のエネルギーは突如として周囲を巻き込み、地獄へと変えてしまうことがある。藤田は改めて取り調べの中で賢一郎が語った欲望に塗れた動機を思い出し、拳を握りしめた。

賢一郎と赤木奈津美が出会ったのは、妻である睦子の紹介がきっかけだった。

まだ睦子が勤めに出ている頃で、職場で親しくしている同僚が少しお金のことで相談したいことがある、と言って夫と引き合わせたのだという。妻の友人だったし、相談だけで何か具体的な手続きが必要というわけでもなかったから、特に料金を請求することなく、何度か相談に乗ってやった。内容はそれほど大した話ではなかったらしい。自分がこの先もしも生涯独身だったとしたら、将来母から受け取るであろう資産は自分が死んだ後どうなるのか、といったようなものだった。

賢一郎は以前から家族に隠れてギャンブルに手を出していた。といってもパチンコや競馬といった一般的な娯楽ではなく、株やFXなどのいわゆる投機だった。最初のうちはすこぶる順調だったらしい。持ち前の聡明《そうめい》さを生かして相場を読み、うまく儲けを出していた。いや、少なくともそうだと本人は信じていた、という方が正解か。ほどなくして損失がかさむようになり、負け分を取り戻そうと余計にのめり込んで借金の山を作ることとなる。本業も決して順調だったとはいえず、駅前一等地に構えたオフィスの家賃を支払うので精一杯になり、そして破滅を目前に控えたところに現れたのが赤木奈津美だった。

最初は金にならない相談だから、と断ろうとも考えたが、妻の友人を邪険にもできず、なかなか忙しくならない本業の合間の暇潰し程度の気持ちで対応していたという。しかし何度か話をしているうちに、賢一郎の中に邪《よこしま》な感情が芽生え始めた。奈津美は飛びぬけて美人というわけではないにせよ、化粧映えのするそれなりに整った顔立ちだったし、少しずつ年齢が肉体に出始めた妻に比べてまだまだスタイルもよかった。そして何より資産家の一族であるにもかかわらず、親族がほとんどなく、高齢の祖母と病気がちな母が亡くなれば、その全てを相続するという立場にある。賢一郎は何かと理由をつけては奈津美と会うようになり、やがて二人は一線を越えた。この頃になると、睦子と奈津美の間に何かトラブルがあったようで、気付けば睦子よりも賢一郎の方が奈津美と親しくなっていたらしい。

おそらく奈津美は、そういう背徳的な関係に魅力を見出すタイプだったのだろう、と藤田は勝手に想像していた。顔も悪くないしスタイルもいいのに、四十歳近くまで独身でいたのは真っ当な恋愛と縁遠かったからではないだろうか。だとすれば、あまり冴《さ》えない見た目の賢一郎に惹かれたのもわからないではない。友人の夫との不倫というのはきっと奈津美にとってはスリリングなものだっただろう。

奈津美と逢瀬《おうせ》を重ねるようになり、旅行に行くまでの仲になると、やがて奈津美は賢一郎が妻と別れて自分と再婚することを望むようになった。その頃になると金に困っていない奈津美が度々賢一郎を経済的に援助するようになり、二人の力関係は完全に奈津美が主導権を握ることになる。奈津美は賢一郎に度々離婚を催促した。折しも睦子の精神状態が徐々に悪くなっていったこともあり、賢一郎の気持ちも徐々に離婚へと傾いてゆく。その背景には女としての二人の比較だけではなく、奈津美の背後にある巨額の遺産がちらついたこともあった。夫が残した資産のほとんどを所有する奈津美の母の病は日に日に悪化しており、遺産をやがて奈津美が相続するのにそう長くはかからないと賢一郎は考えた。

そうこうするうちに奈津美からのプレッシャーは増してゆき、賢一郎は段々とそれを重荷に感じるようになる。二人の関係の主導権が奈津美にあることもまた不満の種だった。さりとて奈津美の援助が無ければとうに経済的に破綻《はたん》しているところであり、逆《さか》らうこともできない関係が続いた。

この頃賢一郎は、詐病により処方された薬を、頑として精神科へ行こうとしない妻へ服用させることでなんとか家庭内でのストレスを緩和していたらしい。そしてある日、偶然に妻に薬を飲ませ忘れたときに起きた騒ぎで、賢一郎の離婚への決意は固まった。

事件の日、睦子が転落死するというのは本当に賢一郎にとっても予想外だったらしい。

「まさか死んでしまうとは思わなかった。いくら別れたいと思っていたとはいえ、流石にショックでした」

賢一郎は取調室でそう語ったが、きっとそのときからこの殺人計画は既にスタートしていた筈である。妻の死が彼に後ろ暗い欲望の炎を灯したのだ。妻の亡骸《なきがら》を抱えながら、賢一郎の頭の中では奈津美を殺す算段を付けていたというわけだ。

おそらく睦子が転落しなければ、あるいは転落したとしても怪我で済んでいれば、殺人にまで手を染めることは無かったのだろう。離婚するためにはかなり揉《も》めたかもしれないが、それでもまだ取り返しのつかないことにはならなかった筈だ。

もう一度大きく息を吐き出すと、車に乗り込んだ。

ロクの言っていた通り、まるで赤の女王だ。

先ほどの光由の慟哭《どうこく》を思い出しながら、藤田は駐車券を胸ポケットから取り出すと、ゆっくりと発進した。

三

「ここからは完全に俺の推測だけど」

具樹はリビングのソファに落ち着くと、あずさが二人分の冷たい麦茶を持って隣に腰かけるのを待って切り出した。

「賢一郎は最初は奈津美と再婚するか、少なくとも丸岡の家とは決別して奈津美の方へ行くつもりだったんだろう。それは本人もそう言っていたから間違いないと思う。ただ、奈津美という女性に対して、生涯を捧げたくはなかった。なんとか将来奈津美が相続する遺産だけが欲しかったんだね。それで睦子が目の前で死んでしまったときに、手っ取り早く財産を手に入れる方法を思いついてしまった」

「結婚して、母親が亡くなって遺産を相続した後で奈津美さんを殺すってこと？」

「それもひとつの選択肢だったとは思う。だけど遺産相続が発生してすぐに妻が亡くなったらどうだろう。結婚したばかりの夫が疑われる可能性が非常に高くないだろうか」

妻から渡された麦茶が僅かに身体を巡っているアルコールの火照りを冷ましてくれた。湿度のせいか、松本ではあまりない蒸し暑さだった。

「それはあまりにリスクが高い。かといって母親が亡くなる前に奈津美が死んでしまえば、今度はたとえ結婚していても遺産が賢一郎のもとにはやってこない。奈津美には祖母がまだ生きているからね、相続順位からすると全遺産は祖母へ行ってしまう」

「じゃあどうするの？　結婚すること自体が高リスクに思えるけど」

「うん。結婚はする必要がない。結論から言えば、奈津美が死亡せず、失踪してくれればいい、ということになる」

「失踪？」

　あずさが少し身を乗り出した。

「もし奈津美が失踪するとどうなるか。母親は病状からすれば近いうちに亡くなる。このとき奈津美はあくまで失踪であり、死亡していないんだから、一人娘の奈津美に全遺産が相続される。しかし奈津美本人は行方がわからない。すると誰かが申し立てれば、不在者財産管理人の選任ができるようになるんだ。不在者財産管理人には通常弁護士や司法書士がなるのが一般的だ。裁判所から選任された財産管理人は、失踪した本人が戻るまでその財産を適正に管理するのが任務なんだけど——ああ、これは釈迦《しゃか》に説法というやつだな」

「なんとなくわかってきた。それで自分が財産管理人に選ばれようってことか。確かに不在者財産管理人は引き受けたがらない先生も多いから、あらかじめ候補者と話がつけてあれば裁判所もその人を選任するって聞いたような覚えがある」

「そうらしいね。勿論選任の申し立ては、本人に金を貸していたとかそういう利害関係者じゃなきゃできない。だから第三者を金で雇って、金銭貸借の契約書でも偽造しようとしたんだろう」

「よくできました」

　あずさが笑った。流石に長年一緒にいるだけあって、今回の事件のためだけに制度について必死に調べていたのはお見通しらしい。具樹も思わず照れ笑いを浮かべた。

「まるで先生に答えさせられてる生徒だな。ともかく、財産管理人に選任されてしまえば、財産目録を誤魔化すのはいくらでもやりようがあっただろう。そうすれば巨額の遺産の一部を失敬することができる。

そういうわけで奈津美には死亡ではなく、失踪してもらいたかったんだよ、あいつは」

「だから遺体の処理に、火葬を選んだってことね。確かにどういう方法で処分しても、遺体が出てきてしまえば失踪では無くなっちゃうもんね」

「実際、もし賢一郎がアクシデントに遭わず、遺骨を処分してしまってたら、迷宮入りしててもおかしくなかった。事故にあった子供と、違法にゴミを燃やしてた婆さんのお陰だよ」

高槻賢一郎の逮捕容疑は赤木奈津美の殺害と死体遺棄だった。曽根原家の墓に入っていた骨壺にべったりと残った賢一郎の指紋が決め手だったのだ。そういう意味では賢一郎が無理やりにでも墓をこじ開けて骨を処分するという手段に出る前に逮捕できたのも幸運だった。どこかで歯車がひとつ噛み合わなければ、今頃はまだ捜査に駆け回っていたかもしれない。

「まあ、今言ったのは全て推測だからな。本当のところは本人でなきゃわからない。確かなのは、たまたま睦子が死んでしまったことから始まった、ってことだ。火葬許可証の再発行にしても、睦子が死ななければあり得ないからね」

具樹はそう言って締めくくると、テレビの電源を入れた。

夜のニュースの時間だった。今回の事件はまだ『容疑者逮捕』までしか報道されていない。これから何日もかけて徐々に動機などが明らかにされていくのだろう。

そして世間は思うに違いない。これは特殊なケースなのだ、自分たちには起こることが無い、テレビの中の話なのだ、と。

「おお、結局勝ったんだな。クリーンシートだ、いいね」

スポーツニュースに変わったテレビには、先ほどまでバーで見ていた得点シーンが映し出されている。

どうやら三対〇で山雅の完勝に終わったらしい。さぞかしバーの中も盛り上がったことだろう。

「なあ、あずさ。赤の女王って知ってるか」

ニュースの話題がプロ野球の結果へと移ったところで、ふと具樹が口にした。

「何だっけ。鏡の国のアリス?」

「そう。動く地面だかなんかの上にいてさ、その場に留まるためには常に走り続けないといけない、とか、なんかそんなやつ」

「ぼんやりと覚えてるけど。それがどうしたの?」

「いや、なんか今回の事件と似てるなって思って。賢一郎の中に悪意が芽生えたのが、睦子が死んだそのときだったなら、平和な日々が続くためには賢一郎は睦子に薬を飲ませ続けなければいけなかったんだな、って考えてさ」

薬を飲ませるのをやめたとき、平穏だった筈の日常の全てが壊れ始めた。同じような日々を何事もなく過ごすためには、走り続ける必要があったのだ。だが立ち止まってしまったことで、二人の人間の命が奪われ、一人が犯罪者となった。

「知ってた? 平穏な日常が続くためには、努力がいるんだよ。まるであなたの仕事みたいね」

そう茶化《ちゃか》す妻に向かって肩を竦めてみせると、具樹は走り続けてきたこの一ヵ月を思いながら、立ち止まるためにごろりと横になった。頭の傍に寄り添ったあずさの身体から聞こえる鼓動は、心なしかひとつ増えているような気がした。

この作品は、島田荘司選 第16回ばらのまち福山ミステリー文学新人賞受賞作
「赤の女王の殺人」を加筆修正したものです。
この物語はフィクションであり、
実在するいかなる場所、団体、個人等とも一切関係ありません。

選評

島田荘司

殺人事件の舞台がまず気に入った。松本警察署に勤務する若い刑事。松本市役所に勤務して、市民相談室で地域住民の悩みを聞くその妻という夫婦、そして刑事課が、松本市内と、槍ヶ岳や北アルプスを遠く望む郊外、また安曇野を行き来しながら、不思議な人死の謎に挑戦する。首都圏を遠く離れた信州の静謐な空気、悲劇の背景にひろがる遠景の美しさを、好ましく思わない読者はいないだろう。その意味では、心地よい読書が約束される好読み物である。

もっともこれは、作者が住んでいる土地であるから、舞台にした馴染みの場所がたまたま人気の街であった幸運によるもので、よく知る場所の方が描きやすいし、安全だとする判断があっただけかもしれないのだが、慣例にならって首都圏を舞台にする無難な判断もあり得ただろうから、やはりこれは作者の選択であろうと考えた。

一般的に、小説を文学と呼びたい気分にさせるものは、作中に現れる人生上の困難局面で語り手が示す判断の高尚さや、風景の美を語る詩の感性、弱さとは別個のそうした繊細さと、これらを表す語彙の適切さ、あるいはそうした自負心の顕わしどころ、つまりは軽々に威張り発想を許す軽薄さが構造に見あたらないこと、などなどによると考えている。

そうして、全体の達成度が、前例群に依存しない高みに達して見えること、こういうものを持つ小説に文学性は宿り、それは文学賞の受賞経歴とか、大衆の抱かされたジャンル理解の常識とは関係がない。そういうことを考える時、この出発したばかりの書き手が作中に示した態度には、将来そうした方向に向かえそうな品のよさを感じる。今後もこうした様子が続くなら、これは貴重な萌芽というものだろう。

とはいえ、これはミステリー小説であるから、犯人の特定と、殺害は不可能に見えるこの人死がもしも殺人であるのなら、用いた方法の解明などは、後段において行われなくてはならない。

この物語において現れる人死の態様、二階の密室の中で、前方の犯人に圧迫されて窓に向けて後ずさり、犯人の名と思しき言葉を口にしながら、衆人環視のもとで後ろ向きに転落死する。しかしこの部屋は被害者だけが鍵を持つ密室で、事故後即部屋をあらためても、犯人の姿はない。実行後、犯人がただちに逃走したにしても、建物の前方にも、後方にも人の目があった。双方ともに誰も見てはいない。

衆人環視のもとでのこうした転落死のありようには既視感があるのだが、過去のどの有名作品であったか、どうしても思い出せなかった。とはいえ、たとえ前例があったにせよ、犯罪のこの見え方には魅力があり、事件の不可解性を訴えるに充分な力がある。

そしてこの作品に感心した要素は、この謎を、まったく従来の型を破ったふうの異色の風貌の探偵に、これまた型を破ったふうの異色の犯人を指摘する推理を行わせ、いったん解決して見せたことで、この解決にはなかなかの説得力があったから、これが真の解決であったとしても、充分にもっともらしくて、優秀賞のレヴェルくらいはクリアして見えた。

淡々とした真摯な語り口は、作者もこの解決でよしとしているふうに見え、読んでいるこちらも、いったんはそういう物語かと思わされたし、今はやりのあるポピュラーな機械を謀殺に用いる、アップトゥデイトなアイデアも気がきいていて、前例がありそうで案外ないから、意表を衝かれた。しかもこの探偵役の極度の女性不人気ぶり、セクハラおじさんぶりも超常識的で意表を衝くから、こんな人物をあえて名探偵役に置いた作為には、嫉妬おじさんたちの人気を狙ったかと邪推もさせ、セクハラ名探偵堂々の誕生に、時代の屈折や民族性を見る思いもしていた。

しかし、セクハラ男らしい思慮不足を、作者はあらかじめ推理の内に二点埋めていて、これらは、読みやすい文体に乗ってさらさらと読まされている分にはこちらも見落としていて、なるほどと感心させられた。確かにこの機械は、田園地帯の静寂の中で無音ではなかろうし、これは思っていたが、火葬死体が綺麗な白い灰になるのは、猛烈な高温や、窯内部の熱気の流れをよく計算した専用の装置が必要になる。焚き火やストーブの炎程度では、人体は東京大空襲や、関東大震災の記録写真で目にするような、人体形状をそのまま残した炭素になるばかりである。

解決の段で二段の構えを用意し、それゆえ真の探偵役が述べる真相に至ると、大きな説得力が生じて、この作品を本賞受賞相当の位置に、一挙に押し上げた感があった。

気づいたことをもう少し述べておくと、平和に見える令和の日本で、精神を病む人々が増えていることには、何らかの時代的な事情がひそんでいるのかもしれず、これは小説家が追求すべきテーマのひとつに思われる。これが都心の日常ばかりでなく、これほどに平和で、療養環境的な暮らしにおいても発病するなら、ここには事態解明のヒントがひそむかもしれないのだが、そういうことと別に、作者はこの病を物語の起爆剤に据えながら、凡庸な日常ツールのうちに、意表を衝くミステリーを創って見せる。

墓石の下、骨壺を納める石室の中に、見知らぬ骨壺がひとつ、忽然と出現する。若い娘でもない、一人の鍵屋の親父に、コートにマフラー、マスクに帽子のストーカーが出現して夜道をついてくる。これらは定型的なミステリーの型ではないから、すぐには理由が思いつかず、なかなかよく悩まされる。またこれらの理由が解明説明されると、想像以上に中心軸によく関係していたから、気持ちのよい納得感が来た。

このような、一見どうでもよいようなさりげない謎の外観は、過去の読書歴の中でもさして記憶がなく、現代的なメンタルの病からことが起こされているので、その方向のことかと迷わされ、なかなかよいかく乱を生じさせて、悪くない効果を醸していた。

（選評は改稿前の本作について述べられております）

麻根重次(あさね・じゅうじ)

1986年生まれ。長野県安曇野市在住。

信州大学大学院で進化生物学を専攻し、その後現在まで公務員として勤務。

2023年、本作で島田荘司選 第16回ばらのまち福山ミステリー文学新人賞を受賞。

赤《あか》の女《じょ》王《おう》の殺《さつ》人《じん》

2024年3月12日　第1刷発行

著　者　麻根重次《あさねじゅうじ》

発行者　森田浩章

発行所　株式会社　講談社
〒112-8001 東京都文京区音羽2-12-21
電話　出版　03-5395-3506
　　　販売　03-5395-5817
　　　業務　03-5395-3615

KODANSHA

本文データ制作　講談社デジタル製作

印刷所　株式会社KPSプロダクツ

製本所　株式会社国宝社

定価はカバーに表示してあります。

落丁本・乱丁本は購入書店名を明記のうえ、小社業務宛にお送りください。

送料小社負担にてお取り替えいたします。

なお、この本についてのお問い合わせは、文芸第三出版部宛にお願いいたします。

本書のコピー、スキャン、デジタル化等の無断複製は著作権法上での例外を除き禁じられています。

本書を代行業者等の第三者に依頼してスキャンやデジタル化することは、
たとえ個人や家庭内の利用でも著作権法違反です。

©Juji Asane 2024, Printed in Japan
ISBN 978-4-06-534910-6　N.D.C.913 302p 19cm

島田荘司選
ばらのまち福山ミステリー文学新人賞

応募要項

応募作品	自作未発表の日本語で書かれた長編ミステリー作品。 400字詰原稿用紙350枚以上650枚程度。 ワープロ原稿の場合はA4横に縦書き40字×40行とします。 1枚目にタイトルを記してください。
応募・ 問い合わせ先	ふくやま文学館「福ミス」係 〒720-0061 広島県福山市丸之内一丁目9番9号 TEL:084-932-7010　FAX:084-932-7020 URL:http://fukumys.jp/
応募資格	住所、年齢を問いません。受賞作以降も書き続ける意志のある方が望ましい。なお、受賞決定後、選者の指導のもと、作品を推敲することがあります。
賞	**正賞**　トロフィー **副賞**　受賞作品は協力出版社によって即時出版されるものとし、その印税全額。 福山特産品
選者	島田荘司
主催	福山市、島田荘司選ばらのまち福山ミステリー文学新人賞実行委員会
協力	講談社文芸第三出版部、光文社文芸編集部、原書房編集部
事務局	福山市経済環境局文化観光振興部文化振興課
諸権利	出版権は、該当出版社に帰属します。 ※応募方法や締切など、詳細につきましては、賞公式ホームページをご確認ください。 URL　http://fukumys.jp/ ※情報は本書刊行時点のものです。